OEUVRES

DE

TACITE.

TOME CINQUIÈME.

ANNALES, Tome IV.

ANNALES

DE

TACITE,

EN LATIN ET EN FRANÇAIS.

RÈGNES

DE CLAUDE ET DE NÉRON.

TROISIÈME ÉDITION,

REVUE ET CORRIGÉE;

PAR J. H. DOTTEVILLE,
Correspondant de l'Académie des
Inscriptions & Belles-Lettres.

TOME SECOND.

A PARIS,

Chez FROULLÉ, Imprimeur-Libraire, Quai
des Augustins, N°. 39.

M. DCC. XCIII.

ANNALES

DE

TACITE.

C. CORNELII
TACITI
ANNALIUM.

LIBER DECIMUS-QUARTUS.

I. C. VIPSANIO, Fonteïo Coff. diu meditatum fcelus non ultra Nero diftulit, vetuftate Imperii coalitâ audaciâ, & flagrantior in dies amore Poppææ; quæ fibi matrimonium, & difcidium Octaviæ, incolumi Agrippinâ, haud fperans, crebris criminationibus, aliquando per facetias incufaret Principem, & pupillum vocaret, « qui juffis alienis obnoxius, non modò Imperii, fed libertatis etiam indigeret. Cur enim

A

ANNALES
DE
TACITE.

LIVRE QUATORZIÈME.

I. Sous le Consulat de Vipsanius &
de Fonteïus, Néron ne différa plus l'attentat qu'il méditoit depuis long-temps.
L'hábitude de régner avoit fortifié son
audace, & il s'enflammoit de jour en
jour pour Poppée. Celle-ci désespérant
d'engager l'Empereur à l'épouser & à
répudier Octavie tant qu'Agrippine vi-
vroit, accumuloit les accusations contre
elle, & s'en prenoit au Prince lui-même,
qu'elle railloit quelquefois. « Néron
n'étoit qu'un pupille ; sa dépendance
d'autrui ne le privoit pas seulement de
l'Empire, mais de la liberté : car enfin,

differri nuptias fuas? formam fcilicet
difplicere, & triumphales avos? An
fecunditatem, & verum animum? timeri, ne uxor faltem injurias patrum,
iram populi adversùs fuperbiam avari-
tiamque matris aperiat. Quòd fi nurum
Agrippina non nifi filio infeftam ferre
poffet, reddatur ipfa Othonis conjugio:
ituram quoquò terrarum, ubi audiret
potiùs contumelias Imperatoris, quàm
viferet, (1) periculis ejus immixta. »
Hæc atque talia, lacrymis & arte adul-
teræ penetrantia, nemo prohibebat;
cupientibus cunctis infringi matris potentiam, & credente nullo ufque ad
cædem ejus duratura filji odia.

II, Tradit Cluvius, ardore retinendæ
Agrippinam potentiæ eò ufque provec-
tam, ut medio diei, quum id temporis
Nero per vinum & epulas incalefceret,
offerret fe fæpius temulento comptam,

pourquoi différer leur union ? Lui reprochoit-il sa beauté, les triomphes de ses ancêtres, ou sa fécondité & la sincérité de sa tendresse ? Non ; mais on craint que du moins une épouse ne lui révêle à quel point l'orgueil & les déprédations de sa mère flétrissent le Sénat & irritent le peuple. Si Agrippine ne peut souffrir pour belle-fille qu'une ennemie de Néron, qu'on rende Poppée à son mari ; elle aimera mieux le suivre en quelque endroit que ce soit de l'Univers, & apprendre de quels affronts on couvre l'Empereur, que de les voir, & d'aggraver ses périls. » Les larmes & les coupables artifices dont elle appuyoit de semblables discours, faisoient sur le cœur du jeune Prince des impressions que personne ne s'étudioit à détruire ; car tout le monde souhaitoit l'abaissement d'Agrippine, & personne ne croyoit que son fils portât jamais la haine jusqu'à l'assassiner.

II. L'ambitieuse Agrippine alla si loin au rapport de Cluvius, pour conserver son pouvoir, qu'aux momens où Néron, échauffé par le vin & la bonne chère, ne respiroit que la débauche, elle se présentoit parée de ses atours & déter-

& incefto paratam. Jamque lafciva ófcu-
la, & prænuntias flagitii blanditias, adno-
tantibus proximis; Senecam contra mu-
liebres inlecebras fubfidium à feminâ
petiviffe: immiffamque Aĉten libertam,
quæ, fimul fuo periculo, & infamiâ
Neronis anxia, deferret, pervulgatum
effe inceftum, gloriante matre, nec to-
leraturos milites profani Principis Imperium. Fabius Rufticus, non Agrippinæ, fed Neroni cupitum id memorat,
ejufdemque libertæ aftu disjeĉtum. Sed
quæ Cluvius, eadem cæteri quoque
auĉtores prodidere, & fama huc inclinat,
feu concepit animo tantum (2) imma-
nitatis Agrippina, feu credibilior novæ
libidinis meditatio in eâ vifa eft, quæ
puellaribus annis ftuprum cum Lepido,
fpe dominationis, admiferat, pari cupidine ufque ad libita Pallantis provoluta,
& exercita ad omne flagitium patrui
nuptiis.

III. Igitur Nero vitare fecretos ejus

minée à fe livrer à lui. D.«.ì des baifers lafcifs & d'autres careffes, prélude du crime, avoient été remarqués par les confidens les plus intimes, lorfque Sénèque recourut contre les artifices d'une femme à l'aide d'une autre femme. Comme Acté s'alarmoit du déshonneur du Prince & de fon propre danger, il l'engage à dire à l'Empereur qu'on publie qu'il eft inceftueux, parce que fa mère en fait gloire, & que les armées ne voudront plus reconnoître un Prince défavoué des Dieux. Fabius Rufticus dit que ce fut Néron qui défira cet incefte, & non Agrippine, & que la même Acté eut l'adreffe de l'en détourner. Néanmoins tous les autres hiftoriens s'accordent avec Cluvius, & fon récit eft plus conforme au bruit public; foit qu'en effet Agrippine ait fait taire jufqu'à ce point la voix de la Nature, ou que l'attrait pour une volupté d'un nouveau genre ait paru plus vraifemblable de la part d'une femme que l'ambition avoit proftituée dès l'enfance à Lépidus, ravalée enfuite jufque fous le joug de Pallas, & inftruite à tous les crimes par fes noces inceftueufes avec fon oncle.

III. Néron fe mit donc à fuir toute

congreffus: v. bfcedentem in hortos, aut
Tufculanum, vel Antiatem in agrum,
laudare, quod otium lacefferet. Poftremò, ubicumque haberetur, prægravem
ratus, interficere conftituit: hactenus
confultans, veneno, an ferro, vel quâ
aliâ vi: placuitque primò venenum. Sed
inter epulas Principis fi daretur, referri
ad cafum non poterat, talì jam Britan-
nici exitio; & miniftros tentare arduum
videbatur mulieris, ufu fcelerum, adversùs infidias intentæ: atque ipfa præ-
fumendo remedia munierat corpus. Ferrum & cædes quonam modo occulta-
retur, nemo reperiebat: & ne quis, illi
tanto facinori delectus, juffa fperneret,
metuebat. Obtulit ingenium Anicetus
libertus, claffi apud Mifenum Præfectus, & pueritiæ Neronis educator, ac
mutuis odiis Agrippinæ invifus. Ergo
navem poffe componi docet, cujus pars,
ipfo in mari per artem foluta, effunderet
ignaram: « Nihil tam capax fortuito-

entrevue secrète avec sa mère ; lorsqu'elle se retiroit dans ses jardins, ou dans ses terres d'Antium ou de Tusculum, il la louoit de ce qu'elle commençoit à goûter le repos ; enfin la trouvant à charge quelque part qu'elle fût, il résolut de la faire mourir. Il ne fut plus question que de savoir si ce seroit par le fer, le poison, ou d'une autre manière. Il s'étoit déterminé d'abord pour le poison ; mais s'il le faisoit présenter à sa propre table, on ne pourroit l'attribuer au hazard, parce que Britannicus étoit péri de même : séduire les gens d'une femme qu'une longue expérience dans les forfaits rendoit habile à se garantir des piéges, sembloit une entreprise fort difficile ; d'ailleurs le fréquent usage des antidotes mettoit son corps à l'abri du poison. Personne cependant ne trouvoit comment pallier un assassinat manifeste, & l'Empereur craignoit un refus de la part de celui qu'il choisiroit pour un tel attentat. Enfin, l'affranchi Anicet, Préfet de la flotte de Misène, Gouverneur de Néron dans son enfance, haïssant Agrippine qui le détestoit, propose une de ses inventions. Il démontre qu'on peut construire un

rum', quàm mare : & ſi naufragio intercepta ſit, quem adeo iniquum, ut
ſceleri adſignet, quod venti & fluctus
deliquerint ?. Additurum Principem de-
functæ templum, & aras, & cætera
oſtentandæ pietati. "

IV. Placuit ſollertia, tempore etiam
juta, quando Quinquatruum feſtos dies
apud Baias frequentabat. Illuc matrem
elicit, « ferendas parentum iracundias,
& placandum animum " dictitans, quò
rumorem reconciliationis efficeret, acci-
peretque Agrippina, facili feminarum
credulitate ad gaudia. Venientem dehinc, obvius in littora (nam Antio adventabat) excipit manu & complexu,
(3) ducitque Baulos; id villæ nomen
eſt, quæ promontorium Miſenum inter
& Baianum lacum, flexo mari adluitur.
Stabat inter alias navis ornatior, tan-

vaiffeau dont une partie s'entr'ouvrant par art, fera tomber Agrippine à fon infçu dans les flots. « Rien de plus fécond en accidens, que la mer : fi l'Impératrice y faifoit naufrage, qui feroit affez injufte pour attribuer à un parricide la faute des eaux ou des vents ? Lorfqu'elle fera morte, l'Empereur prouvera combien il l'aimoit, en lui dédiant un temple, des autels, & tous les monumens néceffaires. »

IV. L'expédient fut goûté ; d'ailleurs la conjonêture le favorifoit, parce que la Cour devoit paffer à Baies les cinq jours confacrés à Cérès. L'Empereur y attire donc fa mère, en répétant « qu'on doit paffer aux père & mère leurs vivacités, & étouffer fes reffentimens, » afin que le bruit de la réconciliation fe répande, & qu'Agrippine, par cette facilité qu'ont les femmes à croire ce qui les flatte, y ajoute foi. Il s'avance au-devant d'elle fur le rivage lorfqu'elle arrive d'Antium, lui préfente la main, l'embraffe, & la mène à Baules : c'étoit une maifon de campagne baignée des eaux de la mer, qui forme un coude entre le promontoire de Mifène & le lac de Baies. On tenoit tout prêt,

quam id quoque honori matris daretur:
quippe fueverat triremi, & claffiariorum
remigio vehi: ac tum invitata ad epulas
erat, ut occultando facinori nox adhiberetur. Satis conftitit, exftitiffe proditorem, & Agrippinam, auditis infidiis,
an crederet ambiguam, geftamine fellæ
Baias perveßam. Ibi blandimentum fu-
blevavit metum, comiter excepta, fu-
perque ipfum collocata. Nam pluribus
fermonibus, modò familiaritate juvenili
Nero, & rurfus adductus, quafi feria
confociaret, tracto in longum convictu,
profequitur abeuntem, artiùs oculis &
pectori hærens, five explendâ fimula-
tione, feu perituræ matris fupremus
adfpectus, quamvis ferum animum re-
tinebat.

V. Noctem fideribus inluftrem, &
placido mari quietam, quafi convincendum ad fcelus, Dii præbuere. Nec

comme par honneur pour la mère du Prince, un vaiſſeau plus orné que les autres : car elle avoit coutume d'aller à Baies par mer, & de s'y faire conduire par les rameurs de la flotte. Elle n'étoit invitée ce jour-là qu'à ſouper, afin que la nuit couvrît le crime qu'on méditoit. Il eſt certain que le ſecret fut trahi, & qu'Agrippine, ſur le récit du complot, ne ſachant ſi elle devoit le croire, ſe fit porter en chaiſe juſqu'à Baies. Les careſſes qu'elle y reçut diſſipèrent ſes craintes. Néron lui fait un accueil gracieux, prend place au-deſſous d'elle, l'entretien tantôt avec la familiarité d'un jeune homme, tantôt avec le ſérieux d'un Souverain, qui s'ouvre ſur des affaires importantes. Après avoir fait durer long-temps le ſouper, il la reconduit, lui baiſe affectueuſement les yeux & le ſein, ſoit afin de mettre le comble à la diſſimulation, ou que voyant ſa mère pour la dernière fois, ſon cœur, malgré ſa férocité, s'en détachât avec peine.

V. Les Dieux, comme à deſſein de manifeſter le crime, rendirent la nuit brillante & la mer calme. Le vaiſſeau n'étoit pas fort avancé en mer : deux

multùm erat progressa navis, duobus
è numero familiarium Agrippinam co-
mitantibus : ex quîs Crepereius Gallus
haud procul gubernaculis adstabat, Acerronia, super pedes cubitantis reclinis,
pœnitentiam filii, & reciperatam matris
gratiam, per gaudium memorabat :
quum, dato signo, ruere tectum loci,
multo plumbo grave; pressusque Crepereius, & statim exanimatus est. Agrippina & Acerronia eminentibus lecti pa-
rietibus, ac fortè validioribus, quàm
ut oneri cederent, protectæ sunt: nec
dissolutio navigii sequebatur, turbatis
omnibus, & quòd plerique ignari etiam
conscios impediebant. Visum dehinc
remigibus, unum in latus inclinare,
atque ita navem submergere. Sed neque
ipsis promptus in rem subitam consensus,
& alii, contrà nitentes, dedêre faculta-
tem lenioris in mare jactûs. Verùm Acerronia imprudens, dum « se Agrippinam
esse, utque subveniretur matri Princi-

perſonnes de la Cour d'Agrippine, Crepereius Gallus & Acerronia l'accompagnoient, le premier debout vers le gou-
vernail, l'autre appuyée ſur les pieds
du lit de la Princeſſe qui étoit couchée;
Acerronia rappeloit avec joie le repentir
de Néron, & le rétabliſſement d'Agrippine dans ſon ancienne faveur, lorſqu'au
ſignal donné, le plafond de la chambre
ſurchargé de beaucoup de plomb, s'é-
croule. Creperius écraſé, meurt ſur le
champ; mais le dais du lit ſe trouva
par hazard aſſez ſolide pour garantir
Agrippine & Acerronia. Cependant le
vaiſſeau ne s'entr'ouvroit pas, & dans
ce trouble univerſel, les gens chargés
d'exécuter le complot, furent eux-mêmes
dérangés par ceux qui l'ignoroient. Alors
les rameurs conviennent d'appuyer tous
d'un côté, & de ſubmerger ainſi le navire; mais comme ils ne s'entendirent
pas entre eux aſſez promptement, &
que quelques-uns faiſoient effort en
ſens contraire, il fut aiſé de ſe mettre
paiſiblement à la nage. Acerronia ayant
eu l'imprudence de crier qu'elle étoit
Agrippine, & qu'on ſecourût la mère de
l'Empereur, fut tuée à coups de crocs,
de rames, & de tout ce qui ſe trouva

pis ,, clamitat, contis & remis, & quæ
fors obtulerat, navalibus telis conficitur.
Agrippina filens eòque minus agnita,
unum tamen vulnus humero excepit.
Nando, deinde occurfu lenunculorum,
Lucrinum in lacum vecta, villæ fuæ
infertur.

VI. Illic reputans, ideo fe fallacibus
litteris accitam, & honore præcipuò
habitam ; quòdque littus juxta, non
ventis acta, non faxis impulfa navis,
fummâ fui parte, veluti terreftre ma-
chinamentum concidiffet ; obfervans
etiam Acerroniæ necem ; fimul fuum
vulnus adfpiciens : folum infidiarum remedium effe, fi non intelligerentur :
mifit libertum Agerinum, qui nunciaret
filio, « benignitate Deûm, & fortunâ
ejus, evafiffe gravem cafum : orare, ut
quamvis periculo matris exterritus, vi-
fendi curam differret : fibi ad præfens
quiete opus. » Atque interim, fecuritate
fimulatâ, medicamina vulneri, & fo-

fous la main. Agrippine, qui gardoit le filence, fut moins apperçue, & reçut néanmoins une bleffure à l'épaule. Après qu'elle eut nagé quelque temps, des barques venues à fa rencontre, la menèrent par le lac Lucrin à fa maifon de campagne.

VI. Alors elle réfléchit que c'eft donc pour cela qu'on l'a trompée par des lettres pleines de tendreffe, & qu'on lui a cédé la place d'honneur. Son navire, à peine hors du rivage, fans être agité des vents, ni pouffé contre des écueils, s'eft démonté par le haut comme une machine éprouvée à loifir fur terre. Les circonftances de la mort d'Acerronia, & fa propre bleffure, lui démontrent que l'unique remède contre la perfidie, eft de ne s'en point appercevoir. Elle commande donc à l'affranchi Agerinus d'aller dire à fon fils, que « par la bonté des Dieux & la fortune du Prince, elle vient de fe fauver d'un péril affreux ; qu'elle le fupplie, malgré le trouble que lui caufera le danger de fa mère, de ne fe point hâter de venir ; que fon état préfent exige du repos, » & feignant de

ment corpori adhibet. Teftamentum
Acerroniæ requiri , bonaque obfignari
jubet : id tantùm non per fimulationem.

VII. At Neroni , nuncios patrati facinoris opperienti , adfertur evafiffe ictu
levi fauciam , & (4) hactenus adito difcrimine , ne auctor dubitaretur. Tum
pavore exanimis , « & jam jamque ad-
fore obteftans , vindictæ properam , five
fervitia armaret , vel militem accen-
deret, five ad Senatum & populum ,
pervaderet naufragium , & vulnus , &
interfectos amicos objiciendo : quod
contrà fubfidium fibi ? nifi quid Burrhus & Seneca expergifcerentur : quos
ftatim acciverat , incertum an & antè
ignaros. Igitur longum utriufque filentium , ne inriti diffuaderent ; an eò defcenfum credebant , ut nifi præveniretur
Agrippina , pereundum Neroni effet.

l'affurance, dans l'intervalle, elle fait panfer fa bleffure, & prend foin de fon rétabliffement. Elle ordonne auffi de chercher le teftament d'Acerronia, & de mettre le fcellé fur fes biens : c'eft le feul article où la feinte n'eut pas lieu.

VII. Néron fe tenant affuré du fuccès, en attendoit la nouvelle, lorfqu'on lui annonce que fa mère, bleffée légèrement, vient d'échapper, & que l'événement fe réduit à ne laiffer aucun doute fur l'auteur de l'attentat. Il s'écrie, tranfporté d'effroi, qu'elle va bientôt courir à la vengeance, armer les efclaves, foulever les troupes, ou lui reprocher, devant le Sénat & le peuple, fon naufrage, fa bleffure, & le meurtre de fes amis. Que lui oppofera-t-il, fi Burrhus & Sénèque n'ouvrent un expédient? Il les avoit mandés fur le champ, & l'on ignore s'ils étoient inftruits du complot: mais ils gardèrent long-temps le filence, de peur de rifquer des remontrances inutiles; ou peut-être jugeoient-ils l'affaire tellement engagée, qu'il falloit que Néron pérît, fi l'on ne prévenoit Agrippine. Enfin, Sénèque, un peu plus

(5) Pòſt Sęneca haſtenus promptior, reſpicere Burrum, ac ſciſcitari an militi imperanda cædes eſſet? Ille « Prætorianos tóti Cæſarum Domui obſtrictos, memoreſque Germanici, nihil adversùs progeniem ejus atrox auſuros, reſpondit: (6) perpetraret Anicetus promiſſa. » Qui nihil cunctatus, poſcit ſummam ſceleris. Ad eam vocem Nero, « illo ſibi die dari imperium, auctoremque tanti muneris libertum profitetur : iret properè, duceretque promptiſſimos ad juſſa. » Ipſe, audito, veniſſe miſſu Agrippinæ nuncium Agerinum, (7) ſcenam ultro criminis parat; gladiumque, dum mandata perfert, abjicit inter pedes ejus : tum, quaſi deprehenſo, vincla injici jubet, ut, exitium Principis molitam matrem, & pudore deprehenſi ſceleris ſponte mortem ſumpſiſſe, confingeret.

VIII. Interim, vulgato Agrippinæ periculo, quaſi caſu eveniſſet, ut quiſ-

prompt que Burrhus, le regarde & lui demande s'il faut ordonner aux foldats de tuer Agrippine. Burrhus répond, « que les Prétoriens font dévoués à la maifon entière des Céfars, & que leur reconnoiffance envers Germanicus, ne leur permet pas de rien ofer contre fa fille ; qu'Anicet tienne fa promeffe. » Celui-ci, fans balancer, demande à confommer le crime. « Je reçois aujourd'hui l'Empire, dit alors Néron, & c'eft d'un affranchi que me vient un fi grand bienfait : cours promptement ; mène avec toi les plus déterminés à t'obéir. » Anicet entend dire qu'Agerinus, vient trouver le Prince de la part d'Agrippine ; il en prend occafion d'anticiper fur elle le rôle d'accufateur, jette un poignard entre les pieds d'Agerinus, tandis qu'il s'acquitte de fa commiffion, le fait faifir & garroter comme pris fur le fait, afin de feindre qu'Agrippine vient d'attenter à la vie du Prince, & qu'elle s'eft tuée de honte, voyant le crime découvert.

VIII. Cependant, comme la renommée attribuoit l'accident de l'Impératrice

que acceperat, decurrere ad litus. Hi
molium objeſtus, hi proximas ſcaphas
ſcandere, alii, quantùm corpus ſinebat,
vadere in mare, quidam manus protendere : queſtibus, votis, clamore diverſa rogitantium, aut incerta reſpon-
dentium, omnis ora compleri : adfluere
ingens multitudo cum luminibus, atque
ubi incolumem eſſe pernotuit, ut ad
gratandum, ſeſe expedire, donec ad-
ſpeſtu armati & minitantis agminis diſ-
jeſti ſunt. Anicetus villam ſtatione cir-
cumdat, refraſtàque januà, obvios ſer-
vorum arripit, donec ad fores cubiculi
veniret : cui pauci adſtabant, cæteris
terrore inrumpentium exterritis. Cubiculo modicum lumen inerat, & ancillarum una : magis ac magis anxià Agrip-
pinà, quòd nemo à filio, ac ne Agerinus quidem. Aliam fere littore faciem,
nunc ſolitudinem ac repentinos ſtrepi-
tus, & extremi mali indicia. Abeunte
dehinc ancillà. « Tu quoque me de-

au hazard, chacun en l'apprenant court
au rivage. Ici on monte fur les jetées,
là dans des barques, ailleurs on s'avance
à travers les flots, autant que le permet
leur profondeur, d'autres lèvent leurs
mains vers le ciel. Toute la côte retentit
de gémiffemens, de vœux, d'interrogations diverfes & de réponfes hazar-
dées. Une multitude innombrable ap-
portant des flambeaux fe préparoit à la
féliciter depuis qu'on l'avoit fu hors de
danger. La vue d'un bataillon menaçant
difperfe le tout ; Anicet inveftit la maifon, brife la porte, faifit les efclaves
qu'il rencontre. & pénètre jufqu'à l'ap-
partement de l'Impératrice. La frayeur
d'une irruption fi fubite en avoit écarté
prefque tout le monde ; une foible lueur
éclairoit la chambre ; une feule fuivante
s'y trouvoit avec la Princeffe, qui s'épou-
vantoit de plus en plus ; perfonne, ni
Agerinus lui-même, ne lui venoit rien
dire de la part de fon fils ; le rivage
avoit changé de face & paroiffoit défert ;
des cris fubits fe faifoient entendre,
tout annonçoit le comble du malheur.
Comme la fuivante elle-même fe retir-
roit : « Tu m'abandonnes auffi, » lui
dit Agrippine, & à l'inftant elle apper-

feris, » prolocuta, refpicit Anicetum, Trierarcho Herculeo, & Oloarito; Centurione claffiario, comitatum: ac « fi ad vifendum veniffet, refotam nunciaret: fin facinus patraturus, nihil fe de filio credere; non imperatum parricidium. » Circumfiftunt lectum percuffores, & prior Trierarchus fufti caput ejus adflixit; nam in mortem Centurioni ferrum deftringenti, protendens uterum, « ventrem feri, » exclamavit: multifque vulneribus confecta eft.

IX. Hæc confenfu produntur. Adfpexeritne matrem exanimem Nero, & formam corporis ejus laudaverit; funt qui tradiderint, funt qui abnuant. Cremata eft nocte eâdem, (8) convivali lecto, & exfequiis vilibus; neque, dum Nero rerum potiebatur, congefta aut claufa humus: mox domefticorum curâ, (9) levem tumulum accepit, viam Mifeni propter, & villam Cæfaris Dictatoris, quæ fubjectos finus editiffima

çoit

çoit Anicet accompagné d'Herculeus,
Commandant d'une galère ; & d'Oloa-
ritus, Centurion de flotte. « Si le Prince
vous envoie pour me voir, lui dit-elle,
apprenez lui que je fuis guérie ; mais
fi vous venez comme affaffin, mon fils
n'y a point de part, il n'a pas commandé
~~un~~ parricide. » Les meurtriers fe placent
autour du lit : Herculeus commence par
lui décharger un coup de bâton fur la
tête, parce qu'au moment où le Centurion tiroit l'épée pour la tuer, elle
avoit dit : « Frappe mon ventre : » elle
expira percée de plufieurs coups.

IX. Jufqu'ici tous les Auteurs s'accordent; quelques-uns ajoutent que Néron confidéra curieufement le corps d'A-
grippine après fa mort, & qu'il en loua
la beauté; d'autres le nient. Elle fut
brûlée la même nuit fur un lit de table
& fans pompe. Tant que Néron régna,
la terre où repofoient fes cendres, ne
fut ni relevée en tertre, ni munie d'une
enceinte. Ses domeftiques lui conftruifi-
rent dans la fuite un tombeau médiocre
fur le chemin de Mifène ; proche de
cette maifon du Dictateur Céfar, qui
domine au loin fur le golfe. Lorfqu'on

profpectat. Accenfo rogo libertus ejus,
cognomento Mnefter, ipfe ferro fe tranfegit; incertum caritate in patronam,
an metu exitii. Hunc fui finem multos
ante annos crediderat Agrippina, con-
tempferatque. Nam confulenti fuper
Nerone, (10) refponderunt Chaldæi,
fore ut imperaret, matremque occideret:
atq: e illa, « Occidat, inquit, dum im-
peret. »

X. Sed à Cæfare, perfecto demum,
fcelere, magnitudo ejus intellecta eft:
reliquo noctis, modò per filentium de-
fixus, fæpius pavore exfurgens, &
mentis inops, lucem opperiebatur,
tamquam exitium adlaturam. Atque
eum, (11) auctore Burro, prima Cen-
turionum Tribunorumque adulatio ad
fpem firmavit, prenfantium manu, gra-
tantiumque, quòd difcrimen improvifum, & matris facinus evafiffet. Amici,
dehinc adire templa; &, cœpto exemplo, proxima Campaniæ municipia vico-

eut allumé le bûcher, un de ses affranchis, nommé Mnester, s'y perça de son
épée : on ne sait si ce fut de regret, ou
par crainte du supplice. Agrippine, plusieurs années auparavant, avoit su qu'elle
périroit ainsi, & ne s'en étoit pas sou-
ciée. Des Chaldéens qu'elle avoit consultés sur son fils, lui ayant dit qu'il
régneroit & qu'il tueroit sa mère : « Qu'il
» me tue, répondit-elle, pourvu qu'il
» règne. »

X. L'Empereur sentit enfin l'énor-
mité de son crime lorsqu'il fut consom-
mé; il passa le reste de la nuit, quèl-
quefois absorbé dans un silence stupide,
& plus souvent hors de lui-même, se
levant saisi d'effroi, & attendant le jour
comme le terme de sa vie. Les premiers, dont la flatterie ranima ses espé-
rances, furent les Centurions & les Tribuns, qui, sur l'avis de Burrhus, lui prirent la main, & le félicitèrent d'être
sauvé d'un danger imprévu, & de l'attentat de sa mère; ensuite ses amis allè-
rent remercier les Dieux dans les temples. Sur cet exemple, les villes de Campanie au voisinage, témoignèrent de la

timis & legationibus lætitiam testari :
ipse, diversâ simulatione, mœstus, &
quasi incolumitati suæ infensus, ac morti
parentis inlacrymans. Quia tamen non,
ut hominum vultus, ita locorum facies
mutantur, obversabaturque maris illius
& littorum gravis adspectus (& erant,
qui crederent, sonitum tubæ collibus
circùm editis, plantusque tumulo matris audiri) : Neapolim concessit, lit-
terasque ad Senatum misit, quarum
summa erat,

XI. « Repertum cum ferro percusso-
» rem Agerinum, ex intimis Agrippinæ
» libertis, & luisse eam pœnam cons-
» cientiâ, quâ scelus paravisset. » Adjiciebat crimina longiùs repetita ; quòd
« consortium Imperii, juraturasque in
» feminæ verba Prætorias cohortes,
» idemque dedecus Senatûs & populi
» speravisset: ac posteaquam frustra op-
» tata sint, infensa militi Patribusque

joie par des députations & des facrifices. Le Prince, feignant à fon tour des difpofitions contraires, paroiffoit trifte, fe plaignoit de n'avoir plus rien à craindre, & pleuroit fa mère. Mais les lieux ne changent pas comme le vifage des hommes : cette mer, ces côtes étoient devenues pour Néron un fpectacle infoutenable ; plufieurs même croyoient que les collines d'alentour retentiffoient du fon de la trompette, & qu'une voix lamentable fortoit du tombeau d'Agrippine : il fe retire donc à Naples, & fait remettre au Sénat une lettre dont voici la fubftance.

XI. « L'affaffin Agerinus, affranchi » d'Agrippine, fon confident le plus in- » time, a été furpris armé d'un poignard ; » l'Impératrice eft morte victime de cette » même fureur qui lui avoit infpiré le » crime. » Suivoient d'autres imputations moins récentes. « Elle a prétendu s'affo- » cier à l'Empire, faire jurer les Préto- » riens d'obéir à une femme, foumettre » au même affront le Peuple & le Sénat ; » n'y pouvant réuffir, le reffentiment » contre les foldats, les Sénateurs & le » Peuple, l'a portée à s'oppofer à toutes

" & Plebi, diffuafiffet donativum & con-
" giarium, periculaque viris inluftribus
" inftruxiffet. Quanto fuo labore perpe-
" tratum, ne inrumperet Curiam, ne
" gentibus externis refponfa daret? "
Temporum quoque Claudianorum obli-
quâ infeftatione, cunfta ejus dominationis flagitia in matrem tranftulit, publicâ
fortunâ exftinftam referens : namque &
naufragium narrabat ; quod fortuitum
fuiffe, quis adeo hebes inveniretur,
ut crederet ? aut à muliere naufragâ
miffum cum telo unum, qui cohortes,
& claffes Imperatoris perfringeret? Ergo
non jam Nero, cujus immanitas omnium
queftus anteibat, fed advorfo rumore
Seneca erat, quòd oratione tali confeffionem fcripfiffet.

XII. Miro tamen certamine procerum
decernuntur fupplicationes apud omnia
pulvinaria, utque Quinquatrus, quibus
apertæ effent infidiæ, ludis annuis ce-
lebrarentur : aureum Minervæ fimula-

» les gratifications, à susciter des déla-
» teurs contre des personnes illustres.
» Quelle peine n'a pas eue le Prince à l'em-
» pêcher de faire irruption dans le Sénat?
» de dicter ses volontés aux Nations
» étrangères? » Ensuite on censuroit in-
directement le règne de Claude en ren-
dant Agrippine responsable de tous les
désordres de ce temps. On assuroit que
« sa mort étoit un coup de la fortune
» de Rome; le naufrage d'Agrippine
» en étoit la preuve. » Mais qui pouvoit être assez insensé pour attribuer cet
accident au hazard? ou pour croire
qu'une femme, à peine échappée des
flots, eût détaché un homme seul contre un Prince environné de cohortes &
de flots? aussi ne s'entretenoit-on plus
de Néron : sa cruauté surpassoit tout
ce qu'on en auroit pu dire : c'étoit Sénèque qu'on blâmoit d'avoir avoué le
parricide en s'exprimant comme il avoit
fait.

XII. Voici cependant ce que les plus
grands de Rome faisoient décerner à
l'envi : des actions de graces à chaque
Dieu, des jeux annuels aux fêtes de
Cérès où la conjuration avoit été découverte, une statue d'or à Minerve

crum in curiâ, & juxtà principis imago
ftatueretur: dies natalis Agrippinæ inter
nefaftos effet. Thrafea Pætus, filentio,
vel brevi adfenfu priores adulationes
tranfmittere folitus, exiit tum Senatu ;
ac fibi caufam periculi fecit, cæteris libertatis initium non præbuit. Prodigia
quoque crebra & inrita interceffere :
anguem enixa mulier; & alia in con-
cubitu mariti fulmine exanimata : jam
fol repentè obfcuratus, & tactæ de cœlo
quatuordecim urbis regiones: (12) quæ
adeo fine curâ Deûm eveniebant, ut
multos poft annos Nero Imperium &
fcelera continuaverit. Ceterùm, quò
gravaret invidiam matris, eâque de-
motâ, auctam lenitatem fuam teftifica-
retur, feminas inluftres, Juniam, &
Calpurniam, Præfecturâ functos Vale-
rium Capitonem & Licinium Gabolum,
fedibus patriis reddidit, ab Agrippinâ
olim pulfos. Etiam Lolliæ Paullinæ ci-
neres reportari, fepulcrumque exftrui

dans le palais, celle du Prince poſée vis-à-vis, le jour de la naiſſance d'Agrippine mis au nombre dēs jours malheureux. Petus Thraſea gardoit ordinairement le ſilence ſur les flatteries, ou ſembloit quelquefois y conſentir; mais il ſortit pour lors du Sénat. Cette démarche n'aboutit qu'à fournir un prétexte pour le perdre, ſans que perſonne imitât ſa liberté. Des prodiges arrivés coup ſur coup ne furent pas moins inutiles. Une femme accoucha d'un ſerpent, une autre fut tuée du tonnerre entre les bras de ſon mari, le ſoleil s'éclipſa, les quatorze quartiers dé Rome furent frappés de la foudre. Mais ces événemens annonçoient ſi peu l'intention des Dieux, que Néron continua long-temps encore de régner & de commettre des crimes. Cependant, pour augmenter la haine qu'on portoit à ſa mère, & faire juger qu'il étoit plus indulgent depuis qu'elle n'y mettoit pas d'obſtacle, il rappela de l'exil auquel Agrippine les avoit fait condamner, Junia & Calpurnia, deux femmes illuſtres, & les Ptétoriens Valerius Capito & Licinius Gabolus: il permit qu'on rapportât les cendres de Lollia Paulina, & qu'on lui érigeât un

permifit⁚ quofque ipfe nuper relega-
verat, Iturium, & Calvifium, pœnâ
exfolvit. Nam Silana fato funƈa erat,
longinquo ab exfilio Tarentum regreffa,
labante jam Agrippinâ, cujus inimicitiis
conciderat, vel tum mitigatâ.

XIII. Cunƈanti in oppidis Campaniæ,
quonam modo urbem ingrederetur; an
obfequium Senatûs, an ftudia plebis reperiret, anxio, contrà deterrimus quifque, quorum non alia Regia fecundior
exftitit, « invifum Agrippinæ nomen,
» & morte ejus accenfum populi favo-
» rem, differunt : iret intrepidus, & ve-
» nerationem fui coram experiretur : »
fimul prægredi expofcunt, & promptio-
ra, quàm promiferant, inveniunt : obvias tribus, fefto cultu Senatum : conjugum ac liberorum agmina, per fexum
& ætatem difpofita : exftruƈos, quâ
incederet, fpeƈaculorum gradus, quo
modo triumphi vifuntur. Hinc fuperbus,
ac publici feryitii viƈor, Capitolium

maufolée : il fit grace à Calvifius &
à Iturius qu'il avoit relégués lui-même.
Quant à Silana, bannie d'abord dans
des contrées éloignées, elle étoit morte à
Tarente où elle avoit obtenu de revenir,
tandis que le crédit d'Agrippine décli-
noit, ou lorfque la haine de cette Princeffe fut affoiblie.

XIII. Néron héfitoit dans les villes
de Campanie fur la manière dont il
rentreroit à Rome, craignant de ne plus
retrouver de foumiffion dans le Sénat,
ni d'affection parmi le Peuple. Les fcélérats qui l'environnoient (jamais Cour
n'en produifit davantage) l'affurent au
contraire que le nom d'Agrippine eft
détefté, & que fa mort a redoublé le
zèle de tous les citoyens : Allez fans
« frayeur, lui difoient-ils, reconnoiffez
» par vous-même combien on vous ré-
» vère ; » ils demandent à précéder la
marche, & trouvent plus encore qu'ils
n'ont promis, le Peuple s'avançant par
tribus à la rencontre du Prince, le Sénat en habit de fête, des troupes de
femmes & d'enfans rangées fuivant l'âge
& le fexe, des fpectacles en amphithéâtre fur le paffage, comme dans un
triomphe. Néron, fier de fa victoire

adiit, grates exfolvit; feque in omnes
libidines effudit, quas malè coercitas
qualifcumque matris reverentia tarda-
verat.

XIV. Vetus illi cura erat, curriculo
quadrigarum infiftere; nec minùs fœdum ftudium, citharâ ludicrum in modum canere, (13) quum cœnaret; «quod
» Regibus & antiquis Ducibus factitatum
» memorabat : idque vatum laudibus
» celebre, & Deorum honori datum.
» Enimverò cantus Apollini facros, ta-
» lique ornatu adftare, non modò Græ-
» cis in urbibus, fed Romana apud tem-
» pla, numen præcipuum & præfcium. »
Nec jam fifti poterat, quum Senecæ ac
Burro vifum, ne utraque pervinceret,
alterum concedere : claufumque valle
Vaticanâ fpatium, in quo equos regeret, haud promifcuo fpectaculo : mox
ultro vocari Populus Romanus, laudi-
bufque extollere, ut eft vulgus cupiens

fur un peuple d'efclaves, monte au
Capitole, remercie les Dieux, & lâche la bride à toutes fes paffions, qui
mal domptées jufqu'alors, avoient été
retenues par une forte d'égard pour fa
mère.

XIV. Il brûloit depuis long-temps
de conduire un char dans la carrière,
& de joüer de la guitare, autre goût
auffi peu féant, pendant fes repas, à
la façon des Ménétriers. « Les Rois &
» les anciens Généraux, difoit-il, l'ont
» fouvent fait ; les Poëtes les en louent
» fréquemment, & c'eft une manière
» d'honorer les Dieux. Apollon préfide
» à la mufique. Ce n'eft pas feulement
» chez les Grecs, mais dans les temples
» mêmes des Romains, que ce Dieu des
» oracles, un des plus révérés, eft re-
» préfenté tenant une guitare : » on ne
pouvoit plus l'arrêter. Sénèque & Burrhus jugeant donc à propos de fe relâcher
fur un de ces articles, de peur qu'il
n'emportât tout les deux, lui font conftruire dans la vallée du Vatican une enceinte où il puiffe diriger un char,
fans s'expofer aux yeux du vulgaire.
Enfuite ils y invitèrent eux-mêmes le
Peuple Romain, qui ne manqua pas

voluptatum , & , fi eòdem Princeps tra-
hat , lætum. Ceterùm evulgatus pudor
non fatietatem , ut rebantur , fed inci-
tamentum attulit. Ratufque dedecus mol-
liri , fi plures fœdaffet , nobilium familiarum pofteros , egeftate venales , in
fcenam deduxit : quos fato perfunctos ,
ne nominatim tradam , majoribus eorum
tribuendum puto : nam & ejus flagitium
eft , qui , pecuniam ob delicta potiùs
dedit , quàm ne delinquerent. Notos
quoque Equites Romanos operas arenæ
promittere fubegit , donis ingentibus :
(14) nifi quòd merces ab eo , qui jubere
poteft, vim neceffitatis affert.

XV. Ne tamen adhuc publico theatro
dehoneftaretur , inftituit ludos *Juvena-*
lium vocabulo , in quos paffim nomina
data : (15) non nobilitas cuiquam, non

d'applaudir : car la multitude, paſſion-
nĕe pour les plaiſirs, aime que le prince
ſeconde ſon ardeur. Les Gouverneurs
de Néron ne le proſtituoient de la ſorte
à tous les regards, que dans l'eſpoir de
l'en dégoûter ; ce fut au contraire un
encouragement pour lui. Penſant di-
minuer ſon infamie s'il flétriſſoit plus
de monde, il entraîne par argent ſur
la ſcène les deſcendans des Maiſons
illuſtres, que l'indigence réduiſoit à
ſe vendre. Quoiqu'ils ſoient morts, je
crois devoir à leurs ancêtres de taire
leurs noms. La honte en doit principalement retomber ſur le Prince, qui,
aimant mieux employer ſes largeſſes à
les plonger dans le déshonneur qu'à les
en préſerver, força de même, par des
dons immenſes, d'illuſtres Chevaliers
Romains à deſcendre ſur l'arène ; d'ailleurs, la récompenſe de la part de celui qui peut commander, équivaut à la
contrainte.

XV. Cependant, n'oſant encore ſe
déshonorer ſur un théâtre public, il
inſtitua des *Jeux de la Jeuneſſe*; dans
leſquels s'enrôlèrent des gens de tout
état ; l'âge, la nobleſſe, les dignités dont

ætas, aut acti honores impedimento, quominus Græci Latinive hiſtrionis artem exercerent, uſque ad geſtus modoſque haud viriles. Quin & feminæ inluſtres deformia meditari : exſtructaque apud nemus, quod (16) navali ſtagno circumpoſuit Auguſtus, conventicula, & cauponæ, & poſita veno inritamenta luxûs : dabanturque ſtipes, quas boni neceſſitate, intemperantes gloriâ, conſumerent. Inde gliſcere flagitia & infamia; nec ulla moribus olim corruptis plus libidinum circumdedit, quàm illa colluvies. Vix artibus honeſtis pudor retinetur; nedum, inter certamina vitiorum, pudicitia, aut modeſtia, aut quidquam probi moris reſervaretur. Poſtremò ipſe ſcenam incedit, multâ curâ tentans citharam & præmeditans, adſiſtentibus familiaribus : acceſſerat cohors militum, Centuriones Tribunique ; & (17) mœrens Burrus, ac laudans. Tuncque primùm conſcripti ſunt Equites Ro-

on avoit été revêtu, n'empêchèrent personne de se former à l'art des Histrions
de Rome & de la Grèce, jusque dans
leurs gestes & leurs manières effemi-
nées. Des rôles indécens furent etudiés
par des f mmes illustres. On avoit dressé
des salles de festins & de rendez-vous
dans le bois qu'Auguste a fait planter
autour de son étang. Là se trouvoient
toutes les marchandises capables d'a-
morcer le luxe; le Prince y faisoit dis-
tribuer de l'argent, que les gens de bien
dépensèrent forcément, & les voluptueux par vanité. De là se multiplièrent
les débordemens & l'infamie. Jamais
tant de causes de séduction ne s'étoient
rassemblées contre les mœurs déjà per-
verties; la pudeur se soutient à peine
par des moyens honnêtes; comment,
dans ce conflit de tous les vices; seroit-il resté quelque trace de chasteté,
de modestie, ou de quelque autre vertu?
L'Empereur entre enfin lui-même sur
la scène, jouant de la guitare d'un air
réfléchi, environné de ses amis auxquels
s'étoient joints les Prétoriens en fac-
tion, les Centurions, les Tribuns, &
Burrhus qui le louoit, quoiqu'à regret.
C'est alors que fut levée cette Compa-

mani, cognomento *Auguſtanorum*, ætate
ac robore conſpicui, & pars ingenio pro-
caces, alii in ſpe potentiæ. Hi dies ac
noctes plauſibus perſonare, formam Principis (18) vocemque Deûm vocabulis
appellantes : quaſi per virtutem clari
honoratique agere.

XVI. Ne tamen ludicræ tantùm Imperatoris artes noteſcerent, cárminum
quoque ſtudium affectavit, contractis quibus aliqua pangendi facultas. Necdum
inſignis ætatis nati, conſidere ſimul, &
adlatos, vel ibidem repertos verſus con-
nectere, atque ipſius verba, quoquo-
modò prolata, ſupplere : quod ſpecies
ipſa carminum docet, non impetu &
inſtinctu, nec ore uno fluens. Etiam ſa-
pientiæ doctoribus tempus, impertiebat
poſt epulas, utque contraria adſeveran-
tium, diſcordiæ eruebantur: nec deerant,
qui (19) ore vultuque triſti, inter óblec-
tamenta Regia ſpectari cuperent.

gnie de Chevaliers Romains, nommés *Augustani*, tous gens vigoureux & dans la fleur de l'âge, attirés par goût pour la débauche ou par ambition. Ils nommoient ceux des Dieux dont l'Empereur avoit la voix ou la beauté, & faisoient tout retentir de leurs applaudissemens nuit & jour, ce qui ne leur procura pas moins d'honneurs & de considération qu'eût pu faire la vertu.

XVI. Néron, jaloux de montrer d'autres talens que ceux du théâtre, affecta du goût pour la Poésie, & fit venir à son aide quiconque avoit la facilité de versifier. Des gens à peine en âge de figurer dans le monde, assis à ses côtés, cousoient ensemble des vers travaillés à loisir, ou trouvés sur le champ, ayant soin d'y faire entrer tous les mots suggérés bien ou mal par l'Empereur. C'est ce qu'indiquent ses Poésies, dénuées d'enthousiasme & de naturel, & bigarrées de différens styles. Les Philosophes eurent aussi part à son loisir après ses repas : comme ils ne s'accordoient point, il s'amusoit à les mettre aux prises : & néanmoins, il s'en trouvoit plusieurs qui, malgré leur morale & leur maintien

XVII. Sub idem tempus, levi contentione atrox cædes orta, inter colonos Nucerinos Pompeïanofque, Gladiatorio fpectaculo, quod Livineius Regulus, quem motum Senatu retuli, edebat : quippe oppidanâ lafciviâ invicem inceffentes, probra, deinde faxa, poftremò ferrum fumpfere, validiore Pompeïanorum plebe, apud quos fpectaculum edebatur. Ergo reportati funt in urbem multi è Nucerinis, trunco per vulnera corpore, ac plerique liberorum aut parentum mortes deflebant. Cujus rei judicium Princeps Senatui, Senatus Confulibus permifit. Et rursùs re ad Patres relatâ, prohibiti publicè in decem annos ejufmodi coetu Pompeïani, collegiaque, quæ contra Leges inftituerant, diffoluta. Livineius, & qui alii feditionem conciverant, exfilio multati funt.

XVIII. Motus Senatu & Pedius Blæ-

févère, ambitionnoient de paroître dans cette Cour voluptueufe.

XVII. Vers ce même temps, une dif-pute légère occafionna un violent car-nage entre les Nucériens & les Pom-péiens, pendant un fpectacle de Gla-diateurs, donné par Livineius Regulus, qui, comme je l'ai dit, avoit été chaffé du Sénat. Après s'être agacé de part & d'autre avec cette licence ordinaire aux petites villes, on avoit eu recours aux injures, puis aux pierres, enfuite aux armes. Les Pompeïens chez lefquels fe donnoit le fpectacle, furent les plus forts; en conféquence les Nucériens font porter à Rome une quantité des leurs, couverts de bleffures, tandis que d'au-tres y viennent pleurer la mort de leurs pères ou de leurs enfans. Les Confuls inftruifirent l'affaire par ordre du Sénat, à qui le Prince l'avoit renvoyée; enfuite le Sénat, fur leur rapport, défendit aux Pompéiens de former de dix ans de telles affemblées, déclara nulle toute af-fociation faite par eux contre les Loix, & bannit Livineius avec les autres auteurs de la fédition.

XVIII. Pedius Blefus fut auffi chaffé

fus, accufantibus Cyrenenfibus, violatum ab eo thefaurum Æfculapii, delectumque militarem pretio & ambitione corruptum. Iidem Cyrenenfes reum agebant Acilium Strabonem, Prætoriâ poteftate ufum, & miffum difceptatorem, à Claudio, agrorum, quos Regis Apionis quondam habitos, & Populo Romano cum regno relictos, proximus quifque poffeffor invaferant, diutinâque licentiâ & injuriâ, quafi jure & æquo, nitebantur. Igitur abjudicatis agris, orta adversùs judicem invidia : & Senatus, ignota fibi effe mandata Claudii, & confulendum Principem, refpondit. Nero, probatâ Strabonis fententiâ, fe nihilominus fubvenire fociis, & ufurpata concedere fcripfit.

XIX. Sequuntur virorum inluftrium mortes, Domitii Afri, & M. Servilii, qui fummis honoribus, & multâ eloquentiâ viguerant. Ille orando caufas, Servilius diu foro, mox tradendis rebus

du Sénat, à la pourfuite des Cyrénéens, qui l'accufoient d'avoir pillé les tréfors facrés d'Efculape, & d'avoir violé les Règlemens fur la levée des troupes pour gagner du crédit & de l'argent. Les mêmes Cyrénéens citoient en Juftice le Prétorien Acilius Strabon, envoyé par Claude pour décider quelles étoient les terres que le Roi Apion avoit léguées avec fon Royaume aux Romains. Chaque poffeffeur du voifinage s'en étoit emparé, & prétendant qu'une ufurpation long-temps tolérée devenoit un titre, ils fe plaignoient du jugement de Strabon qui les leur enlevoit. Le Sénat répondit qu'il ignoroit les ordres de Claude, & qu'on s'adreffât au Prince. Néron prononça que Strabon avoit bien jugé, mais que par égard pour fes alliés, il leur donnoit ce qu'ils avoient envahi.

XIX. Vient enfuite la mort de deux hommes illuftres, Domitius Afer & M. Servilius, à qui les plus grandes charges & une éloquence confommée, avoient procuré beaucoup de crédit. Tous deux s'étoient rendus célèbres,

Romanis celebris, & elegantiâ vitæ, quam clariorem effecit, ut par ingenio, ita morum diverſus.

XX. Nerone quartùm, Cornelio Coſſo Coſſ. quinquennale ludicrum Romæ inſtitutum eſt, ad morem Græci certaminis, variâ famâ, ut cunſta ferme nova. Quippe erant, qui « Cn. quoque Pompeïum incuſatum à ſenioribus ferrent, quòd manſuram theatri ſedem poſuiſſet: nam antea ſubitariis gradibus, & ſcenâ in tempus ſtructâ, ludos edi ſolitos: vel ſi vetuſtiora repetas, ſtantem populum ſpectaviſſe: ne, ſi conſideret, theatro diẽs totos ignaviâ continuaret. Spectaculorum quidem antiquitas ſervaretur, quotiens Prætores ederent, nullâ cuiquam civium neceſſitate certandi. Ceterùm abolitos paullatim patrios mores, funditùs everti per accitam laſci-

l'un

l'un par fes plaidoyers, l'autre par de longs fervices au Barreau, & par foh Hiftoire Romaine. Mais une conduite pleine de nobleffe & d'aménité avoit acquis encore plus de gloire à Servilius, qui différoit autant d'Afer par la fageffe de fes mœurs, qu'il l'égaloit en génie.

XX. Néron, Conful pour la quatrième fois, avec Cornelius Coffus, inftitua des jeux tous les cinq ans fur le modèle des Grecs, ce qui fit parler diverfement, ainfi que la plupart des nouveautés. « Pompée lui-même avoit été blâmé par les Anciens, d'avoir fait bâtir un théâtre à demeure. Avant lui on fe contentoit d'en conftruire un à la hâte, & d'y pofer des bancs pour le temps des jeux. A remonter plus haut, le peuple s'y tenoit debout, de peur que fi on l'y faifoit affeoir, il ne paffât les jours entiers dans la fainéantife. Qu'on s'en tienne du moins à ce qui s'eft pratiqué jufqu'ici dans les fpectacles donnés par les Préteurs, fans forcer perfonne de jouer un rôle. Les mœurs de la Patrie fe dégradoient infenfiblement ; maintenant on évoque la molleffe, comme à deffein de les renverfer de fond en comble, & de réunir à Rome tout ce qui,

C. N. Tome II.   C

viam, ut, quod ufquam corrumpi &
corrumpere queat, in urbe vifatur dege-
neretque ftudiis externis juventus, gym-
nafia, & otia, & turpes amores exer-
cendo, Principe & Senatu auctoribus :
qui non modò licentiam, vitiis permi-
ferint, fed vim adhibeant : proceres
Romani fpecie orationum & carminum,
fcenâ polluantur : quid fupereffe, nifi
ut corpora quoque nudent, & cæftus
adfumant, eafque pugnas pro militiâ
& armis meditentur ? (20) An juftitiam
augurii, & Decurias Equitum, egregium
judicandi munus expleturos, fi fractos
fonos & dulcedinem vocum peritè au-
diffent ? Noctes quoque dedecori adjec-
tas, ne quod tempus pudori relinquatur,
fed, cœtu promifcuo, quod perditiffimus
quifque per diem concupiverit, per
tenebras audeat. »

XXI. Pluribus ipfa licentia placebat,
ac tamen honefta nomina prætendebant :

dans le refte de l'Univers, eft capable
de fe corrompre & de communiquer la
corruption. C'eft inviter la jeuneffe à
dégénérer de fes ancêtres en fe livrant
à des goûts étrangers, à la gymnaftique,
à l'oifiveté, à des mœurs infâmes, fous
l'autorité du Sénat & du Prince, qui non
contens de tolérer les abus, en font une
néceffité. C'eft proftituer les Grands de
Rome au théâtre, fous prétexte d'éloquence & de poéfie. Que leur refte-t-il,
finon de fe montrer nus, de s'armer du
cefte, & de quitter l'art militaire & les
armes pour ne plus s'étudier qu'à ces
fortes de combats ? Les Augures feront
fans doute plus dignes de la fainteté de
leur miniftère, les Décuries des Chevaliers, de l'augufte fonction de Juges
lorfqu'ils fauront bien apprécier les
cadences & les divers agrémens de la
voix. De peur qu'il ne refte du temps
pour rougir de cet aviliffement, on en
prolongera la durée jufque dans les
nuits, afin qu'au milieu du tumulte,
chaque fcélérat ofe fe procurer à la
faveur des ténèbres ce qu'il défiroit en
plein jour. »

XXI. C'étoit la licence elle-même
qui plaifoit au plus grand nombre, mais

« Majores quoque non abhorruiffe fpec-
taculorum oblectamentis, pro fortunâ,
quæ tum erat; eòque à Tufcis accitos
Hiftriones, à Thuriis equorum certamina; & poffeffî Achaïâ Afiâque, ludos
curatiùs editos: (21) nec quemquam
Romæ, honefto loco ortum, ad theatrales artes dégeneraviffe, ducentis jam
annis à L. Mummii triumpho, qui primus id genus fpectaculi in urbe præbuerit.
Sed & confultum parcimoniæ, quòd per-
petua fedes theatro locata fit, potiùs
quàm immenfo fumptu, fingulos per
annos confurgeret ac ftrueretur. Nec
perinde Magiftratus rem familiarem ex-
haufturos, populo efflagitandi Græca
certamina à Magiftratibus caufam fore,
quum eo fumptu Refpub. fungatur :
Oratorum ac vatum victorias incita-
mentum ingeniis allaturas : nec cuiquam
judici grave, aures ftudiis honeftis, &
voluptatibus conceffis impartire : lætitiæ
magis quàm lafciviæ dari paucas totius

ils la déguifoient fous des noms honnêtes.
« Les anciens Romains , difoient-ils ,
n'ont jamais eux-mêmes dédaigné les
fpectacles , qu'ils proportionnoient à leur
fortune. C'eft pour cela qu'ils emprun-
tèrent d'abord des Tofcans les Hiftrions ,
& des Thuriens les courfes de chevaux.
Lorfqu'ils furent maîtres de l'Afie & de
l'Achaïe , ils mirent plus d'apprêts dans
les jeux ; néanmoins pendant les deux
cents ans écoulés depuis le triomphe de
Mummius , qui avoit introduit ce genre
de fpectacle à Rome , jamais aucun Romain de naiffance illuftre ne s'eft dégradé
juqu'à s'enrôler dans des troupes de
Comédiens. Des raifons d'épargne ont
fait bâtir le théâtre à demeure , au lieu
d'en conftruire un nouveau tous les ans
avec des frais immenfes. Les Magiftrats
ne fe ruineront plus en fpectacles , & le
Peuple ceffera de leur en demander ,
puifque la République prend ces dépenfes
fur elle. Les victoires des Orateurs & des
Poëtes animeront les talens ; & il n'eft
point de Juge qui ne prête volontiers
l'oreille à des études honnêtes & à des
plaifirs permis. Quelques nuits , fur un
intervalle de cinq ans , feront données ,
non à la débauche , mais à la joie , &

quinquennii noctes, quibus, tantâ luce
ignium, nihil inlicitum occultari queat. ,,
Sanè nullo infigni dehoneftamento id
fpectaculum tranfiit. (22) Ac ne modica
quidem ftudia plebis exarfere, quia red-
diti quamquam fcenæ pantomimi, cer-
taminibus facris prohibebantur. Eloquentiæ primas nemo tulit, fed victorem
effe Cæfarem pronunciatum. Græci ·
amictus, quos per eos dies plerique
incefferant, tum exoleverant.

XXII. Inter quæ & fidus cometes
effulfit: de quo vulgi opinio eft, tamquam
mutationem Regis portendat. Igitur ,
quafi jam depulfo Nerone quifnam deli-
geretur, anquirebant : & omnium ore
Rubellius Plautus celebrabatur, cui nobilitas per matrem ex Juliâ familiâ. Ipfe
placita majorum colebat, habitu fevero,
caftâ & fecretâ domo, quantòque metu
occultior, tantò plus famæ adeptus. Auxit
rumorem, pari vanitate orta (23) interpretatio fulguris. Nam quia difcumbentis

brilleront de tant de feux, qu'aucun désordre ne pourra s'y cacher. » Il faut avouer que le tout se passa sans abus marqué ; le Peuple s'échauffa médiocrement pour les Acteurs : car les pantomimes, quoique rendus alors au théâtre, ne paroissent point dans les jeux sacrés. Personne ne reçut le prix d'éloquence, mais Néron y fut déclaré vainqueur ; & l'on se dégoûta sur le champ de l'habillement à la grecque, porté par le plus grand nombre pendant les jeux.

XXII. Une comète parut dans ces conjonctures, & le Peuple croit qu'elle annonce un changement de Roi ; chacun se demandoit donc, comme si Néron eût été déjà détrôné, quel successeur on lui choisiroit, & toutes les bouches s'accordoient à vanter Rubellius Plautus, issu des Jules par sa mère. La vie austère, chaste & retirée de Plautus & de toute sa maison, retraçoit les mœurs antiques ; mais plus la crainte le tenoit caché, plus sa renommée avoit cru. Un coup de foudre, interprété tout aussi faussement, accrédita ce bruit. Tandis que Néron mangeoit à *Sublaqueum* près

Neronis apud Simbruina ftagna , cui *Sublaqueum* nomen eft , ictæ dapes , menfaque disjecta erat , idque finibus Tiburtum acciderat, unde paterna Plauto origo , hinc illum numine Deûm deftinari credebant : fovebantque multi , quibus , nova & ancipitia præcolere , avida & plerumque fallax ambitio eft. Ergo permotus iis Nero , componit ad Plautum litteras , « confuleret quieti urbis , feque pravè diffamantibus fubtraheret : effe illi per Afiam avitos agros , in quibus tutâ & inturbidâ juventâ frueretur. » Ita illuc cum conjuge Antiftiâ , & paucis familiarium , conceffit. Iifdem diebus , nimia luxûs cupido , infamiam & periculum Neroni tulit , quia fontem aquæ Marciæ , ad urbem deductæ , nando inceflerat : videbaturque potus facros , & cærimoniam loci , (24) corpore toto polluiffe : fecutaque anceps valetudo iram Deûm affirmavit.

XXIII. At Corbulo , poft deleta Ar-

des étangs Simbruins , le tonnerre tomba
fur les mets , & renverfa la table : or cet
endroit eft fur les confins de Tivoli , d'où
les ancêtres paternels de Plautus tiroient
leur origine. On en conclut que c'eft
Plautus que les Dieux appellent à
l'Empire , & ce prétendu pronoftic eft
appuyé des ambitieux qu'une politique
avide & fouvent trompeufe fait courir
au devant de tous les partis nouveaux
& dangereux. Néron effrayé , écrit à
Plautus « de pourvoir à la tranquillité
de Rome , & d'ôter tout prétexte à
l'injuftice des calomniateurs ; il jouira de
fon jeune âge paifiblement & fans trouble
dans les terres de fes ancêtres en Afie. »
Plautus s'y retira donc, n'emmenant avec
lui qu'Antiftia fa femme & peu d'amis.
Ces mêmes jours, Néron, par un raf-
finement de volupté , mit fa vie en
danger & fe déshonora en fe baignant
dans la fontaine Martia , dont les eaux
font conduites à Rome. Le peuple jugea
-qu'il n'avoit pu s'y plonger tout entier
fans profaner cette boiffon facrée , &
fans violer la fainteté du lieu. En effet,
la maladie qui lui furvint prouva que
les dieux en étoient courroucés.

XXIII. Corbulon, après avoir détruit

C v

taxata, utendum recenti terrore ratus
ad occupanda Tigranocerta ; quibus
excifis, metum hoftium intenderet, vel
fi peperciffet, clementiæ famam adipifceretur : illuc pergit, non infenfo exer-
citu, ne fpem veniæ auferret : neque
tamen remiffâ curâ, gnarus facilem mu-
tatu gentem, ut fegnem ad pericula, ita
infidam ad occafiones. Barbari pro ingenio quifque, alii preces offerre,
quidam deferere vicos, & in avia di-
gredi; ac fuere, qui fe fpeluncis, &
cariffima fecum, abderent. Igitur, Dux
Romanus diverfis artibus, mifericordiâ
adverfùs fupplices, celeritate adverfùs
profugos, immitis iis, qui latebras infe-
derant, ora & exitus fpecuum, farmentis
virgultifque completos, igni exurit.
Atque illum, fines fuos prægredientem,
incurfavere Mardi, latrociniis exerciti,
contraque inrumpentem montibus de-
fenfi : quos Corbulo immiffis Iberis
vaftavit, hoftilemque audaciam externo
fanguine ultus eft.

Artaxate, jugea qu'il devoit profiter de
la consternation recente pour s'emparer
de Tigranocerte, redoubler la frayeur
des ennemis en rasant la place, ou donner
lieu de vanter sa clémence s'il l'épargnoit. Il s'avança donc sans faire de ravage, afin de laisser l'espoir du pardon ;
mais toujours sur ses gardes ; sachant que
cette nation changeante, au défaut de
valeur dans le péril, y substitue la perfidie
quand l'occasion s'en présente. Les Arméniens, chacun suivant qu'ils sont affectés,
recourent aux prières, ou quittant les
bourgs, fuient vers les déserts ; d'autres
s'enfoncent dans des cavernes avec ce
qu'ils ont de plus précieux. La conduite
du Général Romain fut aussi différente ;
il use de douceur envers ceux qui se
soumettent, de célérité pour atteindre
les fuyards, & traitant cruellement ceux
qui se sont cachés, les brûle dans leurs
antres, dont il avoit fait remplir les issues
de sarmens & de branchages. Comme
les Mardes, peuple de brigands que leurs
montagnes garantissoient de ses attaques,
l'inquietèrent à son passage sur leurs
frontières, il fit ravager le pays par les
Ibères, & nous vengea de leur audace
aux dépens d'un sang étranger.

C vj

XXIV. Ipfe exercitufque, ut nullis
ex prœlio damnis, ita per inopiam &
labores fatifcebant, carne pecudum pro-
pulfare famem adacti. Ad hæc penuria
aquæ, fervida æftas, longinqua itinera,
folâ Ducis patientiâ mitigabantur, eodem
plura, quàm gregario milite, tole-
rante. Ventum dehinc in locos cultos:
demeffæque fegetes, & ex duobus caftellis, in quæ confugerant Armenii,
alterum impetu captum; qui primam
vim depulerant, obfidione coguntur.
Unde in regionem Taurannitium tranf-
greffus, improvifum periculum vitavit.
Nam haud procul tentorio ejus; non
ignobilis barbarus cum telo repertus,
ordinem infidiarum, feque auctorem,
& focios per tormenta edidit: convicti-
que & puniti funt, qui fpecie amicitiæ
dolum parabant. Nec multò pòft, legati
Tigranocertâ miffi, patere mœnia affe-
runt, intentos popularis ad juffa. Simul
hofpitale donum, coronam auream,

XXIV. Corbulon ni fon armée n'a-
voient rien à fouffrir de l'ennemi ; mais
les grains leur manquoient, & ils fuc-
comboient à la fatigue, n'ayant d'autre
nourriture que la chair des troupeaux,
d'autre adouciffement contre la difette
d'eau, les ardeurs de la faifon, la longueur des marches, que la patience du
Général qui fe ménageoit moins que le
fimple foldat. Nos troupes parvinrent
enfuite à des terres cultivées, & firent
une récolte. De deux châteaux dans lefquels les Arméniens s'étoient fauvés,
l'un fut pris d'emblée, l'autre, après
avoir réfifté aux premières attaques,
fut emporté d'affaut. On paffa de-là dans
le pays des Taurannites, où Corbulon
fut préfervé d'un danger imprévu. Un
barbare de la première diftinction, trouvé
proche de fa tente armé d'un poignard,
avoua, dans les tourmens, qu'il étoit
chef d'une conjuration, en fit le détail,
& nomma fes complices qui avoient
feint d'être amis de Corbulon pour le
trahir ; ils en furent convaincus & punis
de mort. Bientôt après, des Députés
de Tigranocerte lui annoncent que les
portes de leur ville font ouvertes, &
que leurs concitoyens attendent fes

tradebant. Accepitque cum honore ,
nec quidquam urbi detractum ; quò
promptius obfequium integri retinerent.

XXV. At præfidium Regium, quod
ferox juventus clauferat , non fine certamine expugnatum eft : nam & prælium pro muris aufi erant , & pulfi intra
munimenta aggeris , demum & inrumpentium armis ceffere : quæ faciliùs
proveniebant , quia Parthi Hyrcano bello
diftinebantur. Miferantque Hyrcani ad
Principem Romanum , focietatem ora-
tum , attineri à fe Vologefen pro pignore amicitiæ oftentantes : eos regre-
dientes Corbulo , ne Euphraten tranf-
greffi , hoftium cuftodiis circumveni-
rentur , dato præfidio , ad littora maris
Rubri deduxit , unde vitatis Parthorum
finibus , patrias in fedes remeavere.

XXVI. Quin & Tiridaten , per Medos extrema Armeniæ intrantem , præ-
miffo cum auxiliis Verulano legato ,

ordres ; ils lui apportoient en même temps une couronne d'or en figne d'hofpitalité : il les reçut avec honneur & n'enleva rien à la ville , afin de l'attacher davantage aux Romains.

XXV. Mais ce ne fut pas fans combattre qu'on réduifit la citadelle , où s'étoient jetés les plus braves du parti du Roi : ils osèrent livrer une bataille devant leurs murs, fe fauvèrent dans les retranchemens , & ne cédèrent qu'au moment où l'on forçoit la place. La guerre qui retenoit les Parthes en Hyrcanie , contribuoit à ces fuccès ; les Hyrcaniens avoient député des Ambaffadeurs à Rome , chargés de folliciter notre alliance , & de faire valoir leur diverfion contre Vologèfe , comme un gage de leur amitié pour nous. Corbulon, craignant qu'ils ne fuffent enveloppés par l'ennemi s'ils paffoient l'Euphrate à leur retour , les fit conduire avec une efcorte jufqu'à la mer Rouge , d'où ils regagnèrent leur patrie fans côtoyer les frontières des Parthes.

XXVI. Comme Tiridate entroit , du pays des Mèdes fur les confins de l'Arménie , Corbulon fit prendre les devants au Lieutenant Verulanus avec

atque ipfe legionibus citis, abire procul,
ac fpem belli amittere fubegit : quofque
nobis, ob Regem, averfos animis cogno-
verat, cædibus & incendiis perpopu-
latus, poffeffionem Armeniæ ufurpabat,
quum advenit Tigranes, à Nerone ad
capeffendum imperium deleĉtus, Cap-
padocum ex nobilitate, Regis Archelai
nepos, fed quòd diu obfes apud urbem
fuerat, ufque ad fervilem patientiam
demiffus. Nec confenfu acceptus, durante apud quofdam favore Arfacidarum:
at plerique fuperbiam Parthorum perofi,
datum à Romanis Regem malebant. Additum & præfidium, mille legionarii,
tres fociorum cohortes, duæque equitum
alæ : & quò faciliùs novum regnum tueretur, pars Armeniæ, ut cuique finitima,
Pharafmani, Polemonique & Ariftobulo
atque Antiocho parere juffæ funt. Corbulo in Syriam abfceffit, morte Um-
midii legati vacuam, ac fibi permiffam.

les auxiliaires, & conduifant lui-même
les légions à grandes journées, chaffa le
Prince, & lui fit perdre tout efpoir de
réuffir par la voie des armes; enfuite il
employa la flamme & le fer contre ceux
que leur attachement à Tiridate aliénoit
de nous. L'Arménie entière étoit foumife
à fes loix, lorfque Tigranes en vint
prendre poffeffion en vertu du choix de
l'Empereur. Tigranes, d'un fang illuftre
en Cappadoce & petit-fils d'Archélaüs,
mais long-temps en otage à Rome,
n'étoit plus qu'un vil efclave de Néron;
auffi ne fut-il pas reçu d'un accord unanime; plufieurs penchoient encore en
faveur des Arfacides; cependant la haine
du plus grand nombre contre l'orgueil
des Parthes, fit préférer un Roi donné
par les Romains. On lui laiffa pour fa
défenfe mille légionnaires, trois cohortes
alliées, & deux aîles de cavalerie; &
afin qu'il eût moins de peine à fe foutenir
dans fes nouveaux Etats, il fut enjoint
aux parties de l'Arménie limitrophes des
Etats de Pharafme, de Polémon, d'Arif-
tobule & d'Antiochus, d'obéir chacune
à l'un de ces Princes. Corbulon fe retira
dans la Syrie, dont il venoit de recevoir

XXVII. Eodem anno, ex inluftribus Afiæ urbibus, Laodicea tremore terræ prolapfa, nullo à nobis remedio, propriis opibus revaluit. At in Italiâ, vetus oppidum Puteoli, jus Coloniæ, & (25) cognomentum à Nerone adipifcuntur. Veterani Tarentum & Antium adfcripti, non tamen infrequentiæ locorum fubvenere, dilapfis pluribus in provincias, in quibus ftipendia expleverant. Neque conjugiis fucipiendis, neque alendis liberis fueti, orbas fine pofteris domos relinquebant. Non enim, ut olim, univerfæ legiones deducebantur, cum Tribunis & Centurionibus, & fui cujufque ordinis militibus, ut confenfu & caritate Rempub. efficerent, fed ignoti inter fe, diverfis manipulis, fine rectore, fine affectibus mutuis, quafi ex alio genere mortalium repentè in unum collecti; numerus magis, quàm Colonia.

le gouvernement, vacant par la mort d'Ummidius.

XXVII. Cette même année, Laodicée, une des villes célèbres de l'Afie, renverfée par un tremblement de terre, dut fon rétabliffement à fes propres forces, fans que Rome y contribuât ; au lieu qu'en Italie, l'Empereur gratifia Pouzzoles, ancienne cité, des droits de Colonie & du furnom de Néronienne, & il fit infcrire des vétérans en qualité de citoyens de Tarente & d'Antium. Mais ces villes n'en demeurèrent guère moins défertes, parce que les vétérans fe retiroient la plupart dans les provinces où ils avoient achevé leur fervice. D'ailleurs, peu faits à s'affujettir aux liens du mariage & aux foins d'élever une famille, ils mouroient fans poftérité. Les Colonies n'étoient plus, comme autrefois, des légions entières conduites avec les Tribuns, les Centurions & les foldats de chaque compagnie, pour former un tout réuni par un amour mutuel ; mais des gens inconnus les uns aux autres, tirés de divers corps, fans Chef & fans affection réciproque ; c'étoient des affemblages d'hommes d'efpèces prefque différentes plutôt que des Colonies,

XXVIII. Comitia Prætorum, arbitrio Senatûs haberi folita, quòd acriore ambitu exarferant, Princeps compofuit, trîs qui fupra numerum petebant, legioni præficiendo. Auxitque Patrum honorem, ftatuendo, ut, qui à privatis judicibus ad Senatum provccaviffent, ejufdem pecuniæ periculum facerent, cujus ii, qui Imperatorem appellavere: nam antea vacuum id, (26) folutumque pœnâ fuerat. Fine anni, Vibius Secundus, Eques Romanus accufantibus Mauris, repetundarum damnatur, atque Italiâ exigitur; ne graviore pœnâ afficeretur, Vibii Crifpi fratris opibus enifus.

XXIX. Cæfonio Pæto, Petronio Turpiliano Coff. gravis clades in Britanniâ accepta. In quâ neque A. Didius legatus, ut memoravi, nifi parta retinuerat, & fucceffor Veranius, modicis excurfibus Siluras populatus, quin ultrà bellum proferret, morte prohibitus eft:

XXVIII. Les Commices des Préteurs étoient ordinairement à la disposition du Sénat ; mais comme les cabales furent plus violentes que de coutume , le Prince y mit ordre , en donnant le commandement d'une légion à chacun des trois candidats qui se présentoient pardelà le nombre des charges. Il accrut aussi la considération des Sénateurs , en ordonnant que quiconque appelleroit des Juges particuliers au Sénat, consigneroit la même somme que ceux qui portoient leur cause devant l'Empereur. Cet appel , jusqu'alors , avoit été libre & sans taxe. Sur la fin de l'année , Vibius Secundus , Chevalier Romain , fut condamné à restituer , & banni d'Italie , à la requête des Maures : il dut au crédit de Vibius Crispus , son frère de n'être pas puni plus sévèrement.

XXIX. Sous le Consulat de Cesonius Petus & de Petronius Turpilianus , nous reçûmes un violent échec en Bretagne ; Aulus Didius , comme je l'ai dit , s'étoit contenté d'y conserver nos conquêtes. Veranius , son successeur , fit quelques incursions contre les Silures , & la mort l'empêcha de porter la guerre au-delà. Il avoit joui , pendant sa vie , de la

magnâ, dum vixit, feveritatis famâ, fupremis teftamenti verbis ambitionis manifeftus: quippe, multà in Neronem adulatione, addidit, fubjecturum ei provinciam fuiffe, fi biennio proximo vixif-fet. Sed tum Paullinus Suetonius obtinebat Britannos, fcientiâ militiæ, & rumore populi, qui neminem fine æmulo finit Corbulonis concertator: receptæque Armeniæ decus æquare domitis perduellibus cupiens. Igitur Monam infulam, incolis validam, & receptaculum perfugarum, aggredi parat, navefque fabricatur plano alveo, adversùs breve littus & incertum. Sic pedes: equites vado fecuti, aut altiores inter undas, adnantes equis, tranfmifere.

XXX. Stabat pro littore diverfa acies, denfa armis virifque, intercurfantibus feminis, in modum Furiarum, quæ, vefte ferali, crinibus dejectis, faces præferebant; Druïdæque circùm, preces diras, fublatis ad cœlum manibus, fun-

réputation d'homme folide ; mais les mots qu'il mit par apoftille dans fon teftament, démafquèrent en lui la vanité d'un Courtifan. Après un éloge outré de Néron, il ajoutoit, qu'il lui auroit foumis la province, s'il avoit vécu deux ans de plus. Paulin gouvernoit alors la Bretagne ; fa fcience militaire, & la voix du peuple, qui ne laiffe perfonne fans émule, l'égaloient à Corbulon. Souhaitant donc de contre-balancer la conquête de l'Arménie en réduifant les mutins de fa province, il fe difpofe à l'attaque de l'ifle Mona, peuplée d'habitans courageux & le réceptacle des transfuges, & fait conftruire des bateaux plats pour paffer le détroit, dont le fond eft inégal & trompeur : ils fervirent à l'infanterie, tandis que la cavalerie les fuivoit, partie à gué, partie à la nage.

XXX. Aux bords oppofés, étoit rangée l'armée des Barbares en bataillons épais & ferrés ; des femmes vêtues de deuil, les cheveux épars, des torches en main, telles qu'on peint les Furies, parcouroient les rangs ; & les Druïdes à l'entour, les mains élevées vers le ciel, prononçoient des imprécations. La nouveauté de ce fpectacle frappe les

dentes , novitate adſpeɕûs perçulere milites, ut quaſi hærentibus membris, immobile corpus vulneribus præberent. Dein, cohortationibus ducis, & ſe ipſi ſtimulantes, ne muliebre & fanaticum agmen pavefcerent , inferunt ſigna , ſternuntque obvios , & igni ſuo involvunt. Præſidium poſthac impoſitum victis, exciſiqueluci, ſævis ſuperſtitionibus ſacri : nam cruore captivo adolere aras , & hominum fibris conſulere Deos , fas habebant. Hæc agenti Suetonio, repentina defeɕio provinciæ nunciatur.

XXXI. Rex Icenorum Praſutagus , longâ opulentiâ clarus , Cæſarem hæredem duaſque filias ſcripſerat , tali obſequio ratus , regnumque & domum ſuam procul injuriâ fore : quod contrà vertit : adeo ut regnum per Centuriones, domus per ſervos , velut capta vaſtarentur. Jam primùm uxor ejus Boodicea verberibus affeɕa , & filiæ ſtupro violatæ ſunt.

ſoldats ;

foldats; l'horreur qui glace leurs membres femble les livrer aux coups. Mais ranimés par les difcours du Chef & par leurs propres réflexions, ils ceffent de craindre une troupe de femmes & de fanatiques, pouffent les drapeaux en avant, renverfent ce qui réfifte, & enveloppent l'ennemi dans fes propres feux. On établit enfuite une garnifon au milieu des vaincus, & l'on abattit les forêts confacrées à leurs cruelles fuperftitions. Ces Barbares fe faifoient un devoir d'arrofer les autels du fang des captifs, & de chercher la volonté des Dieux dans les entrailles des hommes. Tels étoient les foins dont s'occupoit Paulin, lorfqu'il apprend le foulèvement fubit de la province.

XXXI. Prafutagus, Roi des Icènes, depuis long-temps célèbre par fon opulence, avoit affocié l'Empereur à fa fucceffion avec fes deux filles. Il croyoit que cette déférence mettroit fon Royaume & fa famille à l'abri de toute infulte : le contraire arriva. Des Centurions ravagèrent fes Etats, des efclaves fa maifon, comme une conquête fur l'ennemi ; ils commencèrent par battre de verges Boodicée fa veuve, & vio-

Præcipui quique Icenorum, quafi cunc-
tam regionem muneri accepiffent, avitis
bonis exfuuntur : & propinqui Regis
inter mancipia habebantur. Quâ contu-
meliâ; & metu graviorum (quando in
formam provinciæ cefferant) rapiunt
arma, commotis ad rebellationem Tri-
nobantibus, & qui alii nondum fervitio
fačti, refumere libertatem occultis con-
jurationibus pepigerant; acerrimo in ve-
teranos odio: quippe in Coloniam Camalodunum recèns dedučti, pellebant
domibus, exturbabant agris, captivos,
fervos appellando: foventibus impoten-
tiam veteranorum militibus, fimilitudine
vitæ, & fpe ejufdem licentiæ. Ad hæc
templum, divo Claudio conftitutum,
quafi arx æternæ dominationis adfpicie-
batur; (27) delečtique facerdotes, fpecie
religionis, omnes fortunas effundebant.
Nec arduum videbatur, exfcindere Coloniam, nullis munimentis feptam: quod
ducibus noftris parum provifum erat,

lèrent ses deux filles ; ensuite disposant
de tout le pays de même que si on leur
en eût fait présent, ils enlevèrent aux
principaux des Icènes les biens de leurs
ancêtres, & traitèrent les parens du
Prince en esclaves. A ces insultes se
joignoit la crainte de maux plus affreux ;
parce qu'on avoit fait du Royaume une
Province Romaine. Les Icènes courent
donc aux armes, engagent à la révolte
les Trinobantes & d'autres, qui n'étant
point encore faits à l'esclavage, venoient
de complotter en secret de reprendre
leur liberté, par haine sur-tout contre
les vétérans. Ceux-ci, conduits récemm-
ment en Colonie à Camalodunum, chas-
soient les habitans de leurs maisons,
de leurs champs, les appelant des captifs
& des esclaves, & les soldats dont les
mœurs étoient semblables, appuyoient
ces vexations, dans l'espoir de jouir un
jour de la même licence. D'ailleurs,
le temple élevé au divin Claude étoit
regardé comme un monument propre
à éterniser la tyrannie ; & c'étoit-là
que par le soin des Prêtres choisis pour
son culte, s'engloutissoit, sous prétexte
de religion, la fortune de tous les particuliers. Or il ne sembloit pas difficile

D ij

dum amœnitati priùs , quàm ufui confulitur.

XXXII. Inter quæ , nullâ palam caufâ ,
delapfum Camaloduni fimulacrum Victoriæ , ac retro converfum , quafi cederet
hoftibus. (28) Et feminæ , in furore turbatæ , adeffe exitium canebant. Exter-
nofque fremitus in curiâ eorum auditos ;
confonuiffe ululatibus theatrum , vifam-
que fpeciem in æftuario Tamefæ fub-
verfæ Coloniæ , jam Oceanum cruento
adfpectu ; dilabente æftu , humanorum
corporum effigies relictas, ut Britanni
ad fpem, ita veterani ad metum trahe-
bant. Sed quia procul Suetonius aberat,
petivere à Cato Deciano procuratore
auxilium. Ille haud amplius quàm du-
centos, fine juftis armis mifit : & inerat
modica militum manus. Tutelâ templi
freti, & impedientibus, qui occulti re-
bellionis confcii, confilia turbabant, neque foffam aut vallum præduxerunt,

de raſer une Colonie ſans remparts, article négligé par nos Généraux : .on s'étoit procuré les agrémens avant le néceſſaire.

XXXII. Dans cet intervalle, une ſtatue de la Victoire fut renverſée à Camalodunum ſans cauſe apparente, de manière à faire croire qu'elle tournoit le dos à l'ennemi : des femmes agitées de mouvemens convulſifs, annonçoient une ruine prochaine : dés ſons menaçans entendus dans leur Sénat, des hurlemens au théâtre, l'image d'une Colonie détruite, vue dans les eaux à l'embouchure de la Tamiſe, l'Océan de couleur de ſang, des eſpèces de corps humains laiſſés ſur les bords au reflux, ſembloient autant de prodiges qui encourageoient les Bretons & nous glaçoient d'effroi. Dans l'éloignement où ſe trouvoit Paulin, les vétérans demandent du ſecours à l'Intendant Catus Decianus ; il leur envoie deux cents hommes au plus, ſans armure complette. La Colonie n'avoit qu'une poignée de ſoldats ; elle s'étoit fiée ſur la forterreſſe du temple, & d'ailleurs des complices ſecrets de la conjuration la détournoient des meſures qu'elle auroit pu prendre.

D iij

neque motis fenibus & feminis, juventus fola reftitit : quafi mediâ pace incauti , multitudine Barbarorum circumveniun- tur. Et cætera quidem impetu direpta, aut incenfa funt : templum , in quo fe miles conglobaverat , biduo obfeffum , expugnatumque. Et victor Britannus , Petilio Ceriali , legato legionis nonæ , in fubfidium adventanti obvius , fudit legionem , &, quod peditum , interfecit. Cerialis cum equitibus evafit in caftra , & munimentis defenfus eft. Quâ clade , & odiis provinciæ quam avaritiâ in bel- lum egerat, trepidus procurator Catus in Galliam tranfiit.

XXXIII. At Suetonius mirâ conftan- tiâ medios inter hoftes Londinium per- rexit, cognomento quidem Coloniæ non infigne , fed copiâ negotiatorum & com- meatuum maximè celebre : ibi ambi-

On ne fit ni foffés ni paliffades, on ne mit point à l'écart les femmes & les vieillards, pour n'oppofer que des guerriers à l'ennemi; enfin on étoit auffi peu fur fes gardes qu'en pleine paix, lorfqu'une multitude de Barbares vient envelopper la ville. Tout eft pris d'emblée ou réduit en cendres, à l'exception du temple où les foldats s'étoient raffemblés. Il fut forcé le fecond jour du fiège. Petilius Cerialis, Lieutenant de la neuvième légion, accouroit au fecours de la place. Le Breton déjà vainqueur, marche à fa rencontre, enfonce la légion, & maffacre l'infanterie : Cerialis, forcé de fuir avec la cavalerie, ne dut fon falut qu'aux remparts de fon camp. L'Intendant Catus, effrayé de ces défaftres, & de la haine de toute une province, dans laquelle fes malverfations venoient d'allumer la guerre, fe fauva dans les Gaules.

XXXIII. Mais Paulin, fans s'épouvanter, s'avance à travers les ennemis jufqu'à Londres. Quoique cette ville ne jouît pas du titre de Colonie, la multitude de fes navires & de fes Commerçans la rendoit très-célèbre. Après avoir balancé s'il y établira le fiège de

guus, an illam fedem bello deligeret, circumfpectâ infrequentiâ militis, fatifque magnis documentis temeritatem Petilii coercitam, unius oppidi damno fervare univerfa ftatuit. Neque fletu & lacrymis auxilium ejus orantium flexus eft, quin daret profectionis fignum, & comitantes in partem agminis acciperet. Si quos imbellis fexus, aut feffa ætas, vel loci dulcedo attinuerat, ab hofte oppreffi funt. Eadem clades municipio Verulamio fuit, quia barbari, omiffis caftellis præfidiifque militarium, quod uberrimum fpolianti, & defendentibus intutum, læti prædâ, & aliorum fegnes petebant. Ad feptuaginta millia civium & fociorum, iis quæ memoravi locis cecidiffe conftitit: neque enim capere aut venundare, aliudve quod belli commercium, fed cædes, patibula, ignes, cruces tanquam reddituri fupplicium, ac præreptâ interim ultione, feftinabant.

la guerre, il jette les yeux fur le petit
nombre de fes foldats ; le mauvais fuccès
qu'avoit eu la témérité de Cerialis étoit
une puiffante leçon ; il fe détermine
donc à facrifier une ville pour fauver
le refte. Ni les gémiffemens, ni les
larmes des malheureux qui réclamoient
fon appui, ne l'empêchèrent de donner
le fignal du départ, & de joindre à
l'armée quiconque put le fuivre. Tous
ceux que la pefanteur de l'âge, la foi-
bleffe du fexe, ou les agrémens de
Londres, y retinrent, furent maffacrés
par l'ennemi. Verulanium, ville municipale, eut le même fort, parce que
les Barbares, avides de butin & fans
ardeur à l'égard du refte, laiffoient en
arrière les places fortes & les garnifons,
pour fe jeter fur les endroits riches &
mal défendus. Il eft certain que dans
les villes dont j'ai parlé, ils tuèrent
environ foixante-dix mille citoyens ou
alliés : car ils ne fongeoient ni à garder,
ni à vendre ou échanger des captifs,
mais ils fe hâtoient de maffacrer, de
pendre, d'attacher en croix, ou de brûler
tous ceux dont ils purent fe faifir, comme
prévoyant leur propre punition & voulant s'en venger d'avance.

XXXIV. Jam Suetonio quartadecima legio cum vexillariis vicefimanis, & è proximis auxiliares, decem fermè millia armatorum erant : quum omittere cunctationem, & congredi acie parat : deligitque locum artis faucibus, & à tergo filvâ claufum ; fatis cognito, nihil hoftium, nifi in fronte, & apertam planitiem effe, fine metu infidiarum. Igitur legionarius frequens ordinibus, levis circùm armatura, conglobatus pro cornibus eques adftitit. At Britannorum copiæ paffim per catervas & turmas exfultabant, (29) quanta non aliàs multitudo, & animo adeo fero, ut conjuges quoque teftes victoriæ fecum traherent, plauftrifque imponerent, quæ fuper extremum ambitum campi pofuerant,

XXXV. Boodicea, curru filias præ fe vehens, ut quamque nationem accefferat, « Solitum quidem Britannis feminarum ductu bellare teftabatur; fed tunc non, ut tantis majoribus ortam,

. XXXIV. A peine Paulin, en réunif-
fant la quatorzième légion aux vexil-
laires de la vingtième & aux auxiliaires
les plus proches, a-t-il environ dix mille
hommes, qu'il fe détermine à ne plus
temporifer & à livrer bataille. Il fe pofte
dans une gorge fermée d'un bois par-
derrière, après s'être bien affuré qu'il
n'a d'ennemis qu'en face & en rafe campagne, fans aucune embûche à craindre.
Les légionnaires ferrent les rangs, les
troupes légères les environnent, la cavalerie s'eft entaffée fur les aîles. Les
Bretons épars çà & là par bataillons &
par efcadrons, treffailloient de joie ;
jamais ils ne s'étoient raffemblés en fi
grand nombre : leur confiance fut telle,
qu'ils voulurent avoir leurs femmes pour
témoins de la victoire : on les rangea fur
des charriots qui bordoient l'extrémité
de la plaine.

. XXXV. Boodicée, fur un char, tenant devant elle fes deux filles, haran-
guoit chaque nation. « Il n'eft point
nouveau pour les Bretons, leur difoit-
elle, d'être conduits aux combats par
une femme; néanmoins, celle qui com-

D vj

regnum & opes; verùm, ut unam è
vulgo, libertatem amiſſam, confeꝗtum
verberibus corpus, contreꝗtatam filia-
rum pudicitiam ulciſci. Eò proveꝗtas
Romanorum cupidines, ut non corpora,
ne feneꝗtam quidem, aut virginitatem
impollutam relinquant. Adeſſe tamen
Deos juſtæ vindiꝗtæ: cecidiſſe legionem,
quæ prælium auſa fit : cæteros caſtris
occultari, aut fugam circumſpicere. Ne
ſtrepitum quidem & clamorem tot millium, nedum impetus & manus perlaturos. Si copias armatorum, fi cauſas
belli fecum expenderent, vincendum
illâ acie, vel cadendum eſſe. Id mulieri deſtinatum : viverent viri, & fervirent. »

XXXVI. (30) Ne Suetonius quidem
in tanto diſcrimine filebat: qui, quamquam confideret virtuti, tamen exhor-
tationes & preces miſcebat : « Ut ſper-
nerent ſonores barbarorum, & inanes
minas : plus illic feminarum, quàm

mande aujourd'hui ne défend ni ſes Etats
ni ſes richeſſes, ainſi qu'il conviendroit
à ſa haute naiſſance ; elle eſt réduite,
comme une perſonne du commun, à
venger ſa liberté ravie, ſon corps déchiré de verges, ſes filles déshonorées.
La cupidité des Romains en eſt venue
juſqu'à flétrir l'âge innocent & la vieil-
leſſe ; mais les Dieux veillent à notre
juſte vengeance ; la légion qui a tenté de
nous combattre eſt detruite, les autres
ſe cachent dans leur camp, ou cher-
chent à s'évader. Le bruit, les cris de
tant de milliers d'ennemis les épouvan-
tent déjà ; comment réſiſteroient-ils à
leur choc & à leurs coups ? Soit qu'on
réfléchiſſe ſur les motifs de cette guerre,
ou ſur le nombre des combattans, c'eſt
ici qu'il faut vaincre ou périr ; une femme
y eſt déterminée : que les hommes vivent & ſubiſſent l'eſclavage. »

XXXVI. La grandeur du péril n'empêcha pas Paulin de haranguer auſſi.
Quoique plein de confiance dans la valeur de ſes troupes, il y joint les ex-
hortations & les prières. « Mépriſez,
diſoit-il, les cris des Barbares & des
menaces vaines. Vous voyez devant vous

juventutis adfpici : imbelles inermes,
cefluros ftatim, ubi ferrum virtutemque
vincentium, totiens fufi, agnoviffent :
etiam in multis legionibus paucos effe
qui præliа profligarent : gloriæque eorum acceffurum, quòd modica mánus,
univerfi exercitûs famam adipifcerentur.
Conferti tantùm, & pilis emiffis, pòft
umbonibus & gladiis, ftragem cædemque continuarent, prædæ immemores:
partâ victoriâ, cuncta ipfis ceffura. " Is
ardor verba ducis fequebatur, ita fe ad
intorquenda pila expedierat vetus miles
& multâ præliorum experientiâ, ut cer-
tus eventûs Suetonius, daret pugnæ
fignum.

XXXVII. Ac primùm legio gradu
immota, & anguftias loci pro muni-
mento retinens, poftquam propiùs fug-
greffus hoftis certo jactu tela exhaufe-
rat, velut cuneo erupit. Idem auxiliarium impetus : & eques, protentis

plus de femmes que de combattans, des gens fans cœur, fans armes, prêts à ceder, fi-tôt qu'à votre valeur & à vos coups ils auront reconnu ces vainqueurs qui les ont défaits tant de fois. C'eft toujours un petit nombre qui décide l'avantage, lors même qu'on a beaucoup de légions. Ce fera pour vous un furcroît de gloire, n'étant qu'une poignée d'hommes, d'acquérir autant d'honneur qu'une armée bien complette : il ne s'agit que de ferrer les rangs, de lancer vos dards, & de continuer le maffacre & la déroute à coups d'épées & de boucliers, fans penfer au butin. La victoire une fois acquife vous livrera tout. » Ce difcours eft accueilli par tant de cris d'alégreffe, & le vieux foldat, éprouvé dans une multitude de rencontres, prépare fes javelots avec une contenance fi ferme, que Paulin, certain du fuccès, donne le fignal du combat.

XXXVII. La légion garde d'abord fon pofte, fe fervant du défilé comme d'un rempart. Lorfque tous fes traits font épuifés, fans qu'aucun ait porté à faux fur l'ennemi qui s'eft avancé, elle fait irruption en forme de coin, les auxiliaires fondent en même-temps, le

haftis, perfringit quod obvium & validum erat. Cæteri terga præbuere, difficili effugio, quia circumjecta vehicula fepferant abitus. Et miles ne mulierum quidem neci temperabat : confixaque telis etiam jumenta, corporum cumulum auxerant. Clara, & antiquis victoriis par, eâ die, laus parta : quippe funt, qui paullo minùs, quàm octoginta millia Britannorum, cecidiffe tradant, militum quadringintis fermè interfectis, nec multò ampliùs vulneratis. Boodicea vitam veneno finivit. Et Pænius Poftumus, Præfectus caftrorum fecundæ legionis, cognitis quartadecimanorum vicefimanorumque profperis rebus, quia pari gloriâ legionem fuam fraudaverat, abnueratque, contra ritum militiæ, juffa ducis, feipfum gladio tranfegit.

XXXVIII. Contractus deinde omnis exercitus, fub pellibus habitus eft, ad reliqua belli perpetranda. Auxitque copias Cæfar, miffis è Germaniâ duobus

cavalier, la lance en arrêt, renverfe ce qui fe rencontre, & force tout obftacle; le refte des ennemis a déjà tourné le dos fans trouver où s'évader, parce que l'enceinte des chariots l'arrête. L'épée du Romain n'épargne pas même les femmes, & des monceaux de corps s'accumulent fur les bêtes de fommes percées de traits. La gloire de cette journée, comparable aux anciennes victoires, fut complette. Il y périt environ quatre-vingt mille Bretons, au rapport de quelques-uns; nous n'eûmes que quatre cents hommes de tués, & guère plus de bleffés. Boodicée termina fa vie par le poifon. Penius Pofthumus, Préfet du camp de la feconde légion, ayant appris le fuccès de la quatorzième & de la vingtième légion, fe paffa fon épée au travers du corps, de regret d'avoir empêché la fienne de partager leur gloire, & de s'être oppofé contre les Loix militaires aux ordres de fon Général.

XXXVIII. Enfuite Paulin raffembla toute l'armée, qu'il tint fous des tentes pour achever de dompter les rebelles. L'empereur augmenta fes troupes d'un détachement de deux mille légionnaires

legionariorum millibus, octo auxiliarium
cohortibus, ac mille equitibus: quorum
adventu, nonani legionario milite fup-
pleti funt; cohortes alæque novis hibernaculis locatæ, quodque nationum
ambiguum, aut adverfum fuerat, igni
atque ferro vaftatur. Sed nihil æquè,
quàm fames adfligebat ferendis frugibus
incuriofos, & omni ætate ad bellum
verfâ, dum noftros commeatus fibi def-
tinant; gentefque præferoces tardiùs ad
pacem inclinant; quia Julius Clafficia-
nus, fucceffor Cato miffus, & Suetonio
difcors, bonum publicum privatis fimultatibus impediebat : difperferatque novum legatum opperiendum effe, fine
hoftili irâ & fuperbiâ victoris, clementer
deditis confulturum. Simul in urbem
mandabat, nullum prælio finem exf-
pectarent, nifi fuccederetur Suetonio :
cujus adverfa pravitati ipfius, profpera
ad fortunam Reipub. referebat.

de Germanie, de huit cohortes auxiliaires, & de mille chevaux. A leur
arrivée, on recruta l'infanterie de la
neuvième légion ; les cohortes & les
aîles furent placées dans de nouveaux
quartiers d'hiver, & toutes les Nations
déclarées contre nous ou suspectes, furent ravagées par le fer & la flamme ;
mais la famine les faisoit encore plus
souffrir. Ces peuples peu soigneux d'en-
semencer leurs champs, & comptant sur
nos provisions, ne s'étoient occupés que
de la guerre ; cependant un amour ex-
cessif de la liberté les faisoit attendre
jusques à l'extrémité pour se rendre ; de
plus, le successeur de Catus, Julius
Classicianus, jaloux de Paulin, sacrifiant
le bien public à son animosité particulière, répandoit qu'ils feroient bien de
différer jusqu'à l'arrivée d'un nouveau
Lieutenant, qui n'ayant ni le ressentiment d'un ennemi, ni la fierté d'un
vainqueur, traiteroit avec clémence ceux
qui se soumettroient à lui. Il mandoit
en même-temps à Rome, qu'on n'espérât
point de fin aux combats, si l'on ne donnoit pas un successeur à Paulin, im-
putant les revers à l'incapacité du Gé-

XXXIX. Igitur ad fpeƈtandum Britanniæ ftatum miſſus eſt ex libertis Polycletus , magnâ Neronis fpe , poſſe' auƈtoritate ejus, non modò inter Legatum Procuratoremque concordiam gigni, fed & rebelles Barbarorum animos pace componi. Nec defuit Polycletus , quominus, ingenti agmine Italiæ Galliæque gravis , poſtquam Oceanum tranſmiſerat , militibus 'quoque noſtris terribilis incederet. Sed hoſtibus irriſui fuit, apud quos flagrante etiam tum libertate , nundum cognita libertorum potentia erat, mirabanturque, quòd dux, & exercitus tanti belli confeƈtor , ſervitiis obedirent. Cunƈta tamen ad Imperatorem in mollius relata. Detentuſque rebus gerundis Suetonius , quòd pòſt paucas naves in littore , remigiumque in iis amiſerat, tamquam durante bello, tradere exercitum Petronio Turpiliano , qui jam conſulatu abierat , jubetur. Is non

néral, & les fuccès à la fortune de la République.

XXXIX. L'affranchi Polyclète, en conféquence de ces plaintes, eft envoyé pour reconnoître l'état de la Bretagne. Néron ne doutoit pas qu'un homme d'un tel poids ne pût non - feulement faire naître la bonne intelligence entre le Proconful & l'Intendant, mais pacifier l'humeur féditieufe des Barbares. Polyclète ne manqua pas de fatiguer l'Italie & les Gaules par un nombreux cortège, & de fe rendre formidable même à nos troupes dès qu'il eut paffé l'Océan; mais il fut la rifée des Bretons. Le fentiment de la liberté, trop récent encore, ne leur permettoit pas de concevoir quelle étoit la puiffance d'un affranchi; ils admiroient qu'un Général & une armée qui venoient de terminer une telle guerre, obéiffent à des efclaves. On ne redit cependant à l'Empereur que ce qui le pouvoit tranquillifer : Paulin fut laiffé pour adminiftrer la Province; mais ayant enfuite perdu quelques vaiffeaux fur les côtes avec leur équipage, il reçut ordre, comme fi la guerre eût continué, de remettre l'armée à Turpilianus, dont le Confulat venoit d'ex-

inritato hofte, neque laceffitus, honeftum pacis nomen fegni otio impofuit.

XL. Eodem anno, Romæ infignia
fcelera, alterum Senatoris, fervili alterum audaciâ, admiffa funt. Domitius
Balbus erat Prætorius, fimul longâ feneftâ, fimul orbitate & pecuniâ infidiis
obnoxius; ei propinquus Valerius Fabianus, capeffendis honoribus deftinatus,
(31) fubdidit teftamentum, adfcitis Vin-
cio Rufino, & Terentio Lentino, Equitibus Romanis. Illi Antonium Primum,
& Afinium Marcellum fociaverant. (32)
Antonius audaciâ promptus; Marcellus
Afinio Pollione proavo clarus neque morum fpernendus habebatur, nifi quòd
paupertatem præcipuum malorum credebat. Igitur Fabianus tabulas iis, quos
memoravi, & aliis minùs inluftribus,
obfignat : quod apud Patres convictum :
& Fabianus Antoniufque cum Rufino
& Terentio lege Corneliâ damnantur.

pirer. Celui-ci ne provoquant pas l'ennemi, n'en fut point attaqué, & décora fa molle inaction du nom de paix.

XL. La même année, deux forfaits infignes commis dans Rome, l'un par un Sénateur, l'autre par l'audace d'un efclave, y firent un grand bruit. Cornelius Balbus, ancien Préteur, fembloit préfenter une amorce à la cupidité par fa longue vieilleffe & fes biens immenfes fans aucun proche héritier. Valerius Fabianus, fon parent, deftiné aux premières charges, lui fuppofe un teftament, & fait entrer dans fes intérêts les Chevaliers Romains Vincius Rufinus & Terentius Lentinus. Ceux-ci s'étoient affocié Antonius Primus & Afinius Marcellus. Antoine étoit d'une audace à n'héfiter fur rien. Marcellus, petit-fils du célèbre Afinius Poliion, paffoit pour avoir des mœurs, & regardoit néanmoins la pauvreté comme le plus grand des maux. Fabien engage ceux que j'ai nommés, & d'autres moins illuftres, à figner le faux acte. Le crime étant vérifié dans le Sénat, Fabien, Antoine, Rufin & Térence furent condamnés aux peines portées par la Loi Cornelia; quant

Marcellum memoria majorum, & preces Cæſaris, pœnæ magis, quàm infamiæ exemere.

XLI. Perculit is dies Pompeïum quoque Ælianum, juvenem Quæſtorium, tamquam flagitiorum Fabiani gnarum : eique Itàliâ & Hiſpaniâ, in quâ ortus erat, interdiĉtum eſt. Pari ignominiâ Valerius Ponticus adficitur, quòd reos, ne apud Prefeĉtum urbis arguerentur, àd Prætorem detuliſſet, interim, ſpecie legum, mox prævaricando, ultionem eluſurus. Additur Senatuſconſulto : qui talem operam emptitaſſet, vendidiſſetve, perinde pœnâ teneretur, ac publico (33) judicio calumniæ condemnatus.

XLII. Haud multò pòſt, Præfeĉtum urbis, Pedanium Secundum, ſervus ipſius interfecit : ſeu negatâ libertate, cui pretium pepigerat; ſive amore exoleti infenſus, & dominum æmulum non tole-

à

à Marcellus, la mémoire de fes en-
cêtres & les inftances du Prince lui firent éviter la punition, mais non le déshonneur.

XLI. Pompeïus Elianus, jeune homme qui avoit été Quefteur, fut flétri
ce même jour comme ayant eu connoiffance des intrigues de Fabien, & banni
de l'Italie & de l'Efpagne fa patrie.
Valerius Ponticus fubit le même affront
pour avoir porté l'accufation devant le
Préteur, afin d'en dérober la connoiffance
au Préfet de la ville, & de fouftraire
les coupables au châtiment, d'abord
en vertu de cet appel juridique, puis
par un abandon de la caufe. On ajouta
au Sénatufconfulte, que quiconque auroit donné ou reçu de l'argent pour
une femblable prévarication, feroit condamné à la même peine que ceux qui
auroient été convaincus publiquement de
fraude.

XLII. Peu de temps après, Pedanius
Secundus, Préfet de la ville, fut tué
par un de fes efclaves ; foit qu'après être
convenu du prix de fa liberté il la lui
refufât, ou que l'efclave rival de fon
maître, fe fût laiffé emporter à un mouvement de jaloufie. Lorfqu'il fut quef-

rans. Ceterùm quum, vetere ex moré,
familiam omnem, quæ fub eodem tecto
manfitaverat, ad fupplicium agi oportè-
ret, concurfu plebis, quæ tot innoxios
protegebat, ufque ad feditionem ventum eft : Senatuque in ipfo erant ftudia
nimiam feveritatem adfpernantium, pluribus nihil mutandum cenfentibus. Ex
quîs C. Caffius, fententiæ loco, in hunc
modum differuit.

XLIII. « Sæpenumerò, Patres Confcripti, in hoc ordine interfui, quum
contra inftituta & leges majorum nova
Senatûs decreta poftularentur : neque
fum adverfatus : non quia dubitarem
fuper omnibus negotiis meliùs atque
rectiùs olim provifum, &, quæ conver-
terentur, in deterius mutari; fed ne,
nimio amore antiqui moris, ftudium
meum extollere viderer. Simul, quidquid hoc in nobis auctoritatis eft, crebris contradictionibus deftruendum non
exiftimabam, ut maneret integrum, fi

tion, fuivant l'ancien ufage, de conduire au fupplice tous les efclaves qui
s'étoient trouvés dans la maifon au moment de l'affaffinat, la compaffion du
peuple en faveur de tant d'innocens,
dégénéra en fédition; & dans le Sénat
même, plufieurs blâmoient cette exceffive féverité; mais le plus grand nombre étoit d'avis de ne rien innover.
Caffius, un de ces derniers, opina de
la forte.

XLIII. « J'ai fouvent vu, Pères Confcrits, folliciter ici des Ordonnances con-
tradictoires aux ftatuts & aux Loix de
nos ancêtres, fans m'y oppofer. Je fuis
cependant perfuadé qu'on prenoit autrefois le parti le meilleur & le plus rai-
fonnable dans toutes-les affaires, & que
tout ce que nous y changeons maintenant n'aboutit qu'à faire plus mal. Mais
j'ai craint qu'un zèle exceffif pour les
maximes anciennes, ne fût taxé d'obf-
tination de ma part à faire prévaloir mes
fentimens; d'ailleurs, j'appréhendois que
des oppofitions trop fréquentes ne me
fiffent perdre ce que je puis avoir de
crédit, & je le réfervois tout entier pour

E ij

quando Refpub. confiliis eguiffet : quod
hodie evenit, Confulari viro domi fuæ
interfecto per infidias ferviles, quas nemo prohibuit, aut prodidit, quamvis
nondum concuffo Senatufconfulto, quod
fupplicium toti familiæ minitabatur. De-
cernite herculè impunitatem. At quem
dignitas fua defendet ? quum Præfec-
tura urbis non profuerit : quem numerus
fervorum tuebitur ? quum Pedanium
Secundum quadringenti non protexe-
rint : cui familia opem feret ? quæ ne
in metu quidem pericula noftra avertit : An ut quidam fingere non erubef-
cunt, injurias fuas, ultus eft interfec-
tor ? quia de paternâ pecuniâ tranfegerat,
aut avitum mancipium detrahebatur :
Pronuntiemus ultro, dominum jure cæ-
fum videri. »

XLIV. « Libet argumenta conquirere
in eo, quod fapientioribus deliberatum
eft ? Sed & fi nunc primùm ftatuendum
haberemus, creditifne fervum interfi-

les conjonctures où la République en auroit befoin : c'eft ce qui arrive maintenant. Un Confulaire vient d'être maffacré chez lui par la perfidie d'un de fes efclaves, fans que perfonne l'ait découverte ou empêchée ; quoique le Senatufconfulte, qui menaçoit tous les autres, n'eût point encore reçu d'atteinte. Accordez-leur l'impunité : qui fe fiera déformais fur fon rang ? celui de Gouverneur de la ville n'a pas fauvé Pedanius : fur le nombre de fes efclaves ? quatre cents des fiens ne l'ont pas défendu. Quel maître fera fecouru par fes domeftiques, fi leur propre danger ne les a pas éclairés fur nos périls ? Prétendra-t-on, comme quelques-uns n'ont pas rougi de le feindre, que le meurtrier s'eft vengé d'une injuftice ? Il tenoit apparemment de fon père le bien dont il avoit tranfigé, ou fes ancêtres lui avoient légué l'efclave qu'on lui raviffoit ; faifons plus, déclarons cet affaffinat légitime. »

XLIV. « Eft-on tenté d'appuyer par des raifonnemens, ce qu'ont ftatué les plus fages des hommes ? Mais quand on en délibéreroit aujourd'hui pour la première fois, croyez-vous qu'un efclave

ciendi domini animum infumpfiffe, ut
non vox minax excideret? nihil per temeritatem proloqueretur? Sanè confilium occuluit, telum inter ignaros pa-
ravit : (34) num excubias tranfiret,
cubiculi fores recluderet, lumen infer-
ret, cædem patraret, omnibus nefciis?
Multa fceleris indicia præveniunt. Servi
fi prodant, poffumus finguli inter plures, tùti inter anxios; poftremò, fi pereundum fit, non inulti inter nocentes,
agere. Sufpecta majoribus noftris fuere
ingenia fervorum, etiam quum in agris
aut domibus iifdem nafcerentur, cari-
tatemque dominorum ftatim acciperent.
Poftquam verò nationes in familiis ha-
bemus, quibus diverfi ritus, externa
facra, aut nulla funt, colluviem iftam
non nifi metu coercueris. At quidam
infontes peribunt. Nam & ex fufo exer-
citu, quum decimus quifque fufti feri-
tur, etiam ftrenui fortiuntur. Habet
aliquid ex iniquo omne magnum exem-

fe détermine à tuer fon maître fans s'être emporté d'abord à des menaces, fans qu'il lui foit échappé des propos inconfidérés ? Je veux qu'il ait caché fon deffein, que perfonne ne l'ait vu s'armer. Paffera-t-il devant la fentinelle ? ouvrira-t-il la chambre ? y introduira-t-il de la lumière ? portera-t-il les coups, à l'infçu de tout le monde ? Un crime eft toujours précédé d'une multitude d'indices. Si les efclaves les révèlent, un maître peut vivre feul au milieu d'un nombreux domeftique, fans alarmes parmi tant de gens qui veillent ; ou du moins, s'il faut qu'il périffe, il n'expirera pas entre les coupables fans être vengé. Nos ancêtres ont redouté le génie de l'efclavage dès le temps où l'efclave naiffoit dans leurs terres ou dans la même maifon qu'eux, & lorfque fa première affection étoit un fentiment de tendreffe pour fes maîtres. Préfentement que nous employons à notre fervice des Nations entières, attachées à des rits différens, à des religions étrangères, ou qui n'en admettent aucune, la crainte eft l'unique frein capable de contenir ce bizarre affemblage. Quelques innocens périront ; mais quand on

plum, (35) quod contra fingulos utilitate publicâ rependitur. »

XLV. Sententiæ Caffii, ut nemo unus
contrà ire aufus eft, ita diffonæ voces
refpondebant, numerum, aut ætatem,
aut fexum ac plurimorum indubiam in-
nocentiam miferantium. Prævaluit tamen pars, quæ fupplicium decernebat:
fed obtemperari non poterat, conglobatâ
multitudine, & faxa ac faces minitante.
Tum Cæfar populum Edicto increpuit;
atque omne iter, quo damnati ad pœnam
ducebantur, militaribus præfidiis fepfit.
Cenfuerat Cingonius Varro, ut liberti
quoque, qui fub eodem tecto fuiffent,
Italiâ deportarentur. Id à Principe pro-
hibitum eft, ne mos antiquus, quem
mifericordia non minuerat, (36) per
fævitiam intenderetur.

XLVI. Damnatus iifdem Confulibus
Tarquitius Prifcus repetundarûm, Bi-

décime une armée qui a pris la fuite, les gens de cœur tirent comme les lâches. Nulle punition étendue sans quelque injustice particulière, que compense l'utilité publique. »

XLV. Personne n'osant s'opposer en son propre nom à l'avis de Cassius, on ne fit entendre qu'un mélange confus de plaintes sur le nombre, l'âge, le sexe, & l'innocence manifeste de la plupart des esclaves de Pedanius : ceux qui les condamnoient prévalurent néanmoins ; mais la sentence ne pouvoit s'exécuter : une multitude de gens s'attroupoit avec menace, & s'armoit de pierres & de torches. L'Empereur réprimanda le peuple par un Edit, & fit disposer des soldats le long du chemin par où ces infortunés étoient menés au supplice. Cingonius Varro avoit proposé de bannir d'Italie les affranchis qui s'étoient alors trouvés dans la maison de Pedanius. L'Empereur répondit, que si la compassion n'avoit pas fait déroger à la rigueur de l'ancienne Loi, du moins ne devoit-on pas avoir la cruauté d'y rien ajouter.

XLVI. Sous les mêmes Consuls, Tarquitius Priscus fut condamné à restitution, à la requête des Bithyniens ;

E v

thynis interrogantibus, magno Patrum gaudio, qui accusatum ab eo Statilium Taurum, Proconsulem ipsius, meninerant. Census per Gallias à Q. Volusio, & Sextio Africano, Trebellioque Maximo acti sunt, æmulis inter se, per nobilitatem, Volusio atque Africano : Trebellium dum uterque dedignatur, suprà tulere.

XLVII. Eo anno, mortem obiit Memmius Regulus, auctoritate, constantiâ, famâ, in quantum, præumbrante Imperatoris fastigio, datur, clarus : adeo ut Nero æger valetudine, & adulantibus circùm, qui finem imperio adesse dicebant, si quid fato pateretur, responderit, habere subsidium Rempub. Rogantibus dehinc in quo potissimum ? addiderat, « in Memmio Regulo. » Vixit tamen post hæc Regulus, quiete defensus; & quia, novâ generis claritudine, neque invidiosis opibus erat. Gymnasium eo anno dedicatum à Nerone, præ-

cette fentence fit grand plaifir au Sénat,
qui fe rappeloit que le même Tarquitius avoit déféré Statilius Taurus fon
Proconful. Quintus Volufius, Sextius
Africanus, & Trebellius Maximus,
tinrent les Etats des Gaules. Les deux
premiers, fiers de leur nobleffe, cherchant à s'effacer mutuellement, firent
paroître au-deffus d'eux Trebellius qu'ils
dédaignoient l'un & l'autre.

XLVII. Cette même année, mourut
Memmius Regulus, dont le crédit, la
conftance & la renommée avoient autant
éclaté que le permet l'ombre répandue
par la puiffance impériale fur les particuliers. Les flatteurs difoient un jour à
Néron alors malade, que c'en étoit fait
de l'Empire fi le Deftin difpofoit de lui.
Il répondit, qu'il reftoit une reffource
à la République; & comme ils lui demandèrent dans qui? il ajouta : « Dans
Memmius Regulus; » cependant Memmius furvécut à cette réponfe. L'amour
du repos le garantit; d'ailleurs fon illuftration étoit récente, & fon bien peu
digne d'envie. Cette année, Néron dédia
un gymnafe, & pour imiter la généro-

bitumque oleum Equiti ac Senatui, Græcâ facilitate.

XLVIII. P. Mario, L. Afinio Confulibus, Antiftius Prætor, quem in Tribunatu plebis licenter egiffe memoravi, probrofa adversùs Principem carmina factitavit; vulgavitque celebri convivio, dum apud Oftorium Scapulam epulatur. Exin à Coffutiano Capitone, qui nuper Senatorium ordinem, precibus Tigellini, foceri fui, receperat, majeftatis delatus eft. Tum primùm revocata ea lex; credebaturque haud perinde exitium Antiftio, quàm Imperatori gloriam quæri, uti condemnatus à Senatu, interceffione Tribunicià morti eximeretur. Et quum Oftorius nihil audiviffe pro teftimonio dixiffet, adverfis teftibus creditum. Cenfuitque Junius Marullus Conful defignatus, adimendam reo præturam, necandumque more majorum. Cæteris inde adfentientibus, Pætus Thrafea, multo cum honore Cæ-

fité des Grecs, il y fit donner gratuitement l'huile aux Chevaliers & aux
Sénateurs.

XLVIII. Sous le Confulat de P.
Marius & de L. Afinius, le Préteur L.
Antiftius, qui, comme je l'ai dit, s'étoit
comporté féditieufement dans fa charge
de Tribun, compofa des vers contre
l'Empereur, & les lut à table au milieu
d'une affemblée nombreufe, chez
Oftorius Scapula. Coffutianus Capito,
rentré nouvellement dans le Sénat
par le crédit de Tigellinus fon beau-
père, en prit occafion d'accufer
Antiftius du crime de lèze-Majefté.
C'étoit la première fois qu'on rappeloit cette Loi fous Néron. Le public
fe perfuada que la Cour fe propofant
moins de perdre l'accufé que de relever
la gloire du Prince, vouloit que le
Sénat rendît une Sentence de mort,
& que Néron, en vertu de la puiffance Tribunicienne, en empêchât l'exécution. Ainfi, quoiqu'Oftorius, cité comme témoin, eût déclaré n'avoir rien
entendu, on crut ceux qui dépofoient
contre Antiftius. Junius Marullus, défigné Conful, opina qu'il fût dépouillé
de la Préture & mis à mort, fuivant

faris, & acerrimè increpito Antiſtio,
« non, quidquid nocens reüs pati me-
» reretur, id, egregio ſub Principe, &
» nullâ neceſſitate obſtricto Senatu, ſta-
» tuendum, diſſeruit : carnificem &
» laqueum pridem abolita : & eſſe pœnas
» legibus conſtitutas, quibus ſine judi-
» cum ſævitiâ & temporum infamiâ,
» ſupplicia decernerentur. Quin in in-
» ſulâ, publicatis bonis, quò longiùs
» fontem vitam traxiſſet, eò privatim
» miſerior, & publicæ clementiæ ma-
» ximum exemplum futurum. »

XLIX. Libertas Thraſeæ ſervitium
aliorum rupit : & (37) poſtquam diſ-
ceſſionem Conſul permiſerat, pedibus
in ſententiam ejus iere, paucis exemp-
tis : in quibus adulatione promptiſſi-
mus fuit (38) A. Vitellius, optimum
quemque jurgio laceſſens, & reſpon-

l'ufage de nos ancêtres, & les autres appuyoient cet avis. Mais Petus Thrafea, après s'être étendu fur le refpeft dû au prince, réprimanda vivement Antiftius ; puis il ajouta : « Sous un Empe- » reur vertueux, le Sénat, lorfque rien » ne l'y force, ne doit pas châtier un » coupable auffi rigoureufement qu'il » l'a mérité. Rome, depuis long-temps, » ne connoît plus l'ufage des bourreaux, » ni de leurs funeftes lacets. Les Loix y ont » fubftitué des peines que les Juges » peuvent infliger fans être cruels ni » flétrir leur fiècle. D'ailleurs, Antiftius, » dépouillé de fes biens, traînant les « reftes de fa criminelle vie dans unè » ifle, ne fera qu'y prolonger fon mal- » heur, & prouvera d'une manière bien, » fenfible la clémence du Gouverne- » ment. »

XLIX. La liberté de Thrafea rompit les liens de l'efclavage ; prefque tous fe rangèrent à fon avis, fi-tôt que le Conful eut permis de retourner aux opinions; il ne réfta de l'autre part que quelques flatteurs, dont le plus ar- dènt fut Aulus Vitellius. Il provoquoit les plus honnêtes gens par des injures, &, comme font les lâches, il rentroit

denti reticens, ut pavida ingenia folent.
At Confules perficere Senatûs decretum
non aufi, de confenfu fcripfere Cæfari.
Ille inter pudorem & iram cunctatus,
poftremò refcripfit, " nullâ injuriâ pro-
" vocatum Antiftium graviffimas in Prin-
" cipem contumelias dixiffe : earum ul-
" tionem à Patribus poftulatam. Et ,
" pro magnitudine delicti, pœnam ftatui
" par fuiffe : ceterùm fe, qui feverita-
" tem decernentium impediturus fuerit,
" moderationem non prohibere : ftatue-
" rent ut vellent : datam etiam abfol-
vendi licentiam. " His atque talibus
recitatis, & offenfione manifeftâ, non
ideo aut Confules mutavere relationem,
aut Thrafea deceffit fententiâ, cæterive,
quæ probaverant, deferuere : pars, ne
Principem objeciffe invidiæ viderentur;
plures numero tuti; Thrafea fuetâ fir-
mitudine animi, & ne gloriâ intercideret.

L. Haud difpari crimine Fabricius

dans le silence dès qu'on répliquoit. Cependant les Consuls n'osant par former le décret, mandèrent au prince le vœu de la Compagnie. Néron, après avoir balancé entre l'honneur & le ressentiment, répondit enfin : « Antistius, sans » aucun sujet de plainte contre l'Empereur, l'a déchiré d'une manière outrageante ; le Sénat avoit été requis de » l'en punir, il étoit juste de proportionner le châtiment à la grandeur de » la faute : néanmoins, comme j'avois » compté m'opposer à votre rigueur, » je suis bien éloigné de mettre obstacle » à cette modération ; ordonnez ce qu'il » vous plaira, il vous est même libre » de l'absoudre. » A ces expressions & à d'autres semblables, dont on fit la lecture, on voyoit clairement que l'Empereur étoit offensé. Cependant les Consuls s'en tinrent à leur rapport, Thrasea ne changea point d'opinion, & le reste ne cessa pas d'y adhérer. Les uns craignoient de rendre le Prince odieux : les autres se fioient sur le grand nombre, & l'ame de Thrasea, toujours inébranlable, ne vouloit déchoir en rien de sa gloire.

L. Fabricius Veïento fut poursuivi

Vejento conflictatus est, quòd multa &
probrofa in Patres & Sacerdotes com-
pofuiffet, iis libris, quibus nomen co-
dicillorum dederat. Adjiciebat Talius
Geminus, accufator, venditata ab eò
munera Principis, & adipifcendorum
honorum jus : quæ caufa Neroni fuit
fufcipiendi judicii : convictumque Ve-
jentonem Italiâ depulit, & libros exuri
juffit, conquifitos lectitatofque, donec
cum periculo parabantur; mox (39) licentia habendi oblivionem attulit.

LI. Sed gravefcentibus in dies publicis malis, fubfidia minuebantur : con-
ceffitque vitâ Burrus incertum valetudine, an veneno. Valetudo ex eo conʒ
jectabatur, quòd (40) intumefcentibus
paullatim faucibus, & impedito meatu,
fpiritum finiebat : plures juffu Neronis,
quafi remedium adhiberetur, inlitum
palatum ejus noxio medicamine, adfe-
verabant : & Burrum, intellecto fcelere,
quum ad vifendum eum Princeps ve-

fur une accusation de même nature : il avoit composé sous le nom de testament, des libelles très-injurieux aux Sénateurs & aux Prêtres. Comme le délateur Talius Geminus ajoutoit qu'il avoit fait trafic de son crédit auprès du prince, & vendu le droit de parvenir aux honneurs, Néron évoqua l'affaire, & ayant convaincu Veïento, le bannit d'Italie & fit brûler ses livres ; ils furent recherchés, lus & relus, tant qu'il y eut du risque à se les procurer ; ensuite la liberté de les avoir les fit oublier.

LI. Cependant à mesure que les maux de l'État empiroient, les secours y devenoient plus rares. Burrhus mourut, sans qu'on ait su si ce fut de poison ou de maladie. Les uns jugeoient sa mort naturelle, sur ce que la gorge lui enflant insensiblement, il périssoit faute de respiration ; mais le plus grand nombre assure que Néron, sous prétexte de remédier au mal, lui fit insinuer du poison dans la gorge ; que Burrhus s'en apperçut, & que le Prince qui l'étoit venu visiter, lui demandant comment il se portoit, il détourna les yeux pour

niffet, adfpectum ejus averfatum, fcifcitanti : (41) *Hactenus* , refpondiffe, *ego
me bene habeo*. Civitati grande defiderium
ejus manfit, per memoriam virtutis, &
fucceflorum alterius fegnem innocen-
tiam, alterius flagrantiffima flagitia &
adulteria : quippe Cæfar duos Prætoriis
cohortibus impofuerat: Fenium Rufum,
ex vulgi favore, quia rem frumentariam fine quæftu tractabat : Sofonium
Tigellinum, veterem impudicitiam atque infamiam in eo fecutus. (42) Atque illi pro cognitis moribus fuere :
validior Tigellinus in animo Principis,
& intimis libidinibus adfumptus : prof-
perâ populi & militum famâ Rufus, quod
apud Neronem adverfum experiebatur.

LII. Mors Burri infregit Senecæ potentiam, quia nec bonis artibus idem
virium erat, altero velut duce amoto,
& Nero ad deteriores inclinabat. Hi
variis criminationibus Senecam ado-
riuntur, « tamquam ingentes, & pri-

ne le point voir, & répondit : « Fort
bien à préfent. « Le fouvenir de fa
vertu le fit long-temps regretter, fur-
tout à caufe de l'indolente probité de
l'un de fes fucceffeurs, & des débordemens fcandaleux de l'autre : car l'Empereur, à la place de Burrhus, avoit
nommé deux Commandans du Prétoire, Fenius Rufus & Sophonius Tigellinus ; le permier, recommandé par le
Peuple, à caufe de fon défintéreffement,
dans l'intendance des vivres; le fecond,
choifi par le Prince en confidération de
fes anciennes débauches & de fon infamie : ils furent ce qu'avoient annoncé
leurs mœurs. Tigellinus, plus puiffant
fur l'efprit du Prince, devint l'intime
confident de fes défordres : Rufus s'ac-
quit, de la part du peuple & des foldats, une eftime qu'il fentoit lui nuire
auprès de fon maître.

LII. La mort de Burrhus fit tomber le
pouvoir de Sénèque; la vertu, privée
d'un de fes deux chefs, n'avoit plus la
même force, & le Prince inclinoit vers
les partifans du vice. Ceux-ci ne ceffoient
de déchirer Sénèque en mille manières :
« Quoique fes richeffes foient immen-

» vatum supra modum eveƈtas opes
» adhuc augeret : quòdque ƈtudia ci-
» vium in ƈe verteret :· hortorum quo-
» que amœnitate & villarum magni-
» ficentiâ quaƒi Principem ƒupergrede-
» retur. Objiciebant etiam eloquentiæ
» laudem uni ƒibi adƒciƒcere , & car-
» mina crebriùs faƈtitare , poƈtquam
» Neroni amor eorum veniƒƒet. Nam
» obleƈtamentis Principis palam ini-
» quum , detreƈtare vim ejus equos
» regentis; inludere ˉvoces , quotiens
» caneret. Quem ad finem nihil in
» Repub. clarum fore , quod non ab
».illo reperiri credatur ? Certè finitam
» Neronis pueritiam , & robur juventæ
» adeƒƒe : exƒueret magiƈtrùm , ƒatis
» amplis doƈtoribus · inƒtruƈtus , majo-
» ribus ƒuis. »

LIII. At Seneca criminantium non
ignarus, prodentibus iis, quibus aliqua
honeƒti cura , & familiaritatem ejus
magis adƒpernante Cæƒare, tempus ƒer-

» ses, disoient-ils, & fort au-dessus de
» la fortune d'un particulier, il les aug-
» mente sans cesse. Il engage les citoyens
» à ne former des vœux que pour lui,
» & semble aussi vouloir effacer le Prince
» par l'aménité de ses jardins & la ma-
» gnificence de ses maisons de campagne.
» Lui seul, à l'entendre, mérite d'être
» loué comme éloquent. Il fait plus sou-
» vent des vers depuis que l'Empe-
» reur les aime ; du reste il blâme en pu-
» blic ses délassemens, rabaisse son
» adresse à conduire un char, raille sa
» voix chaque fois qu'il chante. Com-
» bien de temps encore ne se fera-t-il
» rien de louable dans l'Etat dont on ne
» le croie l'auteur ? Néron est sorti de
» l'enfance, il est dans la force de la
» jeunesse ; qu'il secoue le joug d'un
» Précepteur, ayant pour se conduire
» des maîtres assez illustres : ses ancê-
» tres. »

LIII. Des Courtisans qui conservoient
encore quelque égard pour la vertu,
ne laissèrent point ignorer à Sénèque
qu'on le desservoit. Comme Néron évi-
toit de plus en plus ses entretiens, il

moni orat; & accepto, ita incipit ;
" Quartuſdecimus annus eſt, Cæſar,
" ex quo ſpei tuæ admotus ſum : octa-
" vus ut Imperium obtines : medio
" temporis tantum honorum atque opum
" in me cumulaſti, ut nihil felicitati
" meæ deſit, niſi moderatio ejus. Utar
" magnis exemplis, nec meæ fortunæ,
" ſed tuæ. Abavus tuus Auguſtus M.
" Agrippæ Mitylenenſe ſecretum; Cil-
" nio Mæcenati, urbe in ipſâ, (43)
" velut peregrinum otium permiſit: quo-
" rum alter bellorum ſocius, alter Ro-
" mæ pluribus laboribus jactatus, am-
" pla quidem, ſed pro ingentibus meri.
" tis præmia acceperant. Ego quid aliud
" munificentiæ tuæ adhibere potui,
" quàm ſtudia, ut ſic dixerim, in umbrâ
" educata : & quibus claritudo venit,
" quòd juventæ tuæ rudimentis adfuiſſe
" videor ? grande hujus rei pretium.
" At tu gratiam immenſam, innume.
" ram pecuniam circumdediſti : adeo
lui

lui fit demander une audience, & l'ayant obtenue, il parla de la forte : « Il » y a quatorze ans, Céfar, qu'on m'a » lié à votre fortune, & huit que vous » régnez ; vous m'avez comblé, dans » l'intervalle, de tant de biens & » d'honneur, que rien ne manque à » ma félicité que d'y voir des bornes. » Je citerai de grands exemples, fort » au-deffus de moi, mais dignes de vous. » Augufte, votre trifaïeul, permit à » M. Agrippa de fe retirer à Mitylène, » & à Mécénas de fe repofer dans Rome » auffi paifiblement que s'il s'en fût » éloigné. L'un avoit été le compagnon » de fes guerres, l'autre avoit foutenu » les fatigues d'une multitude d'affaires » épineufes. Tous deux avoient reçu de » grandes récompenfes, proportionnées » néanmoins à d'importans fervices ; » pour moi, comment ai-je pu mériter » vos dons, que par des talens exercés, » pour ainfi dire, à l'ombre, & dont » tout l'éclat vient de ce qu'on juge qu'ils » ont pu fervir à votre éducation ? » c'en étoit une récompenfe affez forte : » vous y avez joint une faveur fans bor- » nes & un argent immenfe ; en forte » que je me dis de temps en temps :

„ ut plerumque intra me ipfe volvam :
„ Egone equeftri & provinciali loco or-
„ tus, proceribus civitatis adnumeror ?
„ inter nobiles, & longa decora præferen-
„ tes, novitas mea enituit ? Ubi eft ani-
„ mus ille modicis contentus ? Tales hor-
„ tos inftruit, & per hæc fuburbana
„ incedit, & tantis agrorum fpatiis, (44)
„ tam lato fœnore exuberat ? Una de-
„ fenfio occurrit, quòd muneribus tuis
„ obniti non debui. „

LIV. „ Sed uterque menfuram im-
„ plevimus, & tu, quantùm Princeps
„ tribuere amico poffet, & ego, quan-
„ tùm amicus à Principe accipere. Cæ-
„ tera invidiam augent : quæ quidem,
„ ut omnia mortalia, infra tuam mag-
„ nitudinem jacent, fed mihi incum-
„ bunt ; mihi fubveniendum eft. Quo
„ modo in militiâ, aut via, feffus ad-
„ miniculum orarem; ita in hoc iti-
„ nere vitæ, fenex, & leviffimis quo-
„ que curis impar, quum opes meas

» Moi qui fuis né dans la province,
» iffu d'un fimple Chevalier, je fuis
» donc compté parmi les plus grands
» de Rome; mon illuftration récente
» brille au milieu des nobles décorés
» d'une longue fuite d'aïeux ! qu'eft de-
» venue cette philofophie qui, fe con-
» tentoit de peu ? eft-ce elle qui fait conf-
» truire ces jardins ? qui traverfe en fou-
» veraine toutes ces métairies ? qui pof-
» fède tant de terres, & fait valoir au
» loin de fi gros revenus ? Je n'y trouve
» qu'une réponfe, c'eft que je n'ai pas dû
» m'oppofer à vos bienfaits. »

LIV. « Nous avons comblé la me-
» fure, vous, de ce qu'un Prince pou-
» voit donner à un ami, moi, de ce
» que fon ami peut en recevoir ; le fur-
» plus irrite l'envie. Elle ne peut fans
» doute, non plus que tout le refte des
» chofes humaines, atteindre jufqu'à
» vous ; mais c'eft moi qu'elle attaque,
» c'eft moi qu'il eft jufte de foulager.
» Les fatigues de la guerre ou d'une
» longue marche m'autoriferoient à fol-
» liciter du repos. Je fuis vieux, prêt à
» terminer le voyage de cette vie, &
» incapable des moindres foins : excédé
» du fardeau de mes richeffes, j'implore

" ultrà fuftinere non poffim, præfidium
" peto. Jube eas per procutatores tuos
" adminiftrari, in tuam fortunam re-
" cipi. Nec me in paupertatem ipfe
" detrudam; fed traditis, quorum ful-
" gore perftringor, quod temporis hor-
" torum aut villarum curæ feponitur,
" in animum revocabo. Supereft tibi
" robur, & tot per annos nixum faftigii re-
" gimen poffumus feniores amici quiete
" refpondere. Hoc quoque in tuam glo-
" riam cedet, eos ad fumma vexiffe,
" qui & modica tolerarent. "

LV. Ad quæ Nero fic fermè refpondit " ; Quòd meditatæ orationi tuæ
" ftatim occurram, id primum tui mu-
" neris habeo, qui me non tantùm præ-
" vifa, fed fubita expedire docuifti. Aba
" vus meus Auguftus (45) Agrippæ &
" Mæcenati ufurpare otium poft labores
" conceffit; fed in eâ ipfâ ætate, cujus
" auctoritas tueretur, quidquid illud &
" qualecumque tribuiffet; attamen neu-

» votre aide ; ordonnez à vos Intendans
» de les adminiſtrer & de les réunir à
» vos domaines. Sans me réduire à l'in-
» digence, je ferai diſparoître ce faſte dont
» les yeux ſont éblouis, & j'emploierai
» à réfléchir ſur moi-même le temps
» qu'on donne à des jardins & à des mai-
» ſons de campagne. Vous êtes dans
» la vigueur de l'âge, un règne de
» tant d'années vous a fortifié dans
» l'art de commander. Il eſt temps que
» vos anciens amis ſe livrent au repos. Ce
» ſera pour vous un ſurcroît de gloire
» d'avoir élevé à la plus haute fortune
» des hommes qui ſavent en ſupporter
» une médiocre. »

LV. Néron répondit à peu près ainſi :
« Si je réplique ſur le champ à ce diſ-
» cours médité, j'obſerverai d'abord que
» je vous en ſuis redevable. Vous m'a-
» vez appris à parler également après y
» avoir penſé & ſans préparation. Auguſte,
» mon triſaïeu, conſentit qu'Agrippa &
» Mécénas jouiſſent du repos après leurs
» travaux. De quelque nature qu'eût
» été cette permiſſion, ſon âge ſuffiſoit
» pour l'autoriſer, & cependant il ne
» dépouilla ni l'un ni l'autre des récom-

» trum datis à fe præmiis exfuit. Bello
» & periculis meruerant. In his enim
» juventa Augufti verfata eft. Nec mihi
» tela & manus tuæ defuiffent, in armis
» agenti. Sed quod præfens conditio
» pofcebat, ratione, confilio, præceptis
» pueritiam, dein juventam meam fo-
» vifti. Et tua quidem èrga me munera,
» dum vita fuppetet, æterna erunt: quæ
» à me habes, horti, & fœnus, & villæ,
» cafibus obnoxia funt : ac licet multa
» videantur, plerique, haud quaquam
» artibus tuis pares, plura tenuerunt.
» Pudet referre libertinos, qui ditiores
» fpeĉantur. Unde etiam rubori mihi
» eft, quòd præcipuus caritate, nondum
» omnes fortunâ antecellis. »

LVI. « Verùm & tibi valida ætas,
» rebufque, & fruĉui rerum fufficiens;
» & nos prima imperii fpatià ingredimur:
» nifi fortè aut te Vitellio ter Confuli,
» (46) aut me Claudio poftponis; aut

» penses qu'il leur avoit données. Ils les
» avoient méritées à la guerre & dans
» les dangers : car c'est ainsi que se passa
» la jeunesse d'Auguste. Votre bras m'au-
» roit défendu de même au besoin; mais
» de la prudence, des avis & des pré-
» ceptes, étoient tous ce qu'exigeoient
» les conjonctures. Vous avez d'abord
» formé mon enfance, ensuite ma jeu-
» nesse : les bienfaits que je tiens de vous
» dureront autant que ma vie; ceux que
» vous avez reçus de moi, des jardins,
» des revenus, des maisons de campagne,
» sont sujets aux coups du sort. Quel-
» ques grands que ces biens paroissent,
» plusieurs dont le mérite n'approchoit
» pas du vôtre, en ont possédé davan-
» tage; j'ai honte de nommer des af-
» franchis qui étalent plus d'opulence,
» & je rougis de ce que personne ne m'é-
» tant lié plus intimement que vous,
» vous n'êtes pas encore au-dessus de tout
» par votre fortune. »

LVI. « Mais à l'âge où vous êtes,
» on a la force de travailler & de jouir
» de ses travaux, & je commence à peine
» la carrière de mon règne; croiriez-vous
» avoir moins mérité que Vitellius trois
» fois Consul ? ou me regardez-vous

» quantum Volufio longa parcimonia
» quæfivit, tantum in te mea liberalitas
» explere non poteft. Quin, fi quâ in
» parte lubricum adolefcentiæ noftræ
» declinat, revocas, ornatumque robur
» fubfidio impenfiùs regis. Non tua mo-
» deratio, fi reddideris pecuniam; nec
» quies, fi reliqueris Principem; fed mea
» avaritia, meæ crudelitatis metus in
» ore omnium verfabitur. Quòd fi maxi-
» mè continentia tua laudetur; non ta-
» men fapienti viro decorum fuerit,
» unde amico infamiam paret, inde glo-
» riam fibi recipere. » His adjicit com-
plexum & ofcula, factus naturâ, & confuetudine exercitus, velare odium fallacibus blanditiis. Seneca, qui finis omnium cum dominante fermonum, grates
agit : fed inftituta prioris potentiæ com-
mutat : prohibet cœtus falutantium :
vitat comitantes : rarus per urbem; quafi
valetudine infenfâ, aut fapientiæ ftudiis,
domi attineretur.

» comme inférieur à Claude, & ma li-
» béralité ne peut-elie vous procurer au-
» tant de biens qu'une longue épargne
» en a fait amaffer à Volufius ? Bien
» plus, fi ma jeuneffe m'entraîne à quel-
» que écart, vous me rappelez dans la
» route ; votre fecours, après m'avoir
» éclairé, me règle fur l'emploi de mes
» forces. Le Public ne s'entretiendra
» pas de votre modération, fi vous ren-
» dez votre argent, ni de votre loifir,
» fi vous abandonnez le Prince, mais
» de mon avarice, & des fuites cruelles
» qu'elle fera craindre. Mais quant on
» parleroit encore plus de votte défin-
» téreffement, il eft indigne du Sage
» de fe procurer de la gloire en désho-
» norant fon ami. » Néron joint à ce
difcours les embraffemens les plus tendres. Naturellement habile à déguifer
fer la haine fous des careffes trompeu-
fes, il s'y étoit encore fortifié par l'exercice. Sénèque lui rendit graces : tous les
entretiens avec le fouverain fe terminent
ainfi ; mais il réforma ce qui pouvoit
retracer le fouvenir de fon ancien crédit, congédia fa Cour, écarta fon cor-
tége, & parut rarement dans Rome, fei-

LVII. Perculfo Senecâ, promptum fuit Rufum Fenium imminuere, Agrippinæ amicitiam in eo criminantibus : validiorque in dies Tigellinus; & malas artes, quibus folis pollebat, gratiores ratus, fi Principem focietate fcelerùm obftringeret; metus ejus rimatur : compertoque, Plautum & Sullam maximè timeri, Plautum in Afiam, Sullam in Galliam Narbonenfem nuper amotos : « Nobilitatem eorum, & propinquos huic Orientis, illi Germaniæ exercitus commemorat. (47) Non fe, ut Burrum, diverfas fpes, fed folam incolumitatem Neronis fpectare : cui caveri utcumque ab urbanis infidiis præfenti curâ; longinquos motus quonam modo comprimi poffe ? Erectas Gallias ad nomen Dictatorium, nec minùs fufpectos Afiæ populos, claritudine avi Drufi, Sullam inopem, unde præcipuam audaciam;

gnant d'être retenu chez lui par l'étude de la fageffe ou par la maladie.

LVII. Après la défaite de Sénèque, il fut aifé d'affoiblir le crédit de Fenius, fous prétexte qu'il avoit été dans les bonnes graces d'Agrippine, & dèslors celui de Tigellinus s'accrut. Ce fcélérat, perfuadé que fes vices, fource unique de fa force, deviendront plus agréables au Prince, s'il le rend fon complice, étudie les défiances de Néron, & découvre que ceux qu'il craint le plus, font Plautus & Sylla, relégués nouvellement, l'un en Afie, l'autre dans la Gaule Narbonnoife. « Plautus & » Sylla, lui dit-il, font d'un fang illuftre; » le premier eft proche des armées d'O- » rient, le fecond, de celles de Germanie. » Tigellinus ne ménage pas les intérêts » oppofés, comme Burrhus : la fûreté » du Prince l'occupe uniquement. Il fuffit » à-peu-près que la Cour foit préfente à » Rome, pour prévenir ce qu'on y tra- « meroit; mais comment étouffer les » troubles au loin ? Un nom célèbre par » la Dictature, attire l'attention des Gau- » les, un petit-fils de Drufus ne rend » pas l'Afie moins fufpecte. La pau- » vreté de Sylla eft la principale fource

F vj

& simulatorem segnitiæ, dum temeritati locum reperiret. Plautum magnis opibus, ne fingere quidem cupidinem otii; sed veterum Romanorum imitamenta præferre, adsumptâ etiam Stoïcorum arrogantiâ, sectâque, quæ turbidos, & negotiorum appetentes faciat. » Nec ultrà mora. Sulla, sexto die pervectis Massilliam percussoribus, ante metum & rumorem interficitur, quum epulandi causâ discumberet. Relatum caput ejus inlusit Nero, tamquam præmaturâ canitie deforme.

LVIII. Plauto parari necem, non perinde occultum fuit, quia pluribus salus ejus curabatur, & spatium itineris ac maris, tempusque interjectum moverat famam: vulgòque fingebant, « petitum ab eo Corbulonem, magnis tum exercitibus præsidentem, si clari atque insontes interficerentur, præcipuum ad pericula: quin & Asiam favore juvenis arma cepisse, nec milites, ad scelus

» de son audace; il contrefera l'indo-
» lent jusqu'à ce que sa témérité trouve.
» lieu d'éclater. Plautus, puissamment
» riche, loin de feindre lui-même d'ai-
» mer le repos, affecte des mœurs anti-
» ques auxquelles il joint l'arrogance
» & les maximes des Stoïciens, secte
» de brouillons & d'intrigans. » Dès
cet instant nul délai : des assassins dé-
barquent le sixième jour à Marseille,
& avant qu'on ait pu s'en entretenir ou
les craindre, ils massacrent Sylla, lorsqu'il se mettoit à table. Sa tête, rapportée à Rome, fut un sujet de raillerie pour
Néron, qui remarqua qu'elle étoit déjà
chauve.

LVIII. L'assassinat de Plautus ne put
s'exécuter avec le même secret. Plus
de monde veilloit à sa conservation :
d'ailleurs la longueur de la marche & du
trajet, & le temps qu'on perdit entre
deux, donnèrent lieu de parler. Le bruit
se répandit » que Plautus avoit tâché
» de gagner Corbulon, maître alors d'ar-
» mées puissantes, & plus en danger
» que tout autre, si l'on devoit massa-
» crer quiconque étoit innocent & re-
» nommé; que l'Asie même s'étoit ar-

miffos, aut numero validos, aut animo
proinptos; poftquam juffa efficere ne-
quiverint, ad fpes novas tranfiffe. » Vana
hæc, more famæ, credentium otio au-
gebantur. Cæterùm libertus Plauti celeritate ventorum prævenit Centurionem,
& mandata L. Antiftii, foceri, attulit :
« Effugeret fegnem mortem, òtium,
fuffugium; magni nominis miferatione
reperturum bonos, confociaturum au-
daces : nullum interim fubfidium adf-
pernandum : fi fexaginta milites (tot
enim àdveniebant) propuliffet, dum
refertur nuntius Neroni, dum manus
alia permeat, multa fecutura, quæ ufque ad bellum evalefcerent : denique
aut falutem tali confilio quæri, aut nihil gravius audenti, quàm ignavo, pa-
tiendum effe. »

LIX. Sed Plautum ea non movêre :
five nullam opem providebat inermis

» mée en faveur de Plautus, que les
» soldats envoyés pour l'assassiner,
» avoient manqué de force ou de résolu-
» tion, & que ne pouvant exécuter leurs
» ordres, ils étoient passés dans son
» parti. » Rumeurs vaines, sur lesquelles, suivant l'usage de la renommée, la
crédulité des gens oisifs enchérissoit. Cependant un affranchi de Plautus, favo-
risé du vent, prévint le Centurion, &
dit à son maître de la part de L. Antistius,
beau-père de Plautus : « Que puisqu'il
» étoit menacé du trépas, il devoit
» éviter la timidité, les tergiversations &
» la mollesse ; que la pitié pour un grand
» nom lui concilieroit les gens de bien
» & intéresseroit les audacieux ; qu'il ne
» dédaignât aucun secours dans l'inter-
» valle. Il s'agissoit de repousser d'abord
» soixante soldats, c'étoit le nombre
» qu'on envoyoit. Tandis qu'on en rap-
» porteroit la nouvelle, que Néron en
» feroit partir d'autres, il pourroit se for-
» tifier au point de soutenir une guerre ;
» qu'enfin, ou cette hardiesse le sau-
» veroit, ou qu'elle ne l'exposeroit pas
» à plus de périls que la lâcheté. »

LIX. Ces motifs n'ébranlèrent point
Plautus, soit faute d'entrevoir des res-

atque exful, feu tædio ambiguæ fpei, an amore conjugis & liberorum, quibus placabiliorem fore Principem rebatur, nullâ follicitudine turbatum. Sunt, qui alios à focero nuntios veniffe ferant, tamquam nihil atrox immineret; Doctorefque fapientiæ, Cœranum Græci, Mufonium Tufci generis, conftantiam opperiendæ mortis, pro incertâ & trepidâ vitâ fuafiffe. Repertus eft certè, per medium diei, nudus exercitando corpori. Talem eum Centurio trucidavit, coram Pelagone, fpadone, quem Nero Centurioni & manipulo, quafi fatellitibus miniftrum Regium, præpofuerat. Caput interfecti relatum : cujus adfpectu (ipfa Principis verba referam) « Quin, inquit, Nero, depofito metu, nuptias Poppææ, ob ejufmodi terrores dilatas, maturare parat, Octaviamque conjugem amoliri, quamvis modeftè agat, & nomine patris, & ftudiis populi gravem? » Sed ad Senatūm litteras mi-

fources dans l'exil & fans armes, ennuié
de fe livrer à des efpérances douteufes,
ou tendreffe pour fa femme & fes enfans, envers lefquels le prince s'appaiferoit plus aifément, s'il ne l'aigrif-
foit point. D'autres rapportent qu'Antiftius lui renvoya dire qu'il n'avoit plus
rien à craindre ; & que deux Philofo-
phes, le Grec Ceranus & le Tofcan
Mufonius, lui perfuadèrent d'attendre
conftamment la mort, plutôt que de
vivre au milieu des incertitudes & des
alarmes. Il eft certain qu'on le furprit
nu, en plein midi, né penfant qu'à
prendre de l'exercice. Le Centurion le
tua dans cet état, fous les yeux de
l'Eunuque Pélagon, fatellite prépofé par
le Prince, à la manière des Rois, pour
commander le Centurion & fa Compagnie. La tête de Plautus fut rapportée à
Rome, voici les propres termes de
l'Empereur en la voyant : « Préfente-
» ment que Néron n'a plus à craindre,
» que ne fe hâte-t-il de conclure avec
» Poppée un mariage qu'il a différé juf-
» qu'à ce jour, fur de femblables ter-
» reurs ? que ne répudie-t-il Octavie,
» malgré la modeftie de fa conduite,
» puifque le nom de fon père & la faveur

fit, de cæde Sullæ Plautique haud con-feffus , verùm « utriufque turbidum ingenium effe , & fibi incolumitatem Reipub. magnà curà haberi. » Decretæ eo nomine fupplicationes , utque Sulla & Plautus Senatu moverentur, (48) gravioribus tamen ludibriis quàm malis.

LX. Igitur accepto Patrum confulto , poftquam cuncta fcelerum fuorum pro egregiis accipi videt, exturbat Octaviam, fterilem dictitans. Exin Poppææ conjun-gitur. Ea diu pellex, & adulteri Nero-nis, mox mariti potens , quemdam ex miniftris Octaviæ impulit , fervilem ei amorem objicere : deftinaturque reus cognomento *Eucerus*, natione Alexan-drinus, canere tibiis doctus. Actæ ob id de ancillis quæftiones, & vi tormen-tōrum victis quibufdam, ut falfa adnue-rent, plures perftitere fanctitatem do-minæ tueri. (49) Movetur tamen primò,

» du Peuple la lui rendent infupportable? »
Il n'avoua pas néanmoins les meurtres de
Plautus & de Sylla dans la lettre qu'il
écrivit au Sénat ; il mandoit feulement
que c'étoient deux génies turbulens, &
qu'il avoit grand foin d'entretenir la paix
de la République. En conféquence, on
ordonna des actions de graces aux Dieux,
& l'on déclara Sylla & Plautus exclus
du Sénat : vraie dérifion, mais plus per-
nicieufe encore que ces attentats.

LX. Néron voyant, par un tel Séna-
tufcónfulte, qu'on lui fait un mérite
de chacun de fes crimes, répudie Octavie, fous prétexte de ftérilité, enfuite
il époufe Poppée. Cette femme long-
temps fa concubine, & toute puiffante
fur fon efprit avant & depuis le mariage,
fuborne un des officiers d'Octavie, qui
dépofe que fa maîtreffe aime un efclave.
On choifit pour accufé un Alexandrin
de nation, nommé *Eucerus*, habile joueur
de flute, & l'on fait fubir la queftion aux
fuivantes. Quelques-unes, vaincues par
la violence des tourmens, atteftent cette
fauffeté ; mais le plus grand nombre
foutient conftamment l'innocence de la
Princeffe. Cependant elle eft d'abord
renvoyée comme dans un divorce entre

civilis difcidii fpecie : domumque Burri,
& prædia Plauti, (50) infaufta dona,
accipit : mox in Campaniam pulfa eft,
addita militari cuftodia. Inde crebri queftus, nec occulti per vulgum, cui minor
fapientia, & ex mediocritate fortunæ,
pauciora pericula funt. His, haud quaquam Nero pœnitentia flagitii, conjugem revocavit Octaviam.

LXI. Exin læti Capitolium fcandunt,
Deofque tandem venerantur. Effigies
Poppææ proruunt : Octaviæ imagines
geftant humeris, fpargunt floribus, fo-
roque ac templis ftatuunt. Itur etiam in
Principis laudes, expetitur venerantibus.
Jamque & palatium multitudine & cla-
moribus complebant, quum emiffi militum globi verberibus & intento ferro
turbatos disjecere. Mutataque, quæ per
feditionem verterant, & Poppææ honos
repofitus eft. Quæ femper odio, tum &
metu atrox, ne aut vulgi acrior vis
ingrueret, aut Nero inclinatione populi

citoyens, & reçoit (préfens funeftes)
la maifon de Burrhus avec les terres de
Plautus. Enfuite on la relègue en Campanie, fous la garde d'une efcorte militaire. De là des plaintes réitérées, que
le peuple moins politique ne diffimuloit
pas, parce que la médiocrité de fa fortune l'expofe à moins de dangers. Néron
effrayé, mais non repentant, rappelle
Octavie fon époufe.

LXI. Alors le peuple, tranfporté d'alégreffe, monte au Capitole, & remercie
enfin les Dieux ; les ftatues de Poppée
font renverfées, on porte fur les épaules
les images d'Octavie, & les ornant de
fleurs, on les place au Forum & dans les
temples. On court de même au palais
pour louer le Prince : on crie qu'il fe
montre à fes adorateurs. Déjà la foule
rempliffoit les appartemens en jetant des
cris de joie, lorfque des foldats détachés
contre elle l'écartent à coups de fouets,
la menacent de l'épée & la pouffent
dehors en tumulte. Tout ce que la fédition a renverfé eft rétabli, & les ftatues
de Poppée font replacées avec honneur.
La haine toujours violente de cette

mutaretur, provoluta genibus ejus;
« Non eò loci res fuas agi, ut de matrimonio certet (quamquam id fibi vitâ
potius), fed vitam ipfam in extremum
adductam à clientelis & fervitiis Octaviæ,
quæ plebis fibi nomen indiderint, ea in
pace aufi, quæ vix bello evenirent.
Arma illa adversùs Principem fumpta:
ducem tantùm defuiffe; qui, motis
rebus, facilè reperiretur. Omitteret modò
Campaniam, & in urbem ipfam perge-
ret, ad cujus nutum abfentis tumultus
cierentur. Quod alioquin fuum delictum?
quam cujufquam offenfionem? An,
quia veram progeniem penatibus Cæfarum datura fit, malle Populum Romanum
tibicinis Ægyptii fobolem Imperatorio
faftigio induci? Denique, fi id rebus
conducat, libens, quàm coactus acciret
dominam, vel confuleret fecuritati juftâ
ultione. Et modicis remediis, primos
motus confediffe: at fi defperent uxqrem
Neronis fore Octaviam, (51) illi maritum daturos. »

femme, alors envenimée par la crainte que le peuple ne fe porte à d'autres excès, ou n'engage le Prince à changer encore, la fait tomber à fes genoux : « Il n'eft plus queftion pour moi, lui dit-elle, de difputer votre main, quoiqu'elle me foit plus chère que la vie. C'eft ma vie même qui court le plus grand danger. Les efclaves & les cliens d'Octavie : fous le nom du peuple, ofent, pendant la paix, ce que la guerre feroit craindre à peine ; ils s'armoient contre vous-même, il ne leur a manqué qu'un Chef, & il s'en trouve aifément dans le trouble. Qu'elle quitte feulement la Campanie, qu'elle marche vers Rome, celle qui, tout ab-fente qu'elle eft, fufcité à fon gré le tumulte. Cependant quel eft mon crime ? quel tort ai-je fait à qui que ce foit ? Parce que j'aurois donné la naiffance à un légitime héritier des Céfars, le peuple Romain aime mieux fans doute voir la puiffance impériale paffer au fils d'un joueur de flûte égyptien ? Subiffez le joug d'Octavie, fi votre intérêt l'exige, mais de gré & non de force ; ou qu'une jufte vengeance affure votre repos. On a remédié fans effort au premier trouble ; mais s'ils défefpèrent qu'Octavie ait

LXII. Varius fermo, & ad metum atque iram accommodatus, terruit fimul audientem, & accendit. Sed parum valebat fufpicio in fervo, & quæftionibus ancillarum elufa erat. Ergo confeffionem alicujus quæri placet, cui rerum quoque novarum crimen adfingeretur. Et vifus idoneus maternæ necis patraror, Anicetus, claffi apud Mifenum, ut memoravi, præfectus, levi poft admiffum fcelus gratiâ, dein graviore odio : quia malorum facinorum miniftri quafi exprobrantes adfpiciuntur. Igitur accitum eum Cæfar operæ prioris admonet.; « Solum incolumitati Principis adverfùs infidiantem matrem fubveniffe : locum haud minoris gratiæ inftare, fi conjugem infenfam depelleret : nec manu, aut telo opus. Fateretur Octaviæ adulterium. Occulta quidem ad præfens, fed magna ei præmia, & feceffus amænos promit-

Néron

Néron pour époux, ils lui en donneront un autre. »

LXII. Ce discours artificieux, propre à susciter la haine & la crainte, enflammant Néron, le pénètre en même temps de frayeur. Mais personne ne croyoit qu'Octavie se fût livrée à un esclave, & la constance des suivantes dans les tourmens en avoit dissipé jusqu'au soupçon. Il fut donc convenu de chercher l'aveu de quelqu'un, qu'on chargeroit en même temps du crime de rébellion. Anicet, assassin d'Agrippine, Commandant, comme je l'ai dit, de la flotte de Misène, parut propre à ce rôle. Son attentat, suivi d'abord de quelque crédit auprès de Néron, le lui avoit fait détester ensuite, parce que les ministres des forfaits semblent des témoins qui les reprochent. L'Empereur l'ayant fait venir, lui rappelle son premier service. « Lui seul a sauvé le Prince des embûches de sa mère; il peut l'obliger encore d'une manière non moins importante, en le délivrant d'une odieuse épouse; il n'est pas besoin de s'armer pour y réussir, il suffit de s'avouer coupable d'adultère avec Octavie. Choisis maintenant, ajoute le Prince, entre des récompenses, se-

tit; vel, fi negaviffet, necem intentat. »
Ille infitâ vecordiâ, & facilitate priorum
flagitiorum, plura etiam, quàm juffum
erat, fingit, fateturque apud amicos,
quos velut confilio adhibuerat Princeps.
Tum in Sardiniam pellitur, ubi non
inops exfilium toleravit, & fato obiit.

LXIII. At Nero, Præfectum in fpem
fociandæ claffis corruptum, & incufatæ
paullo antè fterilitatis oblitus, abactos
partus confcientiâ libidinum, eaque fibi
comperta, Edicto memorat: infulâque
Pandatariâ Octaviam claudit. Non alia
exful vifentium oculos majore mifericordiâ adfecit. Meminerant adhuc quidam Agrippinæ, à Tiberio; recentior
Juliæ memoria obverfabatur, à Claudio
pulfæ, Sed illis robur ætatis adfuerat:
læta aliqua viderant, & præfentem fævitiam melioris olim fortunæ recordatione allevabant. Huic primus nuptia-
rum dies loco funeris fuit, deductæ in
domum, in qua nihil nifi luctuofum ha-

cretes à la vérité, mais très-grandes, dans une délicieuse retraite, où la mort. » Anicet, scélérat & par caractère & par habitude, invente encore plus d'atrocités qu'on n'en exige, & fait sa déposition dans un Conseil secret de favoris rassemblés par le Prince, ensuite on le relègue en Sardaigne : l'opulence l'y consola de l'exil, & il y mourut tranquille.

LXIII. Cependant Néron annonce par un Edit, « qu'Octavie, dans l'espoir de gagner la flotte, en a corrompu le Préfet, qu'elle s'est fait avorter pour couvrir ses désordres (il oublioit qu'il s'étoit plaint de sa stérilité quelques jours auparavant), & qu'il vient de vérifier ces faits ; » ensuite il la fait enfermer dans l'isle de Pandatarie. Jamais la vue d'aucune exilée n'avoit excité tant de compassion. Quelques-uns se souvenoient d'Agrippine reléguée par Tibère ; la mémoire de Julie chassée par Claude étoit plus récente ; mais ces Princesses avoient atteint la force de l'âge : elles avoient joui de quelque prospérité, & le souvenir de leur fortune passée tempéroit un peu leurs disgraces : au lieu que le jour des noces d'Octavie fut un jour vraiment funèbre pour elle, puisqu'il la

beret, erepto per venenum patre, &
statim fratre : tum ancilla domina validior : & Poppæa non nisi in perniciem
uxoris nupta : postremo crimen omni
exitio gravius. Ac puella, vicesimo ætatis
anno inter Centuriones & milites, præ-
fagio malorum jam vita exempta, nondum tamen morte adquiescebat.

LXIV. Paucis dehinc interjectis diebus, mori jubetur quum jam viduam
se, & tantum fororem testaretur, (52)
communefque Germanicos & postremo
Agrippinæ nomen cieret, qua incolumi,
infelix quidem matrimonium, sed sine
exitio pertuliffet. Restringitur vinculis,
venæque ejus per omnes artus exsol-
vuntur; &, quia preffus pavore fanguis
tardius labebatur, præfervidi balnei vapore enecatur. Additurque atrocior fæ-
vitia, quòd caput amputatum, latumque
in urbem, Poppæa vidit. Dona ob hæc.

fit entrer dans une maison où elle ne devoit voir que des sujets de larmes : d'abord, son père ravi sous ses yeux par le poison, & son frère aussi-tôt après : ensuite une esclave plus puissante que l'Impératrice ; de là, Poppée, qui n'épousoit le Prince que pour la perdre ; enfin une accusation plus cruelle que tous les supplices. Livrée à l'âge de vingt ans à des Centurions & à des soldats, & pressentant ses derniers malheurs, elle avoit cessé de vivre, sans jouir du repos que procure la mort.

LXIV. Quelques jours après, elle reçut l'ordre de mourir : elle s'écrioit en vain qu'elle étoit veuve, qu'elle n'étoit que la sœur de Néron, attestant les Germanicus leurs ancêtres communs, & même Agrippine, du vivant de laquelle ce mariage, quoique malheureux, n'eût pas causé sa perte. On lui ouvre les veines des bras & des pieds ; & comme le sang, arrêté par la frayeur, couloit trop lentement, on l'étouffe dans la vapeur d'un bain très-chaud. Par une cruauté plus indigne encore, on lui coupa la tête pour la faire voir à Poppée. Tels sont les faits sur lesquels le Sénat ordonna des offrandes dans les temples ; ce que je marque

templis decreta : quod ad eum finem me-
moravimus , ut quicumque cafus temporum illorum nobis vel aliis auctoribus
nofcent, præfumptum habeant, quotiens
fugas & cædes juffit Princeps , totiens
grates Deis actas ; quæque rerum fecun-
darum olim , tum publicæ cladis infigna
fuiffe. Neque tamen filebimus , fi quod
Senatufconfultum , (53) adulatione novum, aut patientiâ poftremum fuit.

LXV. Eodem anno, libertorum po-
tiffimos veneno interfeciffe creditus eft ;
Doryphorum, quafi adverfatum nuptiis
Poppææ ; Pallantem , quòd immenfam
pecuniam longâ feneftâ detinéret. Romanus fecretis criminationibus incufa-
verat Senecam , ut C. Pifonis focium ,
fed validiùs à Senec eodem crimine
perculfus eft. Unde Pifoni timor , & (54)
orta infidiarum in Neronem magna mo-
les, fed improfpera.

Finis decimi quarti Libri.

ici, afin que tous ceux qui apprendront les malheurs de ces temps, de nous ou de tout autre, sachent, sans que je le répète, qu'on rendit autant d'actions de grace aux Dieux, que le prince ordonna d'exils & d'assassinats, & que ce qui étoit autrefois l'indice de quelque prosperité, le fut alors des calamités publiques. Cependant je ne passerai pas sous silence les Sénatusconsultes, que la flatterie ou un excès de patience a rendu singuliers.

LXV. On croit que cette même année Néron fit empoisonner lesprincipaux de ses affranchis ; Doryphorus , comme ayant traversé le mariage de Poppée, & Pallas, dont la longue vieillesse lui faisoit trop attendre une succession, immense. Romain avoit secrétement accusé Sénèque d'être complice de Pison ; Sénèque fit tomber avec plus de succès la même accusation sur lui, ce qui donna naissance aux craintes de Pison & à une conjuration violente , mais malheureuse , contre le Prince.

Fin du quatorzième Livre.

C. CORNELII
TACITI
ANNALIUM.

LIBER DECIMUS-QUINTUS.

I. INTEREA Rex Parthorum Vologefes,
cognitis Corbulonis rebus, regemque
alienigenam Tigranen Armeniæ impo-
fitum, fimul, fratre Tiridate pulfo :
fpretum Arfacidarum faftigium ire ultum
volens, magnitudine rurfum Romanâ,
& continui fœderis reverentiâ, diverfas
ad curas trahebatur : cunctator ingenio,
& defectione Hyrcanorum, gentis va-
lidæ, multifque ex eo bellis inligatus.

ANNALES

DE

TACITE.

LIVRE QUINZIÈME.

I. CEPENDANT Vologèse, Roi des Parthes, ayant appris les succès de Corbulon, & le renversement de Tiridate du trône d'Arménie pour y substituer Tigranes, Prince étranger, vouloit venger l'honneur des Arsacides ; mais la grandeur des Romains & les égards dus à une alliance observée si long-temps, le livroient à d'autres soins. Lent de son naturel, il étoit retenu d'ailleurs par la révolte de l'Hyrcanie, & par les différentes guerres que cette Nation puissante lui avoit suscitées. Il balançoit,

Atque illum ambiguum novus infuper nuntius contumeliæ exftimulat, quippe egreffus Armeniâ Tigranes, Adiabenos, conterminam nationem, latiùs ac diutiùs, quàm per latrocinia, vaftaverat : idque primores gentium ægrè tolerabant : « Eò contemptionis defcenfum, » ut ne duce quidem Romano incurfarentur, fed temeritate obfidiis, tot » per annos inter mancipia habiti. » Accendebat dolorem eorum Monobazus, (1) quem penes Adiabenum regimen, » quod præfidium, aut unde peteret, » rogitans. Jam de Armenia conceffum; » & proxima trahi, nifi defendant Parthi : levius fervitium apud Romanos » deditis, quàm captis effe. » Tiridates quoque regni profugus (2) per filentium haud modicè querendo, gravior erat. « Non enim ignaviâ magna imperia contineri : virorum armorumque faciendum certamen. (3) Id in fummâ fortunâ æquius, quod validiùs. Et fua

lorfque le récit d'un nouvel affront vient
encore l'animer. Tigranes, non content
de l'Arménie, avoit ravagé l'Adiabène,
contrée limitrophe. L'infulte, étendue
au loin, avoit dūré trop pour être re-
gardée comme une fimple excurfion :
les Princes des Nations en étoient indignés. « Nous fommes tellement tombés
» dans le mépris, difoient-ils, que ce
» n'eft plus un Général Romain, mais
» un ôtage, confondu tant d'années
» dans la foule dés efclaves, dont la té-
» mérité devafte nos provinces. » Monobaze, Gouverneur de l'Adiabène,
enflammoit leur reffentiment. « Quel
» fecours implorerai-je, demandoit-il,
» & de quel côté ? l'Arménie eft cédée :
» on arrache les provinces vôifines, 'fi
» les Parthes ne les défendent. Rome
» traite moins mal les Peuples qui fe
» rendent, que ceux qu'elle dompte. »
Le filence de Tiridate, chaffé de fes
Etats, étoit encore plus énergique; il
fembloit faire entendre que ce n'eft point
par une molle inaction, mais par lles
armes & les combats que fe confervent
les grands Empires. « La force entre
» Souverains, décide du droit. Défendre
» fes poffeffions, fied aux particuliers :

» retinere privatæ domûs : de alienis
» certare Regiam laudem effe. »

II. Igitur commotus his Vologefes
concilium vocat, & proximum fibi Tiridaten conftituit, atque ita ordiṭur :
« Hunc ego, eodem mecum patre geni-
» tum, quum mihi, per ætatem, fum-
» mo nomine conceffiffet, in poffeffio-
» nem Armeniæ deduxi, qui tertius
» potentiæ gradus habetur : nam Medos
» Pacorus antè ceperat: (4) videbarque,
» contra vetera fratrum odia & certa-
» mina , familiæ noftræ penates ritè
» compofuiffe : prohibent Romani, &
» pacem ipfis numquam profperè lacef-
» fitam , nunc quoque in exitium
» fuum abrumpunt. Non ibd inficias :
» æquitate quàm fanguine , causâ quàm
» armis, retinere parta majoribus ma-
» lueram: fi cunctatione deliqui, virtuṭe
» corrigam. Veftra quidem vis & gloriâ
» in integro eft, additâ modeftiæ famâ;
» quæ neque fummis mortalium fper-

» difputer celles d'autrui, fait la gloire
» des Rois. »

II. Vologèfe ému convoque fon
Confeil, place Tiridate immédiatement
après lui, & parle ainfi : « Ce Prince,
» né du même père que moi, m'ayant
» cédé la fouveraineté par égard à mon
» âge, je l'ai conduit au trône d'Arménie,
» qu'on regarde comme la troifième Puif-
» fance de l'Empire : la feconde, qui
» eft la Médie, étoit déjà occupée par
» Pacorus. Ainfi, graces à mes foins,
» toute notre famille, à l'abri de la haine
» trop ordinaire de toute antiquité entre
» des frères, paroiffoit folidement éta-
» blie. Les Romains y mettent obftacle ;
» cette paix qu'ils n'ont jamais troublée
» impunément, ils la rompent encôte
» aujourd'hui pour leur malheur. Je
» l'avouerai ; jaloux de devoir la con-
» fervation de ce qu'ont acquis mes an-
» cêtres à l'équité plutôt qu'à la force,
» j'ai voulu terminer le différent par
» voie de difcuffion, au lieu de recourir
» aux armes. Si ce délai eft une faute,
» mon courage la réparera : au refte,
» loin que votre gloire ou votre puiffance
» en aient fouffert, hous avons donné

» nenda eſt, & à Diis æſtimatur. » Simul
diademate caput Tiridatis evinxit ;
promptam equitum manum, quæ Regem
ex more ſeƈtatur. Moneſi, nobili viro,
tradidit, adjeƈtis Adiabenorum auxiliis :
mandavitque Tigranen Armeniâ exturbari, dum ipſe, poſitis adversùs Hyrcanos diſcordiis, vires intimas, molemque belli eïet, Provinciis Romanis
minitans.

III. Quæ ubi Corbuloni certis nuntiis
audita ſunt, legiones duas cum Verulano Severo, & Vettio Bolano, ſubſidium
Tigrani mittit, occulto præcepto, compoſitiùs cunƈta, quàm feſtinantiùs agerent: quippe bellum habere, quàm gerere malebat. Scripſeratque Cæſari,
proprio duce opus eſſe, qui Armeniam
defenderet: Syriam, ingruente Vologeſe, acriore in diſcrimine eſſe. Atque
interim reliquas legiones pro ripâ Euphratis locat: tumultuariam provincia-

» lieu de vanter notre modération, vertu
» qui n'eft point à méprifer des Souve-
» rains mêmes, & que les dieux efti-
» ment. » En difant ces mots, il ceint
Tiridate du diadême, confie à Monèfes,
guerrier d'une naiffance illuftre, la cavalerie légère qui fuit ordinairement le
Roi, y joint les troupes auxiliaires des
Adiabènes, & commande de chaffer
Tigranes d'Arménie, en attendant que
raffemblant les forces de fes Etats, après
avoir pacifié l'Hyrcanie, il faffe tomber
lui-même tout le poids de la guerre fur
les Provinces Romaines.

III. Corbulon, en ayant reçu des
avis certains, dépêche, au fecours de
Tigranes, deux légions fous la conduite
de Verulanus Severus & de Vettius
Bolanus, & leur recommande en fecret
d'agir avec plus de circonfpection que
de promptitude; il aimoit mieux fe
tenir fur la défenfive que d'attaquer, &
même il avoit écrit à l'Empereur, que
l'Arménie avoit befoin d'un Général
chargé fpécialement de fa défenfe, parce
que le danger de la Syrie, en cas d'une
irruption de la part de Vologèfe, étoit
encore plus grand. Dans l'intervalle, il
pofte les autres légions le long de l'Eu-

lium manum armat: hostiles ingressus
præsidiis intercipit. Et quia egena aqua-
rum regio est, castella fontibus imposita :
quosdam rivos congestu arenæ abdidit.

IV. Ea dum à Corbulone tuendæ
Syriæ parantur, acto raptim agmine
Moneses, ut famam sui præiret, non
ideo nescium aut incautum Tigranen
offendit. Occupaverat Tigranocerta,
urbem copiâ defensorum & magnitudine mœnium validam. Ad hæc Nicephorius, amnis haud spernendâ latitu-
dine, partem murorum ambit : & ducta
ingens fossa, quâ fluvio diffidebatur.
Inerantque milites, & provisi antè commeatus : quorum subvectú pauci avidiùs
progressi, & repentinis hostibus circum-
venti, irâ magis, quàm metu, cæteros
accenderant. Sed Partho ad exsequendas
obsidiones nulla cominus audacia : raris
sagittis, neque clausos exterret, & semet
frustratur. Adiabeni, quum promovere

phrate, arme des levées ramaffées à la hâte dans la province, difpofe des troupes fur les paffages de l'ennemi ; & comme ce pays a très-peu d'eau , il conftruit des forts pour s'affurer des fontaines , & fait cacher plufieurs ruiffeaux fous des monceaux de fable.

IV. Pendant ces préparatifs de Corbulon pour la fûreté de la Syrie, Monèfes , malgré la promptitude avec laquelle il tâche de dérober le bruit de fa marche, ne furprend pas Tigranes, qui avoit eu la précaution de fe jeter dans Tigranocerte , place très-forte par la multitude de fes défenfeurs & la grandeur de fes remparts. D'ailleurs le Nicephorius , fleuve d'une largeur immenfe , baigne une partie des murs, dont le refte eft environné d'un canal large & profond. Plufieurs de nos foldats s'y trouvoient avec beaucoup de provifions ; quelques-uns , emportés trop loin par leur ardeur à en faire voiturer encore, furent enveloppés tout à coup ; mais cet accident, loin d'effrayer les autres, les animoit à la vengeance. Le Parthe au contraire manque totalement de courage , lorfqu'il faut attaquer de près dans un fiège ; quelques flèches lancées au

ſcalas & machinamenta inciperent,
facilè detruſi, mox erumpentibus noſtris
cæduntur.

V. Corbulo tamen, quamvis ſecun-
dis rebus ſuis, moderandum fortunæ ratus, miſit ad Vologeſen, qui expoſtula-
rent « vim provinciæ inlatam : ſociúm
» amicumque Regem, cohortes Roma-
» nas circumſideri : omitteret potiùs ob-
» ſidionem, aut ſe quoque in agro hoſtili
» caſtra poſiturum. » Caſperius Centurio, in eam legationem delectus, apud
oppidum Niſibin, ſeptem & triginta millibus paſſuum à Tigranocertâ diſtantem,
adiit Regem, & mandata ferociter edidit. Vologeſi vetus & penitus infixum
erat, arma Romana vitandi : nec præſen-
tia proſperè fluebant : inritum obſidium :
tutus manu & copiis Tigranes : fugati,
qui expugnationem ſumpſerant : miſſæ

hazard n'effrayant pas des gens garantis par leurs murs, il n'y devient qu'un spectateur inutile. Les Adiabènes commençoient à peine à faire avancer des échelles & des machines, lorsqu'ils furent repoussés, puis taillés en pièces dans une sortie de nos troupes.

V. Malgré ces succès, Corbulon, persuadé qu'on doit se modérer dans la prospérité, adresse ses plaintes au Roi des Parthes. « On a fait irruption dans » la province : un Roi l'allié, l'ami de » Rome, & les cohortes Romaines sont » assiégés. Si on ne laisse promptement » la place libre, il va lui-même établir » son camp sur les terres ennemies. » Le Centurion Casperius, choisi pour cette députation ; joignant le Roi dans Nisibe, ville à trente-sept milles de Tigranocerte, expose fièrement ses ordres. Vologèse avoit résolu, depuis long-temps, au fond de son cœur, d'éviter la guerre avec Rome, & la tentative présente réussissoit mal. En vain s'obstinoit-on au siège ; des provisions & des troupes nombreuses garantissoient Tigranes : ceux qui s'étoient chargés de forcer la ville, avoient fui : des légions s'avançoient en Arménie ; d'autres, la

in Armeniam legiones : & aliæ pro Syriâ,
paratæ ultro inrumpere : fibi imbecillum
equitem pabuli inopiâ : nam exortæ vis
locuſtarum ambederat quidquid herbi-
dum , aut frondofum! Igitur , metu
abſtruſo, mitiora obtendens , miſſurum
ad Imperatorem Romanum legatos , ſuper petendâ Armeniâ, & firmandâ pace,
reſpondet. Moneſen omittere Tigranocerta jubet ; ipſe retro concedit.

VI. Hæc plures, ut formidine Regis,
& Corbulonis minis patrata magnificè
extollebant. Alii occultè pepigiſſe inter-
pretabantur ; ut omiſſo utrimque bello,
& abeunte Vologeſe, Tigranes quoque
Armeniâ abſcederet. « Cur enim exerci-
» tum Romanum à Tigranocertis deduc-
» tum ? cur deſerta per otium , quæ
» bello defenderant ? An melius hiber-
» naviſſe in extremâ Cappadociâ, rap-
» tim erectis tuguriis , quàm in ſede
» regni modò retenti ? Dilata prorſus
» arma, ut Vologeſes cum alio, quàm

long de la Syrie, se tenoient prêtes à fondre sur ses propres États; la disette des fourages affoiblissoit la cavalerie; une nuée de sauterelles, venue tout à coup, n'avoit laissé ni herbes ni feuilles. Dissimulant néanmoins ses craintes, & feignant de se radoucir, il répondit qu'il enverroit une ambassade à l'Empereur de Rome pour lui demander l'Arménie & confirmer la paix, expédia l'ordre à Monèses de quitter Tigranocerte, & recula lui-même.

VI. Le plus grand nombre attribuant cette retraite du Roi à sa frayeur & aux menaces de Corbulon, en parloit comme de l'événement le plus glorieux pour nous. D'autres conjecturoient qu'on étoit convenu secrètement que la guerre cesseroit de part & d'autre, & que Tigranes sortiroit d'Arménie en même temps que Vologèse : « Car enfin, pourquoi retirer » l'armée Romaine de Tigranocerte ? par » quelle raison abandonner, dans l'ab- » sence de l'ennemi, ce qu'on avoit dé- » fendu contre lui ? Étoit-il plus com- » mode de passer l'hiver à l'extrémité » de la Cappadoce, sous des tentes cons- » truites à la hâte, que dans la capitale

» cum Corbulone, certaret: Corbulo
» meritæ tot per annos gloriæ non ultrà
» periculum faceret. » Nam, ut retuli,
proprium ducem tuendæ Armeniæ po-
poscerat, & adventare Cæsennius Pætus
audiebatur : jamque aderat, copiis ita
divisis, ut quarta & duodecima legiones,
addità quintâ ; quæ recens è Mœsis excita erat, simul Pontica, & Galatarum
Cappadocumque auxilia Pæto obedirent : tertia & sexta & decima legiones,
priorque Syriæ miles, apud Corbulonem
manerent. Cætera ex rerum usu socia-
rent, partirenturve. Sed neque Corbulo
æmulo patiens; & Pætus, cui satis ad
gloriam erat, si proximus haberetur,
despiciebat gesta, nihil cædis aut prædæ,
usurpatas nomine tenus, urbium expug-
nationes dictitans : Se tributa ac leges,
» &, pro umbrâ Regis, Romanum jus
» victis impositurum. »

» d'un royaume qu'on venoit de confer-
» ver ? La guerre n'étoit donc que diffé-
» rée', Vologèfe vouloit combattre dñ;
» autre Chef, & Corbulon ne plus rif-
» quer une gloire bien méritée par tant
» de fuccès. » En effet, ce dernier avoit
demandé, comme je l'ai dit, un Général
particulier pour l'Arménie, & l'on an-p
nonçoit déjà l'arrivée prochaine de Ce-r
fennius Petus. Voici comment les, troupes furent partagées dès qu'il parut.
Petus eut la quatrième & la douzième
légion, auxquelles on joignit la cinquième, tirée nouvellement de Méfie
avec les auxiliaires de Pont, de Galatie
& de Cappadoce. Corbulon garda la
troifième, la fixième, la dixième légion,
& l'ancien foldat de Syrié. Leurs ordres
portoient de plus, d'unir ou de divifer
entre eux tout le refte fuivant les conjonctures. Mais Corbulon ne fouffroit
pas d'émule; & Petus, que le premier
rang après Corbulon eût affez honoré,
dédaignant les exploits de ce Général,
les réduifoit à quelques prifes fimulées;
de villes, fans butin ni fang répandu.
« Pour lui, il alloit impofer des tributs
» & des loix aux vaincus, & fubftituer à
» un fantôme de Roi tous les droits de la
» puiffance Romaine. »

VII. Sub idem tempus, Legati Volo-
gesis, quos ad principem miffos memoravi, revertêre inriti : bellumque propa-
làm fumptum à Parthis : nec Pætus de-
trectavit, fed duabus legionibus, quarum
quartam Funifulanus Vettonianus eo in
tempore, duodecimam Calavius Sabinus
regebant, Armeniam intrat, tristi omine.
Nam in tranfgreffu Euphratis, quem
ponte tranfmittebat, nullâ palam causâ,
turbatus equus, qui Confularia infignia
geftabat, retro evafit; hoftiaque, quæ
muniebantur hibernaculis adfistens, fe-
mifacta opera fugâ perrupit, feque vallo
extulit : & (5) pila militum arfere, magis infigni prodigio, quia Parthus hoftis
miffilibus telis decertat.

VIII. Ceterùm Pætus, fpretis omi-
nibus, necdùm fatis firmatis hibernaculis ; nullo rei frumentariæ provifu,
rapit exercitum trans montem Taurum,
« reciperandis, ut ferebat, Tigranocer-
» tis, vaftandifque regionibus, quas Cor-

VII.

VII. Vers ce même temps, les Ambassadeurs envoyés, comme je l'ai dit, par Vologèse à Rome, en revinrent sans avoir rien obtenu. Alors les Parthes entreprennent ouvertement la guerre, & Petus ne s'y refuse pas. Il emmène deux légions, la quatrième commandée par Funisulanus Vettonianus, & la douzième par Calavius Sabinus, & pénètre en Arménie sous de malheureux auspices. Car au passage d'un pont sur l'Euphrate, le cheval chargé des ornemens Consulaires, s'effrayant sans cause apparente, prit la fuite dans les quartiers d'hiver qu'on préparoit : une victime forçant la palissade a demi-faite, se sauva hors des retranchemens, & des flammes sortirent des javelots de nos soldats : prodige d'autant plus remarquable, que les Parthes emploient des armes de cette espèce.

VIII. Mais Petus, qui méprisoit ces présages, n'achève pas même de fortifier les quartiers d'hiver ; & négligeant de se pourvoir de blé, il transporte à la hâte son armée par delà le mont Taurus, « afin, disoit-il, de reprendre Ti- » granocerte, & de ravager des pays » d'où Corbulon n'avoit rien enlevé. »

„ bulo integras omififfet. „ Et capta quædam caftella, gloriæque & prædæ non-
nihil partum, fi aut gloriam cum modo,
aut prædam cum curà habuiffet. Longinquis itineribus percurfando quæ ob-
tineri nequibant, corrupto qui captus
erat commeatu, & inftante jam hieme,
reduxit exercitum, compofuitque ad
Cæfarem litteras, quafi confecto bello,
verbis magnificis, rerum vacuas.

IX. Interim Corbulo numquam ne-
glectam Euphratis ripam crebrioribus
præfidiis infedit: &, ne ponti injiciendo
impedimentum hoftiles turmæ adferrent
(jam enim fubjectis campis magnâ fpecie volitabant), naves magnitudine præf-
tantes, & connexas trabibus, ac turribus
auctas, agit per amnem, catapultifque
& baliftis proturbat barbaros, in quos
faxa & haftæ longiùs permeabant, quàm
ut contrario fagittarum jactu adæquaren-
tur. Dein pons continuatus; collefque
adverfi per focias cohortes, poft legio-

Il força quelques châteaux, & se seroit acquis assez de gloire & de butin, s'il avoit su ne pas s'enivrer de sa gloire & conserver son butin ; mais après avoir traversé d'immenses contrées qu'il ne pouvoit garder, & laissé gâter les vivres qu'il avoit pris, il ramena son armée aux approches de l'hiver ; ensuite, sans articuler de faits, il écrivit à l'Empereur en termes aussi pompeux que s'il eût fini la guerre.

IX. Dans l'intervalle, Corbulon dispose de nouveaux corps-de-garde entre ceux qu'il n'avoit jamais négligé de poster le long de l'Euphrate, & de peur que les escadrons ennemis, qu'on voyoit déjà voltiger avec un appareil menaçant sur les plaines opposées, ne l'empêchent de construire un pont, il fait avancer le long du fleuve de très-grands navires liés ensemble par des poutres, & surmontés de tours armées de balistes & de catapultes. Les pierres & les javelots qu'elles lançoient, retinrent les Parthes à une distance d'où leurs traits n'étoient plus à craindre. Ainsi le pont fut continué, & les cohortes alliées s'emparèrent

num caftris occupantur, tantâ celeritate
& oftentatione virium, ut Parthi, omiffo
paratu invadendæ Syriæ; fpem omnem
in Armeniam verterent.

X. Ibi Pætus, imminentium nefcius,
quintam legionem procul in Ponto habebat; reliquas promifcuis militum commeatibus infirmaverat; donec, adventare Vologefen magno & infenfo agmine,
auditum. Accitur legio duodecima, &,
unde famam auĉti exercitûs fperaverat,
prodita infrequentia : quâ tamen retineri caftra, & eludi Parthus traĉtu belli
poterat, fi Pæto aut in fuis, aut in
alienis confiliis conftantia fuiffet. Verùm
ubi à viris militaribus adverfùs urgentes
cafus firmatus erat, rurfus, ne alienæ
fententiæ indigens videretur, in diverfa
ac deteriora tranfibat. Et tunc reliĉtis
hibernis, « non foffam neque vallum
» fibi, fed corpora & arma in hoftem

des collines qui commandoient l'autre rive. Nos légions y tranſportèrent enſuite leur camp. Le tout s'exécuta ſi prompte-ment, & marquoit une telle ſupério-rité de forces, que le Parthe, renonçant aux projets concertés contre la Syrie, tourna toutes ſes eſpérances vers l'Ar-ménie.

X. Petus, ignorant le ſort qui l'y me-naçoit, tenoit la cinquième légion au loin dans le Pont, & affoibliſſoit les autres par des congés accordés ſans diſ-crétion; lorſqu'on apprend que Volo-gèſe fond en ennemi ſur le royaume avec une armée nombreuſe. Alors notre Gé-néral fit venir la douzième légion, ſe flattant qu'on vanteroit beaucoup cette augmentation de ſes forces. On en re-marqua mieux au contraire combien il lui manquoit de ſoldats. Il en avoit aſſez néanmoins pour conſerver ſon camp & pour éluder les efforts du Parthe en tem-poriſant, s'il avoit ſuivi conſtament ſon propre avis, ou celui des autres. Mais ſi-tôt que des Officiers expérimentés l'avoient tiré d'un péril urgent, la crainte de paroître avoir beſoin de con-ſeils le jetoit à l'oppoſite vers le plus mauvais parti. Dans la conjonƈure pré-

H iij

» data » clamitans, duxit legiones, quafi prœlio certaturus. Deinde, amiffo Centurione & paucis militibus, quos vifendis hoftium copiis præmiferat, trepidus remeavit. Et quia minùs acriter Vologefes inftiterat, vanâ rurfus fiduciâ, tria millia delecti peditis proximo Tauri jugo impofuit, quò tranfitum Regis arcerent. Alares quoque Pannonios, robur equitatûs, in parte campi locat. Conjunx ac filius caftello, cui Arfamofata nomen eft, abditi, datâ in præfidium cohorte, ac difperfo milite, qui in uno habitus, vagum hoftem promptiùs fuftentaviffet : & ægrè compulfum ferunt, (6) ut inftantem Corbuloni fateretur : nec à Corbulone properatum, quò, glifcentibus periculis, etiam fubfidii laus augeretur. Expediri tamen itineri fingula millia ex tribus legionibus, & alarios octingentos, (7) parem numerum è cohortibus juffit.

fente il quitte fes quartiers d'hiver en criant : « Qu'il ne lui faut contre l'en-
» nemi ni retranchement ni paliffade ,
» puifqu'il a des corps & des armes , »
& conduit fes légions comme s'il alloit combattre. Enfuite un Centurion & quelques foldats envoyés à la découverte, ayant été tués, il revient tout tremblant.
Mais comme Vologèfe ne l'avoit pas pourfuvi bien vivement, il fe ranime d'une vaine confiance, pofte trois mille fantaffins d'élite fur la dernière colline du mont Taurus, afin d'en fermer le paffage au Roi, affigne une partie de la plaine aux Pannoniens fes meilleurs cavaliers, & cache fon fils & fa femme dans un château nommé Arfamofata, fous la garde d'une cohorte; difperfant ainfi fes forces, qui, réünies énfemble, euffent foutenu les attaques d'un en-
nemi mal en ordre. On affure qu'il lui en coûta beaucoup de faire alors à Cor-
bulon l'aveu de fon émbarras. Corbu-
lon, de fon côté, ne fe preffa point, laiffant croître le péril afin de l'en déli-
vrer avec plus de gloire. Il commanda néanmoins à mille hommes tirés de chaque légion, à huit cents cavaliers ,

XI. At Vologeses quamvis obfessa à Pæto itinera hinc peditatu, inde equite accepiffet; nihil mutato confilio, fed vi, aớ minis alares exterruit, legionarios obtrivit , uno tantùm Centurione Tarquitio Crefcente turrim, in quâ præfidium agitabat, defendere aufo, faɑâ fæpiùs eruptione, & cæfis, qui Barbarorum propiùs fuggrediebantur, donec ignium jaɑu circumveniretur : peditum fi quis integer, longinqua & avia; vulnerati, caftra repetivere : virtutem Regis, fævitiam & copias gentium, cunɑa metu extollentes , facili credulitate eorum, qui eadem pavebant. Ne dux quidem obniti adverfis, fed cunɑa militiæ munia deferuerat , miffis iterum ad Corbulonem precibus, « veniret pro» perè, figna & aquilas, & nomen re» liquum infelicis exercitûs tueretur : fe » fidem interim , donec vita fuppedi» tet, retenturos. »

& à un pareil nombre choifi dans les cohortes, de fe préparer au départ.

XI. Quoique Vologèfe eût appris que d'un côté la cavalerie de Petus, & l'infanterie, de l'autre, lui fermoient le paffage, il ne dérangea rien à fon plan; mais il effraya la cavalerie par fes attaques & fes menaces, & écrafa les légionnaires. Une tour unique fut défendue par le Centurion Tarquitius Crefcens, qui ofa faire de fréquentes forties avec fa garnifon, tua ceux des Barbares qui s'approchoient, & périt enfin au milieu des feux lancés de toutes parts. Ceux de nos fantaffins qui fuyoient fains & faufs, s'enfoncèrent au loin dans des déferts, & les bleffés revinrent au camp, exagérant tout, entre autres, la valeur du Roi, la férocité, le nombre des nations foumifes à fes ordres, & ils fe firent aifément croire à des gens intimidés comme eux. Le Général luimême, cédant fans réfiftance à l'adverfité, avoit renoncé à toutes les fonctions militaires. Il renvoya conjurer Corbulon de venir au plutôt « pour fauver » les drapeaux, les aigles & le nom » prefque éteint d'une armée malheu-

H v

XII. Ille interritus, & parte copia-
rum apud Syriam relictâ, ut munimenta
Euphrati imposita retinerentur ; quà
proximum, & commeatibus non ege-
num, regionem Comagenam, exin Cappadociam, inde Armenios petivit. Co-
mitabantur exercitum, præter alia sueta
bello, magna vis camelorum, onusta
frumenti, ut simul hostem famemque
depelleret. Primum è perculsis Pactium,
Primipili Centurionem, obvium habuit,
dein plerosque militum : quos diversas
fugæ causas obtendentes, « redire ad
» signa , & clementiam Pæti experiri
» monebat (8) se nisi victoribus mitem
» esse. » Simul suas legiones adire, hor-
tari, priorum admonere, novam gloriam ostendere; « non vicos aut oppida
» Armeniorum , sed castra Romana,
» duasque in iis legiones pretium la-
» boris peti. Si singulis manipularibus
» præcipua servati civis corona, impe-

» reufe , qui , en attendant, reftoit fi-
» delle jufqu'au dernier foupir.»

XII. Corbulon , toujours intrépide ,
laiffe une partie des troupes à la defenfe
des forts le long de l'Euphrate, & s'a-
vance jufqu'en Arménie par la Coma-
gène & la Cappadoce , route bien pourvue de vivres & la plus courte. Son
armée , outre l'attirail ordinaire , emme-
noit une grande quantité de chameaux
chargés de blé , afin de ne craindre ni
la famine ni l'ennemi. Le Primipilaire
Pactius fut le premier des fuyards qu'on
rencontra ; beaucoup de foldats fe pré-
fentèrent enfuite, cherchant à s'excufer
fous divers prétextes. « Retournez à vos
drapaux , leur dit Corbulon, tâchez de
fléchir Petus; quant à moi, je n'ufe de
clémence qu'envers des vainqueurs. »
Enfuite, s'adreffant à fes légions, il les
exhorte, rappelle leurs anciens exploits,
& leur faifant envifager une gloire nouvelle : « Les bourgs & les villes d'Arménie ne font plus le prix de vos fatigues, leur difoit-il; c'eft un camp Romain, ce font deux légions affiégées.
Si la couronne civique eft la plus honorable de toutes celles qu'un foldat peut
recevoir de la main de fon Général,

» ratoriâ manu tribueretur; quod illud
» & quantum decus, (9) ubi par eorum
» numerus adipifceretur, qui attuliffent
» falutem, & qui accepiffent? » His atque talibus in commune alacres (&
erant quos pericula fratrum, aut propinquorum propriis ftimulis incenderent), continuum diu noctuque iter properabant.

XIII. Eòque intentius Vologefes premere obfeffos, modò vallum legionum,
modò caftellum, quo imbellis ætas defendebatur, adpugnare, propiùs incedens, quàm mos Parthis, fi eâ temeritate hoftem in prœlium eliceret. At illi
vix contuberniis extracti :.nec aliud quàm
munimenta propugnabant : pars juffu
ducis, & alii propriâ ignaviâ, ut Corbulonem opperientes, « ac fi vis in-
» grueret, provifis exemplis Caudinæ ac
» Numantinæ cladis: neque eamdem vim
» Samnitibus, Italico populo, aut Pœ-
» nis Romani Imperii æmulis. Validam

quelle gloire pour une armée compofée d'autant de foldats quelle aura fauvé de citoyens! » Animés tous en commun par ces difcours, & plufieurs en particulier par le danger d'un frère ou d'un parent, ils continuèrent leur marche nuit & jour.

XIII. C'eft ce qui redoubloit l'activité de Vologèfe contre les affiégés ; il attaque tantôt les lignes du camp, tantôt la garnifon du château dans lequel on gardoit les vieillards, les femmes & les enfans, s'approchant beaucoup plus qu'il n'eft ordinaire aux Parthes, & même jufqu'à la témérité, en vue d'engager une action; mais les Romains s'arrachoient à peine de leurs tentes, & fe contentoient d'en garder les retranchemens ; les uns parce que le Général défendoit de tenter au delà, les autres par leur propre lâcheté. « Ils » attendoient Corbulon, & en cas que » l'ennemi prévalût, les exemples des » fourches Caudines & de Numance y

» quoque & laudatam antiquitatem ,
» quotiens fortuna contrà daret , faluti
» confuluiffe. » Quâ defperatione exer-
citûs dux fubaƈus , primas tamen litteras ad Vologefen , non fupplices , fed
in modum querentis compofuit , « quòd
» pro Armenis (10) femper Romanæ ditionis, aut fubjeƈis Regi, quem Imperator delegiffet , hoftilia faceret :
» pacem ex æquo utilem : nec præfentia tantùm fpeƈaret : ipfum adversùs
» duas legiones, totis regni viribus adveniffe : at Romanis orbem terrarum
» reliquum, quo bellum juvarent. »

XIV. Ad ea Vologefes, nihil pro
caufâ , fed « operiendos fibi fratres ,
» Pacorum ac Tiridaten, refcripfit ; illum locum tempufque confilio deftinatum, quo de Armeniâ cernerent :

» pourvoiroient. Jamais ni les Samnites,
» ni les peuples d'Italie , ni les Cartha-
» ginois , ces émules, du Peuple Ro-
» main , n'avoient été si formidables que
» les Parthes. Cette antiquité si valeu-
» reuse & tant vantée pensoit ainsi qu'eux
» à sa sûreté , chaque fois que la for-
» tune lui tournoit le dos. » Ce désef-
poir de l'armée pousse à bout Petus ;
néanmoins il adresse une première lettre
à Vologèse , non en suppliant , mais
par forme de plaintes « sur ses hosti-
» lités au sujet des Arméniens , nation
» soumise de tout temps à Rome , où
» au Roi nommé par un de ses Géné-
» raux. La ·paix étoit également avan-
» tageuse aux deux partis. La position
» actuelle n'étoit pas ce qu'il devoit uni-
» quement considérer : il étoit tombé
» sur deux légions avec toutes les forces
» de son Royaume , mais Rome étoit
» maîtresse d'armer contre lui le reste de
» l'Univers. »

XIV. Vologèse , sans s'abaisser à se
justifier, répondit , « qu'il lui falloit at-
» tendre Pacorus & Tiridate ses frères.
» C'est ici , ajoutoit-il, que j'avois résolu
» de décider avec eux du sort de l'Ar-
» ménie. Grace à la faveur des Dieux,

„ adjeciffe Deos dignum Arſacidarum,
„ fimul & de legionibus Romanis ſta-
„ tuerent.„ Miffi poft à Pæto nuntii,
& Regis colloquium petitum, qui Vaſa-
cen , Præfectum equitatûs, ire juffit.
Tum Pætus, Lucullos, Pompeïos, & ſi
qua Cæſares obtinendæ donandæve Armeniæ egerant : Vaſaces, „ imaginem
„ retinendi largiendive penes vos, vim
„ penes Parthos „ memorat. Et multum
invicem diſceptato, Monobazus Adia-
benus in diem poſterum teſtis iis, quæ
pepigiffent, adhibetur. Placuitque li-
berari obſidio legiones, & (11) decedere omnem militem finibus Armeniorum, caftellaque & commeatus Parthis
tradi : quibus perpetratis , copia Vologeſi fieret, mittendi ad Neronem legatos.

XV. Interim flumini Arſaniæ (is caſtra præfluebat) pontem impoſuit, ſpecie ſibi illud iter expedientis : ſed Parthi, quaſi documentum victoriæ juffe-

» nous prononcerons en même temps
» fur celui des légions Romaines ; dé-
» libération digne dés Arfacides. » Enfuite notre Général envoya des députés qui demandèrent audience au Roi,
qui fit partir pour notre camp Vafacès,
Préfet de la cavalerie, Petus, après
lui avoir cité les Lucullus, les Pompée,
y ajoutoit différens actes par lefquels
nos Empereurs avoient gardé ou donné
l'Arménie. « Les Romains, dit Vafacès,
» ont eut l'ombre du pouvoir fur ce
» Royaume, les Parthes en ont la réali-
» té. » Après bien des difcuffions, il fut
convenu que Monobaze d'Adiabène af-
fifteroit le lendemain, comme témoin,
à la conclufion du traité. On régla que
le fiège feroit levé, que toutes les troupes videroient l'Arménie, qu'on livre-
roit aux Parthes les places fortes & les
magafins, & qu'alors il feroit libre à Vologèfe d'envoyer une ambaffade vers
Néron.

XV. Dans l'intervalle, Petus faifoit
conftruire un pont fur l'Arfanias, qui
couloit devant le camp, prétextant d'en
avoir befoin pour fe mettre en marche ;
mais les Parthes l'avoient exigé de lui,

rant, namque iis ufui fuit, noftri per diverfum iere. Addidit rumor, fub jugum miffas legiones, & alia ex rebus infauftis, quorum fimulacrum ab Armeniis ufurpatum eft. Namque & munimenta ingreffi funt, antequam, agmen Romanum excederet, & circumftetere vias, captiva olim mancipia, aut jumenta agnofcentes, abftrahentefque. Raptæ etiam veftes, retenta arma, pavido milite, & concedente, nè qua prælii caufa exifteret. Vologefes, armis & corporibus cæforum aggregatis, quò cladem noftram teftaretur, vifu fugientium legionum abftinuit. Fama moderationis quærebatur, poftquam fuperbiam expleverat. Flumen Arfaniam elephanto infidens, & proximus quifque Regem, vi equorum, perrupere, quia rumor incefferat, pontem ceffurum oneri, dolo fabricantium: fed qui ingredi aufi funt, validum & fidum intellexere.

comme un monument de leur victoire.
Eux feuls s'en fervirent, & nos troupes
prirent un autre chemin. On publia pour
lors que nos légions avoient paffé fous
le joug. La manière dont les Arméniens
nous traitèrent, rendoit ce bruit vraifemblable, comme tous les autres que
notre malheur occafionnoit. En effet,
ils entrèrent dans les retranchemens avant
le départ de l'armée, fe placèrent des
deux côtés fur notre paffage, afin de
reconnoître les efclaves & les bêtes de
fomme qui leur avoient appartenu, &
les reprirent; ils enlevèrent même des
habits, & arrachèrent des armes de la
main du foldat, qui, tremblant, les
laiffoit faire, de peur qu'on n'en vînt à
une action. Vologèfe ayant fait amonce-
ler les corps & les armes des morts,
pour attefter notre défaite, s'abftint de
nous regarder fuir afin de fe faire honneur de fa modération, après avoir raf-
fafié fon orgueil. Il traverfa le fleuve
fur un éléphant, accompagné des principaux de fa fuite à cheval : car on
avoit publié qu'il falloit fe défier de nos
Ingénieurs, & que le pont s'écrouleroit
dès qu'il feroit chargé; mais ceux qui

XVI. Ceterùm obfeffis adeo fuppedi-
tavifle rem frumentariam conftitit, ut
horreis ignem injicerent: contràque pro-
diderit Corbulo, Parthos inopes copia-
rum, & pabulo attrito, relicturos op-
pugnationem, neque fe plus tridui itinere abfuiffe. Adjecit, jurejurando Pæti
cautum apud figna, adftantibus iis, quos
teftificando Rex mififfet, neminem Romanum Armeniam ingreffurum, donec
referrentur litteræ Neronis, an paci an-
nueret. Quæ ut augendæ infamiæ compofita, fic reliqua non in obfcuro ha-
bentur; unâ die quadraginta millium
fpatium emenfum effe Pætum, defertis
paffim fauciis; neque minùs deformem
illam fugientium trepidationem, quàm
fi terga in acie vertiffent. Corbulo cum
fuis copiis apud ripam Euphratis obvius, (12) non eam fpeciem infignium
& armorum prætulit, ut diverfitatem
exprobraret : mœfti manipuli, ac vicem

osèrent paffer deffus reconnurent qù'il étoit folide & fidèlement conftruit.

XVI. Il eft certain que nos troupes manquoient fi peu de blé, qu'elles en brûlèrent des magafins à leur départ. Corbulon rapporte que les Parthes au contraire étoient fur le point de lever le fiège, faute de vivres & de fourrage, & qu'il n'étoit lui - même qu'à trois journées au plus. Il ajoute que Petus jura fur les étendards, en préfence des témoins envoyés par le Roi, qu'aucun Romain ne mettroit le pied en Arménie, jufqu'à ce que Néron eût fait favoir à Vologèfe s'il confentoit à la paix ; mais quant on regarderoit ces traits comme inventés pour augmenter le déshonneur de Petus, on fait du moins avec cer- titude, que ce Général fit quarante milles en un feul jour, abandonnant çà & là les bleffés, & que fes troupes fe laifsèrent emporter à leur frayeur avec autant de défordre & de honte que fi elles euffent tourné le dos à l'ennemi dans un combat. Corbulon, à leur ren- contre fur les bords de l'Euphrate, ne voulut pas faire paroître fon armée avec un appareil pompeux qui leur eût comme reproché le contrafte de leur fort. Ses

commilitonùm miferantes , ne lacrymis
quidem temperare : vix præ fletu ufurpata confalutatio. Decefferat certamen
virtutis , & ambitio gloriæ, felicium hominum affectus : fola mifericordia valebat, & apud minores magis.

XVII. Ducum inter fe brevis fermo
fecutus eft , hoc conquerente inritum
laborem : potuiffe bellum fugâ Parthorum finiri. Ille « integra utrique cuncta
» refpondit , converterent aquilas , &
» juncti invaderent Armeniam , abfceffu
» Vologefis infirmatam. Non ea impe-
» ratoris habere mandata , Corbulo ;
» periculo legionum commotum , è pro-
» vinciâ egreffum : quando in incerto
» habeantur Parthorum conatus , Syriam
» repetiturum. Sic quoque optimam for-
» tunam orandam , ut pedes confectus
» fpatiis itinerum (13) , alacrem & fa-
» cilitate camporum prævenientem equi-
» tem adfequeretur. » Exin Pætus per

soldats affligés, pénétrés du malheur de
leurs camarades, ne purent même retenir leurs larmes; les sanglots empêchèrent presque les deux armées de
se rendre le salut ordinaire; il ne s'agissoit alors ni d'émulation de bravoure,
ni de désir de gloire; sentimens des heureux : la commisération parloit seule à
tous les cœurs, sur-tout parmi les subalternes.

XVII. L'entretien des Chefs fut
court. Corbulon se plaignit de ce que
sa peine n'aboutissoit à rien, tandis qu'on
auroit pu terminer la guerre par la défaite des Parthes. « Notre position à cet
» égard est la même, répondit Petus;
» tournons les aigles, emparons - nous
» ensemble de l'Arménie affoiblie par
» le départ de Vologèse. Mes ordres ne
» le portent pas, répliqua Corbulon; le
» danger des légions m'avoit tiré de ma
» province; j'y retourne, parce que j'i-
» gnore sur quelle partie tomberont les
» efforts des Parthes : encore ai-je be-
» soin de toute la faveur de la fortune,
» pour que mes fantassins, fatigués d'une
» longue marche, y arrivent aussi - tôt
» qu'une cavalerie en bon état & qui
» traverse des plaines. » Alors Petus prit

Cappadociam hibernavit. At Vologefis
ad Corbulonem miffi nuntii, detraheret caftella trans Euphraten, amnem-
que ut olim medium faceret; ille, Armeniam quoque diverfis præfidiis vacuam fieri expoftulabat. Et poftremò conceffit Rex : dirutaque quæ Euphraten
ultra communierat Corbulo; & Armenii fine arbitro relicti funt.

XVIII. At Romæ tropæa de Parthis,
arcufque medio Capitolini montis fif-
tebantur, decreta ab Senatu ; integro
adhuc bello, neque tum omiffa, dum
adfpectui confulitur, fpretâ confcientiâ.
Quin &, diffimulandis rerum externa-
rum curis, Nero frumentum plebis, vetuftate corruptum, in Tiberim jecit,
quò fecuritatem annonæ fuftentaret : cujus pretio nihil additum eft, quamvis
ducentas fermè naves portu in ipfo, vio-
lentiâ tempeftatis, & centum alias, Tiberi fubvectas, fortuitus ignis abfump-
fiffet. Trîs dein Confulares, L. Pifonem,

ſes quartiers d'hiver en Cappadoce ; Vologèſe envoya dire à Corbulon de détruire ſes forts au delà de l'Euphrate,
& de laiſſer le fleuve ſéparer les deux
Empires comme auparavant. Corbulon
lui fit répondre de retirer auſſi ſes garniſons de l'Arménie, & le Roi y conſentit enfin. Ainſi les ouvrages que Corbulon avoit conſtruits par - delà l'Euphrate, furent démolis, & les Arméniens abandonnés à leur liberté.

XVIII. Cependant on érigeoit à Rome
des trophées ſur les Parthes, & des
arcs de triomphe au milieu du Mont
Capitolin. Le Sénat les avoit décernés
avant qu'il y eût encore rien de décidé :
on ne les diſcontinua pas même alors,
voulant flatter les yeux en dépit du té-
moignage de la conſcience. L'Empereur,
pour faire encore mieux diverſion aux
inquiétudes du dehors, fit jeter dans
le Tibre tout ce qu'on trouva de grains
vieux & gâtés parmi les proviſions du
peuple, afin de faire voir qu'il n'y avoit
point de diſette à craindre. En effet, le
blé n'augmenta pas de prix, quoique
près de deux cents navires qui en étoient
chargés fuſſent péris dans le port même

Ducennium Geminum, Pompeïum Paul-
linum vectigalibus publicis præpofuit,
cum infectatione priorum principum,
qui gravitatè fumptuum juftos reditus
anteiffent : « Se annuum fexcenties fef-
» tertiùm Reipub. largiri. »

XIX. Percrebuerat eâ tempeftate pra-
viffimus mos, quum propinquis comi-
tiis, aut forte provinciarum, plerique
orbi fictis adoptionibus adfcifcerent filios, Præturafque & provincias inter
patres fortiti, ftatim emitterent manu,
quos adoptaverant. Magnâ cum invidiâ
Senatum adeunt, jus naturæ, labores
educandi, adversùs fraudem & artes &
brevitatem adoptionis enumerant : « Sa-
» tis pretii effe orbis, quòd multâ fecu-
» ritate, nullis oneribus, gratiam, ho-
» nores, cuncta prompta & obvia habe-
» rent, Sibi promiffa Legum diu exfpec-

par la violence d'une tempête , & que
le feu en eût par hazard confumé cent
autres qui remontoient le Tibre. Enfuite
le Prince chargea trois Confulaires, L.
Pifon , Ducennius Geminus , & Pompeïus Paullinus , de la Surintendance
des impôts , blâmant fes prédéceffeurs,
dont les dépenfes onéreufes avoient excédé les revenus légitimes ; au lieu
« qu'il épargnoit fix cént millions de
» fefterces tous les ans à la Répu-
» blique. »

XIX. Un abus très - répréhenfible
étoit alors devenu fréquent. Vers le
temps des Comices ou de la diftribu-
tion des provinces au fort , un grand
nombre de gens fans enfans, s'autori-
fant d'adoptions fimulées contre les vrais
pères , leur difputoient la Préture ou
les provinces, & émancipoient auffi-tôt
après leurs prétendus fils adoptifs : de
là de vives plaintes dans le Sénat, on
faifoit valoir les droits de la Nature,
les follicitudes de l'éducation , contre
la fraude & les artifices d'une adoption
momentanée. « N'eft-ce pas affez, di-
» foit-on, pour ceux qui n'ont pas d'en-
» fans, de vivre fans gêne dans une en-
» tière fécurité, de voir la faveur, les

" tata, in ludibríum verti, quando quis
" fine follicitudine parens, fine luctu
" orbus, longa patrum vota repentè adæ-
" quaret. " Factum ex eo Senatufconfultum, ne fimulata adoptio in ullâ
parte muneris publici juvaret, ac ne
ufurpandis quidem hæreditatibus pro-
deffet.

XX. Exin Claudius Timarchus, Cre-
tenfis, reus agitur, cæteris criminibus,
ut folent prævalidi provincialium, &
opibus nimiis ad injurias minorum elati:
una vox ejus ufque ad contumeliam Se-
natùs penetraverat, quòd dictitaffet, in
fuâ poteftate fitum, an Proconfulibus,
qui Cretam obtinuiffent, grates ageren-
tur. Quam occafionem Pætus Thrafea ad bonum publicum vertens, poftquam de reo cenfuerat provinciâ Cretâ
depellendum, hæc addidit: " Ufu pro-

» honneurs & tout prévenir & combler
» leurs vœux ? Les récompenses que la
» Loi promet, après s'être long-temps
» fait espérer, se tournent en dérision,
» si quelqu'un, devenant père sans in-
» quiétude, & cessant de l'être sans re-
» gret, peut se procurer, en un instant,
» des droits qu'elle a tant fait attendre
» aux véritables pères. » Sur ces remontrances, il fut déclaré par un Sénatus-
consulte, que les adoptions simulées ne
donneroient aucune prérogative à l'é-
gard des charges, ni même des succes-
sions.

XX. Ensuite Claudius Timarchus de
Crète fut cité en Justice ; une grande
partie de l'accusation rouloit sur des crimes ordinaires aux provinciaux trop puis-
sans, que d'excessives richesses enhar-
dissent à des injustices contre les foibles.
Mais on ajoutoit qu'il avoit insulté le
Sénat même, en disant qu'il pouvoit
faire décider à son gré, si l'on rendroit
des actions de graces aux Proconsuls qui
auroient gouverné la Crète. Ce fut une
occasion pour Thrasea de parler en faveur
du bien public. Après avoir opiné qu'on
bannît le coupable hors de l'Isle, il
ajouta : « L'expérience a fait voir, Pères

» batum eft., Patres Confcripti , leges
» egregias, exempla honefta, apud bo-
» nos ex deliftis aliorum gigni. Sic Ora-
» torum licentia, Cinciam rogationem;
» Candidatorum ambitus., Julias Leges;
» Magiftratuum avaritia , Calpurnia
» fcita, pepererunt. Nam culpa, quàm
» pœna , tempore prior , emendari ,
» quàm peccare, pofteriùs eft. Ergo ad-
» versùs novam provincialium fuper-
» biam dignum fide conftantiâque Ro-
» manâ capiamus cônfilium, quò tu-
» telæ fociorum nihil derogetur, nobis
» opinio decédat, qualis quifque habea-
» tur , alibi quàm in civium judicio
» effe. »

XXI. « Olim quidem non modò Præ-
» tor aut Conful, fed privati etiam mit-
» tebantur, qui provincias viferent ,
» & quid de cujufque obfequio videre-
» tur, referrent : trepidabantque gentes
» de exiftimatione fingulorum. At nunc
» colimus externos , & adulamur ; &

» Conscrits, que les gens de bien se sont
» servis des fautes d'autrui pour donner
» naissance à de sages règlemens & à
» des exemples de vertu. C'est ainsi que
» la licence des Orateurs a produit la
» Loi Cincia; la brigue des Candidats,
» la Loi Junia; la rapacité des Magis-
» trats, la Loi Calpurnia. Le crime pré-
» cède la punition, mais la réforme est
» postérieure à l'abus. Que l'orgueil qui
» commence à s'introduire dans les pro-
» vinces, nous fasse donc prendre une
» résolution digne en même temps de la
» fidélité de Rome & de sa constance.
» Ne dérogeons en rien à la protection
» due aux alliés; mais qu'on cesse de croi-
» re que la renommée de chacun de nous
» dépende d'ailleurs que de nos conci-
» toyens. »

XXI. « Rome ne se contentoit pas
» autrefois d'envoyer un Préteur ou un
» Consul dans les provinces; elle les
» faisoit visiter par des particuliers char-
» gés d'informer le Sénat de leur sou-
» mission envers nous, & les peuples
» trembloient sur le rapport que feroit
» chacun d'eux. C'est présentement nous
» qui flattons les Nations, qui leur fai-

» quomodò ad nutum alicujus grates,
» ita promptiùs accufatio decernitur :
» decernaturque, & maneat provinciali-
» bus potentiam fuam tali modo often-
» tandì : fed laus falfa & precibus ex-
» preffa perinde cohibeantur, quàm ma-
» litia, quàm crudelitas. Plura fæpè pec-
» cantur, dum demeremur, quàm dum
» offendimus. Quædam immò virtutes
» odio funt, feveritas obftinata, invictus
» adversùm gratiam animus. Inde ini-
» tia Magiftratuum noftrorum meliora
» fermè, & finis inclinat, dum, in mo-
» dum Candidatorum, fuffragia conqui-
» rimus : quæ fi arceantur, æquabiliùs
» atque conftantiùs provinciæ regentur :
» nam ut metu repetundarum infracta
» avaritia eft, ita, vetità gratiarum ac-
» tione, ambitio cohibetur. »

XXII. Magno affenfu celebrata fen-
tentia, non tamen Senatufconfultum
perfici potuit, abnuentibus Confulibus

» fons la cour. Un provincial n'eft pas
» moins maître d'engager fes conci-
» toyens à former une accufation, qu'à
» décerner des actions de graces. Que
» le droit d'accufer fubfifte. Laiffons aux
» alliés cette manière de faire montre
» de leur pouvoir ; mais oppofons-nous
» aux louanges fauffes, extorquées par
» des baffeffes, autant qu'aux injuftices
» & à la cruauté. On fait fouvent plus
» de fautes en obligeant les peuples,
» qu'en les offenfant : certaines vertus
» même engendrent la haine ; telles font
» la févérité inflexible, & l'équité qui
» fe roidit contre la faveur. De là chaque
» Magiftrat, d'abord irrépréhenfible,
» mollit vers la fin, parce qu'à l'imita-
» tion des Candidats, il capte les fuf-
» frages. Si donc nous défendons de
» voter des remercîmens, les provinces
» feront gouvernées avec plus de juftice
» & d'uniformité. La crainte des refti-
» tutions a mis un frein à l'avarice : la
» fuppreffion des actions de graces ar-
» rêtera les lâches condefcendances. »

XXII. Cet avis fut fort applaudi, on
n'en put néanmoins dreffer un Sénatufconfulte, parce que les Confuls refu-
foient de rapporter l'affaire. Enfuite les

I y

eâ de re relatum. Mox auctore Principe,
fanxere, ne quis ad concilium fociorum referret, agendas apud Senatum Propraetoribus prove Confulibus
grates, neu quis eâ legatione fungere-
tur. Iifdem Confulibus, gymnafium ictu
fulminis conflagravit, effigiefque in eo
Neronis ad informe aes liquefacta : &
motu terrae, (14) celebre Campaniae
oppidum, Pompeii, magnâ ex parte
proruit : defunctaque virgo -Veftalis Lae-
lia, in cujus locum Cornelia ex familiâ
Coſſorum capta eft.

XXIII. Memmio Regulo, & Vergi-
nio Rufo Coff. natam fibi ex Poppaeâ
filiam Nero (15) ultra mortale gaudium
accepit, appellavitque *Auguftam*, dato
& Poppaeae eodem cognomento. Locus
puerperio colonia Antium fuit, ubi ipfe
generatus erat. Jam Senatus uterum
Poppaeae commendaverat Diis, votaque
publicè fufceperat : quae multiplicata,
exfolutaque. Et additae fupplicationes,

Pères, autorifés par le Prince, défen-
dirent à qui que ce fût de propofer dans
l'affemblée des alliés de faire rendre des
actions de graces en plein Sénat aux
Proconfuls ou aux Propréteurs, ou de
fe charger d'une telle députation. Sous
les mêmes Confuls, le feu du ciel brûla
le gymnafe, la ftatue du Prince s'y fon-
dit en un bronze informe; un tremblement de terre détruifit la plus grande
partie de Pompeii, ville célèbre de
Campanie, & la Veftale Lelia mourut : elle fut remplacée par Cornelia,
dè la Maifon des Coffus.

XXIII. Sous le Confulat de Memmius Regulus & de Virginius Rufus,
Néron apprit avec plus de joie qu'il
ne convient à un mortel, que Poppée
venoit de lui donner une fille; il furnomma l'une & l'autre *Augufta*. L'ac-
couchement s'étoit fait à Antium, où
il étoit né lui - même; le Sénat, qui
avoit déjà ordonné des vœux publics
pour l'heureufe délivrance de Poppée,
s'acquitta des premiers & en fit de nouveaux : on y ajouta des actions de graces

I vj

templumque Fecunditati , & certamen
ad exemplar Actiacæ religionis decretum : utque Fortunarum effigies aureæ
in folio Capitolini Jovis collocarentur :
ludicrum Circenfe , ut Juliæ genti apud
Bovillas , ita Claudiæ Domitiæque apud
Antium ederetur : quæ fluxa fuere ,
quartum intra menfem defunctâ infante.
Rursùfque exortæ adulationes , cenfen-
tium honorem Divæ, & pulvinar, ædem-
que & facerdotem. Atque ipfe ut lætitiæ : ita mœroris immodicus egit. Ad-
notatum eft, omni Senatu Antium fub
recentem partum effufo, Thrafeam pro-
hibitum , immoto animo , prænuntiam
imminentis cædis contumeliam exce-
piffe. Secutam dehinc vocem· Cæfaris
ferunt, quâ reconciliatum fe Thrafeæ ,
apud Senecam jactaverit , ac Senecam
Cæfari gratulatum. Unde gloria egregiis viris , & pericula glifcebant.

, XXIV. Inter quæ , veris principio ,
Legati Parthorum mandata Regis Vo-

à la Fécondité, un temple en fon honneur, des combats fur le modèle des
jeux facrés d'Aĉtium, des ftatues d'or
des deux Fortunes placées fur le trône
de Jupiter Capitolin, des jeux du cirque dans Antium, en honneur des Claudius & des Domitius, comme à Bovil-
les en mémoire des Jules ; mais le tout
s'évanouit par la mort de l'enfant au
quatrième mois. D'autres flatteries y
font auffitôt fubftituées : elle eft dé-
clarée Déeffe : on lui décerne un lit de
parade, un temple & un Prêtre. Néron,
de fon côté, fut exceffif en fa douleur
comme dans fa joie. Tandis que tous les
Sénateurs, peu après la naiffance de
l'enfant, fe précipitoient vers Antium,
Thrafea reçut défenfe d'y paroître. Cet
affront annonçoit fa perte : on remarqua cependant que fon ame n'en fut
point émue. Il fe répandit, peu de jours
enfuite, que l'Empereur s'étoit vanté
chez Sénèque d'être réconcilié avec
Thrafea, & que Sénèque en avoit félicité le Prince : de là croiffoient la
gloire & les dangers de ces deux grands
hommes.

XXIV. Au commencement du prin-
temps, les Ambaffadeurs des Parthes

logefis, litterafque in eamdem formam
attulere : « Sé priora , & totiens jaflata
» fuper obtinenda Armenia , nunc omit-
» tere , quoniam Dii , quamvis poten-
» tium populorum arbitri , poffeffionem
» Parthis , non fine ignominiâ Romanâ,
» tradidiffent. Nuper claufum Tigra-
» nen ; pòft Pætum legionefque , quum
» opprimere poffet , incolumes dimi-
» fiffe. Satis approbatam vim : datum
» & lenitatis experimentum. Nec recu-
» faturum Tiridaten accipiendo diade-
» mati in urbem venire , nifi Sacerdotii
» religione attineretur. Iturum ad figna
» & effigies Principis , ubi , legionibus
» coram , regnum aufpicaretur. »

XXV. Talibus Vologefis litteris , quia
Pætus diverfa , tamquam rebus integris,
fcribebat , interrogatus Centurio , qui
cum Legatis advenerat , quo in ftatu
Armenia effet ? omnes inde Romanos
exceffiffe réfpondit. Tum intellecto Bar-

expofèrent les ordres de leur maître ; la lettre qu'ils remirent y étoit conforme. « Je n'infifte plus, difoit Vologèfe, fur
» les motifs tant de fois répétés de m'ac-
» corder l'Arménie, puifque les Dieux,
» arbitres des Nations, fi puiffantes
» qu'elles foient, en ont donné la pof-
» feffion aux Parthes, non fans humilier
» Rome. Nous venions d'enfermer Ti-
» granes : pouvant enfuite écrafer Petus
» avec fes foldats, nous les avons ren-
» voyés fains & faufs ; la fupériorité de
» nos forces étoit affez prouvée, nous
» avons fait agir la clémence. Cependant
» Tiridate ne refuferoit pas d'aller cher-
» cher le diadême à Rome, fi le Sa-
» cerdoce dont il eft revêtu ne l'arrê-
» toit. Il fe rendra au camp & prendra
» poffeffion de la royauté devant les
» étendards & la ftatue du Prince, en
» préfence des légions. »

XXV. Les lettres de Petus, bien différentes de celle de Vologèfe, fai-foient entendre que rien n'étoit déci-dé. L'Empereur demanda donc au Cen-turion qui avoit amené les Ambaffa-deurs, en quel état étoit l'Arménie ; celui-ci lui répondit qu'il n'y reftoit pas un Romain. Alors Néron, com-

barorum inrifu, qui peterent, quod eri-
püerant, confuluit inter primores civitatis Nero, bellum anceps, an pax in-
honefta placeret : nec dubitatum de
bello. Et Corbulo tot per annos militum atque hoftium gnarus, gerendæ rei
præficitur, ne cujus alterius infcitiâ rursùm peccaretur, quia Pæti piguerat.
Igitur inriti remittuntur, cum donis tamen, unde fpes fieret, non fruftra eadem oraturum Tiridaten, fi preces ipfe
attuliffet. Syriæque exfecutio Ceftio,
copiæ militares Corbuloni permiffæ; &
qüintadecima legio, ducente Mario
Celfo, è Pannoniâ adjeâa eft. Scribitur
Tetrarchis ac Regibus, Præfeâifque &
Procuratoribus, & qui Prætorum fini-
timas provincias regebant, juffis Corbulonis obfequi; in tantum fermè modum
auââ poteftate, quem Populus Romanus Cn. Pompeïo, bellum Piraticum
gefturo, dederat. Regreffum Pætum,
quum graviora metueret, facetiis infes-

prenant que les Barbares l'infultoient
en demandant ce qu'ils avoient déjà
ravi, délibéra avec les plus grands de
Rome, lequel il falloit préférer, d'une
guerre périlleuse, ou d'une paix flétrif-
fante. On fe déclara fans balancer pour
la guerre, & l'on en chargea Corbulon,
qui, depuis tant d'années, connoiffoit
également le foldat & l'ennemi. Tout
autre moins expérimenté, depuis le
trifte exemple de Petus, eût donné lieu
de craindre de nouvelles fautes. Les
Ambaffadeurs furent congédiés avec un
refus, accompagné néanmoins de préfens, pour leur faire entendre que Tiridate obtiendroit le diadême, s'il venoit le demander en perfonne. Ceftius
fut chargé de l'adminiftration civile de
la Syrie; Corbulon, de tout ce qui con-
cerne le militaire, & l'on joignit à fon
armée la quinzième légion tirée de
Pannonie, & commandée par Marius
Celfus. Les Tétrarques, les Rois, les
Préfets, les Intendans, les Préteurs des
provinces limitrophes, reçurent ordre
d'obéir à Corbulon. L'autorité dont on
le revêtit alors, égaloit prefque celle
que le Peuple Romain avoit donnée à
Pompée dans la guerre des Pirates. Pe-

tari fatis habuit Cæfar, his fermè verbis : " Ignofcere fe ftatim , ne tam
" promptus in pavorem, longiore folli-
" citudine ægrefceret. "

XXVI. At Corbulo quartâ & duode-
cimâ legionibus , quæ fortiffimo quoque
amiffo, & cæteris exterritis, parum habiles prælio videbantur, in Syriam tranf-
latis, fextam inde ac tertiam legiones,
integrum militem , & crebris ac profperis laboribus exercitum , in Armeniam
ducit. Addiditque legionem quintam,
quæ per Pontum agens, expers cladis
fuerat, fimul quintadecimanos, recèns
adductòs, & vexilla delectorum ex Illy-
rico & Ægypto , quodque alarum co-
hortiumque, & auxilia Regum in unum
conducta apud Melitenen , quà tranfmittere Euphraten parabat. Tum luftra-
tum rite exercitum ad concionem vocat,
orditurque magnifica de aufpiciis Imperatoris, rebufque à fe geftis, adverfa

tus contre fon attente, en fut quitte, à fon retour, pour être raillé du Prince. « Je vous pardonne à l'inftant même, lui » dit Néron; vous vous effrayez fi promp- » tement, qu'un plus long délai vous » rendroit malade. »

XXVI. On attendoit peu de fervices de la quatrième & de la douzième lé- gions, après la perte de leurs plus braves foldats, & la confternation des autres. Ainfi Corbulon les fit paffer dans la Syrie, d'où il ramena en Arménie la fixième & la troifième légions, l'une & l'autre bien complettes, & très-aguerries par de fréquens fuccès; il y joignit la cin- quième, qui, fe trouvant dans le Pont au temps de la défaite, n'en avoit rien fouffert. La quinzième, nouvellement arrivée, l'élite d'Illyrie & d'Egypte, les ailes, les cohortes & les auxiliaires des Rois, furent raffemblés à Mélitène, d'où il fe difpofoit à paffer l'Euphrate. Alors il purifie l'armée fuivant le rit prefcrit, relève en termes pompeux la fortune du Prince, fes propres exploits, & rejette les malheurs paffés fur l'inexpérience de Petus, parlant avec cette autorité qui, dans un militaire habile, fuppléé à l'élo- quence.

in infcitiam Pæti declinans : multâ âuc-
toritate, quæ viro militari pro facundiâ
erat.

XXVII. Mox iter, L. Lucullo quoñ-
dam penetratum, apertis, quæ vetuftas
obfepferat, pergit. Et venientes Tiridatis Vologefifque de pace Legatos haud
adfpernatus, adjungit iis Centuriones,
cum mandatis non immitibus : « Non
enim adhuc eò ventum, ut certamine
extremo opus effet. Multa Romanis fe-
cunda, quædam Parthis eveniffe, do-
cumento adverfùs fuperbiam : proinde
& Tiridati conducere, intactum vafta-
tionibus regnum dono accipere; & Vologefen meliùs focietate Romanâ, quàm
damnis mutuis, genti Parthorum confulturum. Scire, quantùm intus difcor-
diarum, quàmque indomitas & præferoces nationes regeret. Contrà Imperatori fuo immotam ubique pacem, &
unum id bellum effe. » Simul confilio
terrorem adjicere, & Megiftanas Arme-

XXVII. Ensuite il fait rouvrir &
prend la route frayée autrefois par Lucullus , mais que la longueur des temps
avoit fermée en partie. Il ne reçut point
avec dédain les Ambassadeurs de Vologèse & de Tiridate, venus à sa rencontre au sujet de la paix, & chargea
les Centurions qui les reconduisirent,
de cette réponse modérée : « La mé-
» sintelligence n'en est pas encore au
» point qu'il faille pousser la guerre
» à toute extrémité; de nombreux suc-
» cès de la part des Romains, quelques-
» uns de celle des Parthes , instruisent
» les uns & les autres à ne se point enor-
» gueillir. Il importe à Tiridate de rece-
» voir de la main de Néron un Royaume
» que l'ennemi n'ait point dévasté, &
» Vologèse lui-même ménagera mieux
» les intérêts de ses peuples en resserrant
» leurs liens avec Rome, que si les deux
» Empires s'affoiblissoient par des pertes
» mutuelles : il sait quelles dissentions
» déchirent ses Etats , combien de na-
» tions indomptables plient à regret sous

nios, qui primi à nobis defecerant, pellit
fedibus, caftella eorum exfcindit: plana,
edita, validos, invalidofque, pari metu
complet.

XXVIII. Non infenfum, nedum hoftili odio Corbulonis nomen etiam Bar-
baris habebatur, eòque confilium ejus
fidum credebant: ergo Vologefes neque
atrox in fummam, & quibufdam præ-
feðuris inducias petit. Tiridates locum
diemque colloquio pofcit. Tempus pro-
pinquum, locus, in quo nuper obfeffæ
cum Pæto legiones eràant, quum à Bar-
baris deléðus effet, ob memoriam læ-
tioris fibi rei, non eft à Corbulone vi-
tatus, ut diffimilitudo fortunæ gloriam
augeret. (16) Neque infamia Pæti augebatur: quod eò maximè patuit, quia

» son joug; Néron au contraire, n'ayant
» que cette guerre unique, jouit par-
» tout ailleurs d'une paix inaltérable. »
Afin de donner plus de poids à ces
conseils, il y joint la terreur, chasse
d'Arménie ceux des Gouverneurs qui
s'étoient révoltés les premiers contre
nous, rase leurs châteaux, & intimide également les partis les plus forts & les plus
foibles, soit en plaine ou sur les montagnes.

XXVIII. Il n'étoit personne, jusqu'aux Barbares, à qui le nom de Corbulon, loin d'être odieux comme celui d'un ennemi, ne fût cher. Ils se
fièrent donc à ses conseils. D'abord
Vologèse, peu éloigné de conclure un
traité définitif, demande une trève en
faveur de quelques provinces. Ensuite
Tiridate propose d'assigner le temps
& le lieu d'une entrevue. Le terme
n'en fut pas rejeté loin. Les Barbares
choisissoient l'endroit où ils avoient as-
siégé Petus, comme rappelant leurs avantages contre nous. Corbulon l'accepta
sans répugnance, persuadé que le con-
traste de sa position augmenteroit sa
gloire; il n'en rejaillissoit d'ailleurs aucun
nouveau déshonneur sur Petus, comme

filio ejus, Tribuno, ducere manipulos, atque operire reliquias malæ pugnæ imperavit. Die pactâ, Tiberius Alexander, inlustris Eques Romanus, Minister bello datus, & Vivianus Annius, gener Corbulonis, nondum Senatoriâ ætate, sed pro Legato quintæ legioni impositus, in castra Tiridàtis venêre, honore ejus, ac ne metueret insidias, tali pignore. Viceni dehinc equites adsumpti. Et viso Corbulone, Rex prior equo desiluit : nec cunctatus Corbulo. Sed pedes uterque dextras miscuere.

XXIX. Exin Romanus laudat juvenem, omissis præcipitibus, tuta & salutaria capessentem. Ille de nobilitate generis multùm præfatus, cætera temperanter adjungit : « Iturum quippe » Romam, laturumque novum Cæsari

il

il parut clairement, fur-tout lorfque fon
fils alors Tribun, eut été chargé par
Corbulon de conduire les foldats fur le
champ de bataille, & de rendre les derniers devoirs aux malheureufes victimes
de cette trifte journée. Au temps marqué, Tibère Alexandre, nommé par
l'Empereur Lieutenant-Général de l'armée, & Vivianus Annius, gendre de
Corbulon, trop jeune encore pour être
Sénateur, mais Commandant de la cinquième légion, fe rendirent au camp
de Tiridate en qualité d'otages. Notre
Général les avoit choifis pour honorer
le jeune Prince, & ne lui laiffer aucune furprife à craindre. Le Roi d'Arménie & Corbulon prirent chacun vingt
cavaliers. Le Roi mit pied à terre le
premier, fitôt qu'il aperçut Corbulon;
celui-ci ne tarda pas à faire de même,
& tous deux fe donnèrent la main.

XXIX. Notre Général loua le Prince, de ce que renonçant aux voies pé-
rilleufes, il prenoit un parti falutaire
& fûr. Tiridate, après s'être fort étendu
fur fa nobleffe, parla modérément du
refte; il dit « qu'il iroit à Rome; que
» ce ne feroit pas un médiocre furcroît
» de gloire pour Néron de voir un Ar-

„ decus, non adverfis Parthorum rebus „ fupplicem Arfaciden. „ Tum placuit Tiridaten ponere, apud effigiem Cæfaris, infigne regium, nec nifi manu Neronis refumere : & colloquium ofculo finitum. Dein, paucis diebus interjectis, magnâ utrimque fpecie, inde eques compofitus per turmas, & infignibus patriis, hinc agmina legionum ftetere, fulgentibus aquilis, fignifque, & fimulacris Deûm, in modum templi. Medio tribunal fedem curulem, & fedes effigiem Neronis, fuftinebat. Ad quam progreffus Tiridates, cæfis ex more victimis, fublatum capite diadema imagini fubjecit : magnis apud cunctos animorum motibus, quos augebat infita adhuc oculis exercituum Romanorum cædes, aut obfidio : « At nunc verfos cafus : iturum Tiridaten oftentui gentibus, quantò minùs quàm captivum? »

XXX. Addidit gloriæ Corbulo comi-

» facide à fes genoux, dans un temps
» où les Parthes n'avoient qu'à fe louer
» de la fortune. » Il fut convenu que
Tiridate poferoit le diadême aux pieds
de la ftatue de Néron, & qu'il ne le
reprendroit que de la main de ce Prince.
L'entrevue fe termina par un embraf-
fement. Peu de jours après, furent ran-
gés, dans le plus grand appareil, d'un
côté, les efcadrons des Parthes, parés
à la manière du pays; de l'autre, les
légions en ordre de bataille autour d'une
efpèce de temple où brilloient les aigles, les étendards & les ftatues des
Dieux; au milieu, étoit une chaire Curule fur un tribunal, & fur la chaire
une ftatue de Néron. D'abord on im-
mole les victimes fuivant l'ufage, enfuite Tiridate s'avançant aux pieds de la
ftatue, y dépofe fon diadême; l'émo-
tion fut univerfelle & d'autant plus vive,
qu'on avoit, pour ainfi dire, encore
fous les yeux no s légions maffacrées ou
enfermées dans leur camp. « Quel chan-
» gement! Tiridate alloit être donné en
» fpectacle aux Nations; & combien s'en
» falloit-il que ce ne fût en qualité de
» captif? »

XXX. A la gloire fuccéda la poli-

tatem, epulafque : & rogitante Rege
caufas, quotiens novum aliquíd adver-
terat ; ut, initia vigiliarum per Centurionem nunciari, convivium buccinâ
dimitti; & ftruâam ante Augurale aram
fubditâ face accendi : cunâa in majus
attollens, admiratione prifci moris adfecit : poftero die, fpatium oravit, quo
tantum itineris aditurus, fratres antè
matremque viferet : obfidem interea
filiam tradit, litterafque fupplices ad
Neronem.

XXXI. Et digreffus Pacorum apud
Medos, Vologefen Ecbatanis reperit,
non incuriofum fratris : quippe & propriis nunciis à Corbulone petierat, « ne
quam imaginem fervitii Tiridates per-
ferret; neu ferrum traderet, aut complexu provincias obtinentium arceretur,
foribufve eorum adfifteret ; tantufque
ei Romæ, quantus confulibus honor ef-

teffe. Corbulon convia Tiridate à un repas ; le jeune Prince, à chaque nouveauté qui le frappoit, en demandoit la raifon. Pourquoi le commencement des veilles étoit-il annoncé par un Centurion ? d'où vient publioit-on le lever de table à fon de trompe ? dans quelle vue allumoit-on du feu fur l'autel des Augures ? Le Général Romain, enchériffant fur chacune des vraies caufes, lui donna la plus haute idée de nos anciens ufages. Le lendemain, le Roi pria qu'avant fon départ pour un fi long voyage, on lui permît d'aller faluer fa mère & fes frères ; en attendant, il laiffa fa fille en otage, & écrivit à l'Empereur pour l'affurer de fa foumiffion.

XXXI. Il trouva Pacorus en Médie, & Vologèfe à Ecbatane. L'inquiétude du Roi des Parthes en faveur de fon frère, venoit de lui faire écrire de fon propre mouvement à Corbulon, « qu'on « épargnât à Tiridate jufqu'à l'ombre » de la fervitude ; qu'il ne rendît pas » fon épée ; que les Gouverneurs des » provinces l'admiffent au baifer ; qu'il » n'attendît pas dans leur antichambre ; » qu'il reçût à Rome les mêmes hon-

fet. „ Scilicet externæ fuperbiæ fueto, non inerat notitiâ noftri : apud quos vis Imperii valet, inania tranfmittuntur.

XXXII. Eodem anno, Cæfar Nationes Alpium maritimarum in jus Latii tranftulit. Equitum Romanorum locos fedilibus plebis antepofuit, apud circum: namque ad eam diem indifcreti inibant, quia Lex Rofcia nihil, nifi de quatuordecim ordinibus, fanxit. Spectacula Gladiatorum idem annus habuit, pari magnificentiâ ac priora. Sed feminarum inluftrium Senatorumque plures per arenam foedati funt.

XXXIII. C. Lecanio, M. Licinio Coff. acriore in dies cupidine adigebatur Nero promifcuas fcenas frequentandi: nam adhuc per domum aut hortos cecinerat, Juvenilibus ludis, quos, ut parum celebres, & tantæ voci anguftos, fpernebat. Non tamen Romæ incipere aufus, Neapolim, quafi Græcam urbem,

» neurs que nos Conſuls. » Ce prince,
nourri dans un faſte étranger, ne nous
connoiſſoit pas; jaloux des vrais droits
de l'Empire, nous négligeons de vaines
formalités.

XXXII. Cette même année, l'Empereur accorda les droits du Latium aux
Nations des Alpes maritimes. Il fit aſſeoir
les Chevaliers Romains dans le cirque
au devant des ſiéges deſtinés au peuple ;
ils n'y avoient point occupé juſqu'alors
de places diſtinguées, parce que la Loi
Roſcia ne fait mention que des quatorze
bancs qu'elle leur aſſigne au théâtre.
Les ſpectacles de Gladiateurs furent auſſi
magnifiques que les années précédentes;
mais un grand nombre de femmes illuſtres & de Sénateurs s'y avilirent juſqu'à
deſcendre ſur l'arène.

XXXIII. Conſulat de C. Lecanius
& de M. Licinius. Néron brûloit de
plus en plus de ſe livrer en ſpectacle
à tout le peuple; les jeux de la jeuneſſe,
les ſeuls où il eût chanté juſqu'alors,
ne s'étoient célébrés que dans ſon palais
ou ſes jardins, théâtre trop peu fré-
quenté, trop reſſerré pour une ſi belle
voix : il n'oſoit cependant faire ſon coup
d'eſſai dans Rome. Naples, cenſée ville

delegit : « Inde initium fore, ut tranf-
greffus in Achaïam, infignefque, &
antiquitùs facras coronas adeptus, majore famâ ftudia civium eliceret. » Ergo
contraĉum oppidanorum vulgus, & quos
è proximis Coloniis & Municipiis ejus
rei fama civerat; quique Cæfarem per
honorem, aut varios ufus feĉantur,
etiam militum manipuli, theatrum Nea-
politanorum complent.

XXXIV. Illic, plerique ut arbitra-
bantur, trifte, ut ipfe, providum potiùs; & feeundis Numinibus, evenit :
nam egreffo, qui adfuerat, populo,
vacuum, & fine ullius noxâ theatrum
collapfum eft. Ergo, per compofitos
cantus grates Diis, atque ipfam recentis
cafûs fortunam celebrans, petiturufque
maris Hadriæ trajeĉtus, apud Beneven-
tum interim confedit : ubi gladiatorium
munus à Vatinio celebre edebatur. Vatinius inter fœdiffima ejus aulæ oftenta
fuit, futrinæ tabernæ alumnus, corpore

Grecque, parut plus propre à ce projet : « Il y préluderoit pour passer en Achaïe, mériter des couronnes illustres, sacrées de toute antiquité, & piquer ensuite la curiosité des Romains par plus de célébrité. » Le théâtre de Naples se remplit donc de la populace de la ville, de celle des Municipes & Colonies voisines qu'attiroit cette nouveauté, & de toute la suite du Prince, sans en excepter les bas Officiers de sa maison, ni même les compagnies de soldats.

XXXIV. On regarda comme un triste présage, un accident qui lui parut au contraire un effet de la Providence & de la faveur des Dieux. Le théâtre, au moment où le peuple venoit d'en sortir, s'écroula sans blesser personne. Aussi-tôt Néron se met à composer des hymnes en actions de graces aux Dieux, chante la fortune qui vient de présider à cette catastrophe, &, dans la résolution de traverser la mer Adriatique, séjourne à Bénévent. Vatinius y donnoit un grand spectacle de Gladiateurs. Vatinius, prodige de la fortune le plus honteux qu'on ait vu dans cette Cour, choisi d'abord pour y servir de risée, étoit un garçon Cordon-

K v

detorto, facetiis fcurrilibus ; primò in contumelias adfumptus, dehinc optimi cujufque criminatione eò ufque valuit, ut gratiâ, pecuniâ, vi nocendi, etiam malos præmineret.

XXXV. Ejus munus frequentanti Neroni, ne inter voluptates quidem à fceleribus ceffabatur. Iifdem quippe illis, diebus, Torquatus Silanus mori adigitur, quia, fuper Juniæ familiæ claritudinem, divum Auguftum atavum ferebat. Juffi accufatores objicere, « prodigum largitionibus neque aliam fpem quàm in novis rebus effe : quin eum nobiles habere, quos ab epiftolis, & libellis, & rationibus appellet, nomina fummæ curæ & meditamenta. » Tum intimus quifque libertorum vincti abreptique. Et quum damnatio inftaret, brachiorum venas Torquatus interfcidit, fecutaque Neronis oratio ex more : « Quamvis fontem & defenfioni meritò diffifum,

nier, contrefait, & bouffon impertinent ; mais à force de délations contre les plus gens de bien, il parvint à tant de faveur, qu'il furpaffa les méchans même, en opulence, en crédit, & en pouvoir de nuire.

XXXV. Néron, malgré fon affiduité à ces jeux, ne mettoit point de trêve aux cruautés, même au milieu des plaifirs. Ce fut alors qu'il contraignit Torquatus à fe 'tuer, parce qu'il étoit de l'illuftre maifon des Junius, & de plus, arrière petit-fils d'Augufte. Les délateurs eurent ordre de l'accufer « de s'être ruiné en largeffes, de n'avoir de reffource que dans une révolution, de tenir auprès de fa perfonne des Secrétaires, des Tréforiers & des Intendans, tous gens auffi diftingués que s'il eût été Prince, preuve qu'il afpiroit à l'être. » Les plus affidés de fes affranchis furent chargés de fers, traînés en prifon, & Torquatus, voyant qu'on alloit prononcer fa Sentence, fe fit ouvrir les veines. Alors Néron ne manqua pas de dire, fuivant fa coutume : « Il étoit coupable, » & fe fentoit dans l'impuiffance de fe » juftifier ; cependant il auroit vécu,

viĉturum tamen fuiffe, fi clementiam
Judicis exfpeĉtaffet. »

XXXVI. Nec multò pòft, o.niffâ in
præfens Achaïà (caufæ in incerto fuere)
urbem revifit , provincias Orientis ,
maximè Ægyptum , fecretis imaginatio-
nibus agitans. Dehinc ediĉto teftificatus,
non longam fui abfentiam , & cunĉta in
Repub. perinde immota ac profpera fore ; fuper ea profeĉtione adiit Capitolium. Illic veneratus Deos , quum Veftæ
quoque templum iniffet ; repentè cunctos per artus tremens , feu Numine ex-
terrente , feu facinorum recordatione
numquam timore vacuus , deferuit in-
ceptum , cunĉtas fibi curas amore Patriæ
leviores diĉtitans. « Vidiffe civium mœf-
tos vultus, audire fecretas querimonias ,
quòd tantum aditurus effet iter, cujus
ne modicos quidem egreffus tolerarent,
fueti adversùm fortuita adfpeĉtu Principis refoveri. Ergo , ut in privatis ne-
ceffitudinibus proxima pignora prævale-.

» s'il s'en fût remis à la clémence de son
» Juge. »

XXXVI. Bientôt après, il renonce
pour un temps au voyage d'Achaïe, fans
qu'on en ait fçu la caufe, & revient
à Rome, méditant en fecret de vifiter
les provinces d'Orient & fur-tout l'E-
gypte. Enfuite il déclare, par un Edit,
que fon abfence fera fi courte, que la
paix & la profpérité de la République
n'en fouffriront pas, & monte au Capitole comme prêt à partir. Après avoir
rendu fes hommages aux autres Dieux,
il entroit dans le temple de Vefta, lorfqu'une frayeur infpirée par la Déeffe
ou par le fouvenir de fes crimes qui le
pourfuivoit fans ceffe, le fait friffon-
ner de tous fes membres; il fe défifte
de fon entreprife, & dit que l'amour
de la Patrie l'emporte dans fon cœur
fur toute autre confidération. « J'ai vu la
trifteffe fur le vifage de mes concitoyens, j'entends leurs plaintes fecrètes.
Comment fupporteroient-ils un tel éloignement, eux que la moindre de mes
abfences intimide, habitués, comme ils
le font, à ne fe raffurer contre les coups
du fort qu'à l'afpect de leur Prince ? Les

rent, ita Populum Romanum vim plurimam habere ; parendumque retinenti. » Hæc atque talia plebi volentia fuere, voluptatum cupidine, &, quæ præcipua cura eſt, rei frumentariæ anguſtias, ſi abeſſet, metuenti. Senatus & Primores in incerto erant, procul an coràm atrocior haberetur : dehinc, (17) quæ natura magnis timoribus, deterius credebant quod evenerat.

XXXVII. Ipſe quò fidem adquireret, nihil uſquam perinde lætum ſibi, publicis locis ſtruere convivia, totâque urbe quaſi domo uti. Et celeberrimæ luxu famàque epulæ fuere ; quas à Tigellino paratas, ut exemplum referam, ne ſæpiùs eadem prodigentia narranda ſit. Igitur in ſtagno Agrippæ fabricatus eſt ratem ; cui ſuperpoſitum convivium aliarum tractu navium moveretur : naves auro & ebore diſtinctæ : remigeſque exoleti, per ætates & ſcientiam libidi-

prières des enfans dans une famille
privée prévalent fur les réfolutions d'un
père ; le Peuple Romain n'a pas moins
d'empire fur moi, je dois céder à fes
inftânces. » L'ardeur du vulgaire pour
les plaifirs , & par-deffus tout la crainte
de manquer de vivres , fi l'Empereur
s'éloignoit , firent très-bien accueillir
cette proclamation. Quant au Sénat & aux
Grands, ils ne favoient d'abord fi Néron
étoit plus à craindre de loin que de près.
Enfuite , comme dans toute frayeur exceffive , le préfent leur parut le plus préjudiciable.

XXXVII. L'Empereur, à deffein de
perfuader qu'il préféroit Rome à tout
autre féjour , fe fit conftruire des falles
de feftin dans les endroits publics (tels
que le cirque & le champ de Mars) , &
la ville entière fembla devenue fa maifon.
Je ne citerai que le fomptueux repas
qu'on vanta le plus , donné par Tigellinus : j'aurois à revenir trop fouvent fur
de pareilles profufions. Le feftin préparé
fur l'étang d'Agrippa étoit dreffé fur un
radeau que remorquoient des galères
enrichies d'or & d'ivoire ; différentes
claffes de gens livrés par état aux plaifirs,
rangées fuivant l'âge & les talens, fer-

num componebantur : volucres & feras
diverfis è terris, & (18) animalia maris,
Oceano abufque petiverat ; crepidinibus
ftagni lupanaria adftabant , inluftribus
feminis completa : & contrà fcorta vi-
febantur, nudis corporibus : jam geftus
motufque obfceni ; & , poftquam te-
nebræ incedebant, quantum juxtâ ne-
moris, & circumjecta tecta , confonare
cantu , & luminibus clarefcere. Ipfe ,
per licita atque inlicita fœdatus , nihil
flagitii reliquerat, quò corruptior age-
ret, nifi. paucos poft dies uni ex illo
contaminatorum grege , cui nomen *Py-
thagoræ* fuit, in modum folennium con-
jugiorum denupfiffet. Inditum Imperatori flammeum : vifi aufpices, dos, &
genialis torus , & faces nuptiales : cuncta
denique fpectata , quæ etiam in feminâ
nox operit.

XXXVIII. Sequitur clades , fortè ,
an dolo Principis incertum : nam utrum-
que auctores prodidere : fed omnibus

voient de rameurs. On s'étoit pourvu d'oiseaux & de gibier de toutes les contrées, de poiffons des différentes mers, & même de l'Océan. Sur les bords de l'étang, étoient, d'un côté, des falles de débauche remplies de femmes d'une naiffance illuftre; à l'oppofite, des filles perdues d'honneur. La fête commença par des danfes lafcives; au déclin du jour, le bois & les falles d'alentour furent illuminés, & tout retentit de concerts. Néron, après s'être avili par tous les excès que tolèrent ou profcrivent les Loix, fembloit ne-pouvoir porter la corruption plus loin, lorfque, quelques jours enfuite, il profana le mariage en célébrant de prétendues noces avec le nommé Pythagoras, un des infâmes acteurs de la fête précédente. L'empereur fe fit couvrir la tête d'un voile d'époufée: on vit paroître au grand jour les Aruf-pices, la dot, le lit, les torches nuptiales, & tout, fans en excepter ce que la nuit couvre de fon ombre, même dans une union légitime.

XXXVIII. Suit un défaftre attribué par les uns au hafard, par les autres à la méchançeté de Néron, mais certainement le plus cruel & le plus étendu

quæ huic urbi per violentiam ignium acciderunt, gravior atque atrocior. Initium in eâ parte circi ortum, quæ Palatino Cœlioque montibus contigua est. Ubi per tabernas, quibus id mercimonium inerat, quo flamma alitur, simul cœptus ignis, & statim validus, ac vento citus, longitudinem circi corripuit : neque enim domus munimentis septæ, vel templa muris cincta, aut quid aliud moræ interjacebat. Impetu pervagatum incendium, plana primùm, deinde in edita adsurgens, & rursùm inferiora populando, anteiit remedia velocitate mali, & obnoxiâ urbe artis itineribus, hucque & illuc flexis, atque enormibus vicis, qualis vetus Roma fuit. Ad hoc lamenta paventium feminarum, fessa senum ac rudis pueritiæ ætas, quique sibi, quique aliis consulebant, dum trahunt invalidos, aut opperiuntur, pars morans, pars festinans, cuncta impediebant : & sæpe, dum in tergum respectant, late-

que la violence des flammes ait jamais
caufé dans Rome. L'incendie commença,
vers la partie du cirque adoffée d'un côté
au mont Palatin, de l'autre, au mont
Celius. Le feu prend tout à la fois à
plufieurs boutiques remplies de mar-
chandifes propres à le nourrir. Rapide
dès fa naiffance, & rendu plus actif par
le vent, il gagne la longueur du cirque;
il ne s'y rencontroit ni maifons entou-
rées de gros murs, ni temples munis de
remparts, ni obftacles capables de l'arrêter. Il ravage tout ce qui eft de niveau,
monte enfuite, puis redefcendant avec
plus de furie, prévient les remèdes par
fa vîteffe. Des rues étroites, pleines de
détours, prefque fans débouchés dans
leur longueur, livroient l'ancienne
Rome à ce fléau. Les gémiffemens des
femmes confternées, la laffitude des
vieillards, l'inexpérience des enfans
rendent inutiles les efforts de ceux qui,
pourroient agir : tout fe remplit également de gens qui s'agitent pour eux ou
pour d'autres, qui entraînent les foibles,
qu les attendent, qui ont deffein de
s'arrêter ou de fe hâter. Tandis qu'on
regarde derrière foi, on eft enveloppé
par la foule qui fond des deux côtés, où

ribus aut fronte circumveniebantur :
vel, si in proxima evaserant, illis quoque
igni correptis, etiam, quæ longinqua
crediderant, in eodem casu reperie-
bantur. Postremò, quid vitarent, quid
peterent ambigui, complere vias, sterni
per agros : quidam amissis omnibus
fortunis, diurni quoque victûs, alii
caritate suorum, quos eripere nequi-
verant, quamvis patente effugio, inte-
riere. Nec quisquam defendere audebat,
crebris multorum minis restinguere pro-
hibentium & quia alii palam faces
jaciebant, atque esse sibi auctorem vo-
ciferabantur ; sive ut raptus licentiùs
exercerent, seu jussu.

XXXIX. Eo in tempore, Nero, An-
tii agens, non antè in urbem regressus
est, quàm domui ejus, quâ palatium &
Mæcenatis hortos continuaverat, ignis
propinquaret. Neque tamen sisti potuit,
quin & palatium, & domus, & cuncta
circùm haurirentur. Sed solatium populo

par-devant : échappé d'un quartier, on tombe dans un autre que la flamme ravage, on trouve le mal étendu jufqu'aux parties qu'on en avoit cru le plus éloignées. Incertain de ce qu'on doit fuir ou rechercher, on fe jette dans les rues, on fe couche dans les plaines. Quelques-uns, quoique libres de fe fauver, fe précipitèrent dans l'incendie, de défefpoir d'avoir perdu tout, & jufqu'aux moyens de gagner leur vie, ou de regret de n'avoir pu fauver ceux qui leur étoient chers ; perfonne n'ofoit garantir fa propre maifon parce que de tous côtés des gens défendoient avec menaces d'étouffer la flamme, et que d'autres lançoient ouvertement des torches, en criant qu'ils y étoient autorifés, foit qu'ils le fuffent en effet, ou qu'ils vouluffent piller plus librement.

XXXIX. Cependant Néron reftoit dans Antium, d'où il ne revint que lorfque le feu fut proche du bâtiment qu'il avoit fait conftruire afin de joindre le palais d'Augufte au jardin de Mécène; mais malgré fes efforts, & cet édifice, & le palais, & tous les environs, furent engloutis dans les flammes. Pour confoler néanmoins le peuple errant & hors

exturbato & profugo, campum Martis, ac monumenta Agrippæ, hortos quin etiam, suos, patefecit: & subitaria ædificia exstruxit, quæ multitudinem inopem acciperent: subvectaque utensilia ab Ostia, & propinquis municipiis; pretiumque frumenti minutum, usque ad ternos numos. Quæ, quamquam popularia, in inritum cadebant, quia pervaserat rumor, ipso tempore flagrantis urbis, inisse eum domesticam scenam, & cecinisse Trojanum excidium, præsentia mala vetustis cladibus adsimulantem.

XL. Sexto demum die, apud imas Esquilias, finis incendio factus, prorutis per immensum ædificiis, ut continuæ violentiæ, campus & velut vacuum cœlum occurreret. Nec dum posito metu, redibat levis rursùm grassatus ignis; patulis magis urbis locis, eòque strages hominum minor: delubra Deûm, & porticus amœnitati dicatæ, latiùs pro-

de lui-même, il ordonna d'ouvrir le champ de Mars ; le palais d'Agrippa & fes propres jardins : de conftruire à la hâte des édifices pour y loger la multitude des pauvres, de voiturer toutes fortes d'uftenfiles d'Oftie & des municipes voifines, & de livrer le blé au plus bas prix. Ces traits de bienfaifance ne touchèrent perfonne, car le bruit s'étoit répandu que tandis que le feu confumoit la ville, il étoit monté fur fon théâtre domeftique, & qu'il y avoit chanté la ruine d'Ilium, par allufion au malheur préfent.

XL. Enfin l'incendie s'arrêta le fixième jour, au bas des Efquilies, parce qu'on avoit détruit une quantité d'édifices, pour n'offrir à fa fureur qu'un champ vide & un air libre. On fe raffuroit à peine, lorfque le feu fe manifefta dé nouveau, & avec la même violence, dans d'autres parties moins refferrées de la ville, ce qui fut caufe qu'il y périt moins de monde ; mais des temples des Dieux & des portiques confacrés à l'em-

eidêre. Plufque infamiæ id incendium habuit, quia prædiis Tigellini Æmilianis proruperat. Videbaturque Nero condendæ urbis novæ, & cognomento fuo appellandæ gloriam quærere. Quippe in regiones quatuordecim Roma dividitur : quarum quatuor integræ manebant, tres folo tenus dejeſtæ : feptem reliquis pauca teſtorum veſtigia fupererant, lacera & femiuſta.

XLI. Domuum, & infularum, & templorum, quæ amiſſa funt, numerum inire haud promptum fuerit : fed vetuſtiſſimâ religione, quod Servius Tullius Lunæ, & magna ara fanumque, quæ præfenti Herculi Arcas Evander facraverat, ædefque Statoris Jovis, vota Romulo, Numæque regia, & delubrum Veſtæ cum Penatibus populi Romani, exuſta. Jam opes tot victoriis quæfitæ, & Græcarum artium decora, exin monumenta ingeniorum antiqua & incorrupta, quamvis in tantâ refurgentis

belliſſement

belliſſement de Rome, y tombèrent avec
plus de dégât, & l'Empereur devint
encore plus ſuſpect, parce que ce ſecond
incendie avoit commencé dans l'hôtel
d'Emilius que Tigellinus habitoit. On
jugea que Néron ambitionnoit la gloire
de rebâtir Rome, & de lui donner ſon
nom. Des quatorze quartiers dans leſquels
on diviſe la ville, quatre n'avoient point
ſouffert de dommage, trois étoient dé-
truits de fond en comble, & ſept ne pré-
ſentoient plus que des veſtiges informes
de bâtimens à demi-brûlés.

XLI. Il n'eſt pas facile de dire combien il périt alors d'hôtels, de maiſons &
de temples. La flamme détruiſit les
plus anciens monumens de la Religion,
tels que le temple conſacré par Serv.
Tullius à la Lune, le grand autel & la
baſilique dédiés par l'Arcadien Evandre
à Hercule pour lors préſent, la chapelle
de Jupiter Stateur, vouée par Romulus,
le palais de Numa, le temple de Veſta,
& les Pénates du Peuple Romain. Les
dépouilles antiques, fruit de tant de
victoires, les chef-d'œuvres des Arts
que cultive la Grèce, les exemplaires
authentiques des anciennes productions
du génie, furent conſumés. Auſſi,

urbis pulchritudine, multa feniores meminerant, quæ reparari nequibant. Fuere
qui adnotarent, quarto decimo kalendas
Sextiles principium incendii hujus ortum, quo & Senones captam urbem in-
flammaverant : alii eò ufquè curâ progreffi funt, (19) ut totidem annos men-
fefque & dies inter utraque incendia
numerent.

XLII. Ceterùm Nero ufus eft patriæ
ruinis, exftruxitque domum, in quâ
haud perinde gemmæ & aurum miraculo effent, folita pridem, & luxu vulgata, quàm arva & ftagna, & in modum
folitudinum hinc filvæ, inde aperta fpa-
tia, & profpectus : magiftris & machi-
natoribus Severo & Celere, quibus ingenium & audacia erat, etiam quæ natura denegaviffet, per artem tentare,
& viribus Principis inludere. Namque
ab lacu Averno navigabilem foffam
ufque ad oftia Tiberina depreffuros

malgré l'éclat dont Rome brille à sa seconde naiſſance, nos vieillards déplorent-ils une multitude de pertes qu'on ne pouvoit réparer. Quelques-uns obſervèrent que l'incendie avoit commencé le quatorze avant les calendes de Juillet, jour où les Sénones avoient pris & brûlé la ville. D'autres, à force de recherches, parvinrent à ſupputer autant d'années, de mois & de jours entre les deux incendies, que du premier à la fondation de Rome.

XLII. Néron, tournant les ruines de la Patrie à ſon profit, ſe fit conſtruire un palais, où ce qu'on admiroit le plus, n'étoit ni l'or ni les pierreries : le luxe en avoit rendu l'uſage trop commun ; mais des étangs, des champs labourables, des forêts d'un côté, de l'autre, des plaines à perte de vue, comme ſi le terrein en eût été pris dans une ſolitude. Sevère & Celer, auteurs & exécuteurs du plan, étoient deux hommes de génie, dont l'Art oſoit tenter des projets en dépit de la Nature, & au-deſſus des forces du Prince. Ils avoient promis de tirer un canal navigable du lac d'Averne à l'embouchure du Tibre ,

promiferant, fqualenti littore, aut per montes adverfos : (20) neque enim aliud humidum gignendis aquis occurrit, quàm (21) Pomptinæ paludes: cætera abrupta, aut arentia : ac fi perrumpi poffent; intolerandus labor, nec fatis caufæ. Nero tamen, ut erat incredibilium cupitor , effodere proxima Averno juga connixus eft : manentque veftigia inritæ fpei.

XLIII. Ceterùm, urbis quæ domui fupererant, non, ut poft Gallica incendia, nullâ diftinctione, nec paffim erecta, fed dimenfis vicorum ordinibus, & latis viarum fpatiis, cohibitâque ædificiorum altitudine, ac patefactis areis, additifque porticibus, quæ frontem infularum protegerent. Eas porticus Nero fuâ pecuniâ exftructurum, purgatáfque areas dominis traditurum, pollicitus eft. Addidit præmia, pro cujufque ordine, & rei familiaris copiis : finivitque tempus,

malgré la sécheresse du terrein & les
obstacles des montagnes : point d'eau sur
toute cette étendue , que dans les marais Pontins : par-tout ailleurs des rocs
arides ou escarpés : supposé qu'on les
pût entr'ouvrir , ce n'étoit qu'avec un
travail immense, & l'utilité n'y répondoit
pas ; mais les entreprises impossibles
avoient de l'attrait pour Néron. Il essaya
donc de percer les collines proche de
l'Averne, & les monumens de sa folle
espérance subsistent encore.

XLIII. La partie de la ville que le
parc de Néron n'avoit pas engloutie, ne
fut point rebâtie au hazard & sans sy-
métrie , comme après l'incendie des
Gaulois. On fit des quartiers bien alignés ,
des rues larges , des édifices d'une juste
hauteur, avec des cours & des portiques
sur le devant des maisons. L'Empereur
promit de construire les portiques & de
nettoyer les emplacemens à ses frais ,
& proposa des récompenses proportionnées à l'état des particuliers , si leurs
bâtimens étoient achevés avant un terme
qu'il assigna. Il ordonna de plus , que
les navires qui auroient apporté du blé
en remontant le Tibre , transportassent

intra quod effectis domibus aut infulis adipifcerentur. Ruderi accipiendo Oftien-fes paludes deftinabat, utiquè naves ; quæ frumentum Tiberi fubvectaffent, onuftæ rudere decurrerent. Ædificiaque ipfa, certâ fui parte, fine trabibus, faxo Gabino Albanove folidarentur : quòd is lapis ignibus impervius eft. Jam aqua, privatorum licentiâ intercepta , quò largior, & pluribus locis in publicum flueret, cuftodes ; & fubfidia reprimen-dis ignibus in propatulo quifquo habe-ret; nec communione parietum, fed propriis quæque muris ambirentur. Ea ex utilitate accepta, decorem quoque novæ urbi attulere. Erant tamen qui crede-rent, veterem illam formam falubritati magis conduxiffe, quoniam anguftiæ itinerum, & altitudo tectorum non pe-rinde folis vapore perrumperentur : at nunc patulam latitudinem , & nullâ umbrâ defenfam, graviore æftu ardef-cere.

les décombres dans les marais d'Oftie en
le redefcendant; que les édifices fuffent
construits folidement & fans aucune
poutre jufqu'à une certaine hauteur,
en pierres d'Albe ou de Gabie, parce
qu'elles font à l'épreuve du feu. Des
particuliers s'étoient donné la licence
d'intercepter l'eau; il prépofa des Com-
miffaires chargés de la faire couler abon-
damment & en plus d'endroits publics,
afin que chacun, en cas d'un incendie,
eût fous la main de quoi l'éteindre; il
profcrivit les cloifons mitoyennes, voulant que chaque maifon fût fermée de
fes propres murs. Ces règlemens, que
leur utilité a fait admettre, contribuoient
à l'embelliffement de la nouvelle ville.
Plufieurs néanmoins regardèrent l'ancienne difpofition comme plus falutaire.
Le foleil agiffoit avec moins de violence
fur un efpace étroit entre des édifices
élevés : au lieu qu'il embrâfe maintenant
nos larges rues que rien n'ombrage.

XLIV. Et hæc quidem humanis confiliis providebantur. Mox petita Diis
piacula, aditique Sibyllæ libri, ex quibus fupplicatum Vulcano & Cereri Pro-
ferpinæque, ac propitiata Juno per
matronas, primùm in Capitolio, deinde
apud proximum mare : unde hauftâ
aquâ, templum & fimulacrum Deæ
profperfum eft; & fellifternia ac pervi-
gilia celebravere feminæ, quibus mariti erant. Sed non ope humanâ, non
largitionibus Principis, aut Deûm
placamentis, decedebat infamia, quin
juffum incendium crederetur. Ergo abo-
lendo rumori Nero fubdidit reos, &
quæfitiffimis pœnis adfecit, quos per
flagitia invifos, vulgus Chriftianos ap-
pellabat. Auctor nominis ejus Chriftus,
Tiberio imperitante, per Procuratorem
Pontium Pilatum, fupplicio affectus
erat. Repreffaque in præfens exitiabilis
fuperftitio rursùs erumpebat, non modò
pet Judæam, originem ejus mali, fed

XLIV. Telles étoient les précautions de la prudence humaine ; ensuite on se proposa d'appaiser les Dieux. Les Livres de la Sibylle furent consultés. En conséquence, on fit des prières à Vulcain, à Cérès & à Proserpine ; les mères de familles les plus distinguées supplièrent Junon, d'abord au Capitole, ensuite à l'endroit de la mer le moins éloigné. Elles y puisèrent l'eau dont elles purifièrent le temple & la statue de la Déesse. Celles qui avoient encore leur mari, couchèrent les Divinités sur des lits de parade, & célébrèrent leurs louanges plusieurs nuits de suite. Mais malgré toutes les précautions humaines, les largesses du Prince & les offrandes aux Dieux, on croyoit toujours que Néron avoit ordonné l'incendie. Pour faire cesser ce bruit, il produisit des accusés, & fit périr par les plus cruels supplices des hommes détestés à cause de leurs infamies, nommés vulgairement Chrétiens. Christ, de qui vient leur nom, avoit été puni de mort sous Tibère par l'Intendant Ponce-Pilate. Cette pernicieuse superstition, réprimée pour un temps, reprenoit vigueur, non-seulement dans la Judée, source du mal ;

L v

per urbem etiam, quò cunĉta undique atrocia, aut pudenda confluunt, celebranturque. Igitur (22) primùm correpti, qui fatebantur, deinde indicio eorum multitudo ingens, haud perinde in crimine incendii, quàm odio humani generis conviĉti funt. Et pereuntibus addita ludibria, ut ferarum tergis conteĉti, laniatu canum interirent, aut crucibus affixi, aut flammandi, atque ubi defeciffet dies, in ufum nocturni luminis urerentur. Hortos fuos ei fpeĉtaculo Nero obtulerat, & circenfe ludicrum edebat, habitu aurigæ permixtus plebi, vel curriculo infiftens. Unde quamquam (23) adversùs fontes, & noviffima exempla meritos, miferatio oriebatur, tamquam non utilitate publicâ, fed in fævitiam unius abfumerentur.

XLV. Interea conferendis pecuniis pervaftata Italia, provinciæ everfæ, fociique populi, & quæ civitatum liberæ

mais à Rome, où vient aboutir & se multiplier tout ce que les passions inventent ailleurs d'infâme & de cruel. On arrêta d'abord des gens qui s'avouoient coupables, & sur leurs dépositions, une multitude de Chrétiens, que l'on convainquit moins d'avoir brûlé Rome, que de haïr le genre humain : on joignit les insultes aux supplices ; les uns, enveloppés de peaux de bêtes féroces, furent dévorés par des chiens, d'autres attachés en croix, plusieurs brûlés vifs. On allumoit leurs corps sur le déclin du jour ; pour servir de flambeaux ; Néron prêtoit ses jardins à ce spectacle, auquel il ajouta les jeux du cirque, se mêlant parmi la populace en habit de Cocher, ou conduisant lui-même un char. Ainsi, quoique les Chrétiens fussent des scélérats dignes des plus rigoureux châtimens, on ne pouvoit s'empêcher de les plaindre, parce qu'ils n'étoient pas immolés à l'utilité publique, mais à la cruauté d'un seul.

XLV. Cependant l'Italie, les provinces, les nations alliées & les cités nommées libres étoient ravagées, bouleversées, sous prétexte d'aider à la

vocantur. Inque eam praedam etiam Dii ceffere, fpoliatis in urbe templis, egeftoque auro, quod triumphis, quod votis, omnis Populi Romani ætas profperè, aut in metu, facraverat. Enimverò per Afiam atque Achaïam non dona tantùm, fed fimulacra numinum abripiebantur, miffis in eas provincias Acrato, ac Secundo Carinate. Ille libertus, cuicumque flagitio promptus; hic Græcâ doctrinâ ore tenus exercitus, animum bonis artibus non induerat. Ferebatur Seneca, quò invidiam facrilegii à femet averteret, longinqui ruris feceffum oraviffe, & poftquam non concedebatur, fictâ valetudine, quafi æger nervis, cubiculum non egreffus. Tradidere quidam, venenum ei per libertum ipfius, cui nomen *Cleonicus*, paratum, juffu Neronis; vitatumque à Senecâ, proditione liberti, feu propriâ formidine, dum perfimplici victu, & agreftibus pomis, ac, fi fitis admoneret, profluente aquâ vitam tolerat.

dépenfe. Les Dieux mêmes furent mis à contribution, & les temples de la ville dépouillés : on en arracha tout l'or que la reconnoiſſance y avoit confacré dans les triomphes, ou que la crainte y avoit voué dans les périls depuis la naiſſance de Rome. En Afie & en Achaïe, Acratus & Carinas, députés par le Prince, enlevoient, outre les offrandes, les ſtatues des Dieux mêmes : Acratus, affranchi, toujours prêt à toutes ſortes de baſſeſſes ; Carinas, dont la langue s'étoit exercée à la Littérature des Grecs, mais dont l'ame ne s'étoit enrichie d'aucune vertu. Le bruit courut que Sénèque, appréhendant qu'on ne le rendît reſponſable de tant de ſacrilèges, avoit demandé la permiſſion de ſe retirer dans quelque campagne éloignée, & que n'ayant pu l'obtenir, il feignoit d'être incommodé de la goutte, & ne ſortoit plus de ſa chambre. Quelques Auteurs prétendent qu'un de ſes affranchis, nommé *Cléonicus*, lui avoit préparé du poiſon par ordre de l'Empereur, mais que Sénèque évita ce danger ſur l'aveu de Cléonicus lui-même, ou par l'exceſſive frugalité à laquelle l'avoit réduit la crainte : car il ne ſe nourriſſoit plus

XLVI. Per idem tempus Gladiatores,
apud oppidum Præneſte, tentatâ eruptione, præſidio militis, qui cuſtos adeſ-
ſet, coerciti ſunt: jam Spartacum, &
vetera mala rumoribus ferente populo;
ut eſt novarum rerum cupiens, paviduſ-
que. Nec multò pòſt clades rei navalis
accipitur, non bello (quippe haud aliàs
tam immota pax) ſed certum ad diem
in Campaniam redire claſſem Nero
juſſerat, non exceptis maris caſibus.
Ergo gubernatores, quamvis ſæviente
pelago, à Formiis movêre, & gravi
Africo, dum promontorium Miſeni ſu-
perare contendunt, Cumanis littoribus
impaƈti, triremium pleraſque, & mi-
nora navigia paſſim amiſerunt.

XLVII. Fine anni vulgantur prodigia, imminentium malorum nuncia. Vis
fulgurum non alias crebrior, & ſidus
cometes, ſanguine inluſtri ſemper Ne-

que de quelques fruits fauvages, & fe défalteroit au courant d'un ruiffeau.

XLVI. Dans ce même temps, les Gladiateurs qu'on gardoit à Prenefte ayant tenté de s'en échapper de force, furent réprimés par la garnifon. Déjà Spartacus & tous les anciens malheurs faifoient le fujet des converfations du Peuple, toujours avide de révolutions, & prompt à s'en effrayer. On annonça, peu de jours après, un défaftre de la flotte; la guerre ne le caufoit pas: jamais au contraire l'Empire n'avoit joui d'une paix fi profonde; mais l'Empereur avoit fixé le jour où, fans en excepter les accidens de mer, il prétendoit que la flotte fût de retour en Campanie: ainfi, malgré la tempête, les Pilotes partirent de Formies. Tandis qu'ils s'efforçoient de doubler le Cap de Misène par un vent violent d'Afrique, un grand nombre de trirêmes & de moindres bâtimens alla fe brifer contre les écueils de Cumes.

XLVII. Sur la fin de l'année on publia des prodiges, avant-coureurs de nos calamités; des coups de foudre plus fréquens & plus terribles que jamais; une comète, préfage que Néron expioit

roni expiatum. Bicipites hominum alio-
rumve animalium partus, abjecti in publicum, aut in facrificiis, quibus gravidas
hostias immolare mos est, reperti. Et in
agro Placentino, viam propter, natus
vitulus, cui caput in crure effet. Secutaque Harufpicum interpretatio : « Parari rerum humanorum aliud caput :
fed non fore validum, neque occultum;
quia non in utero repreffum, at iter
juxta editum fit. »

XLVIII. Ineunt deinde Confulatum
Silius Nerva, & Atticus Veftinus, coeptâ
fimul, & auctâ conjuratione, in quam
certatim nomina dederant, Senatores,
Eques, miles, feminæ etiam, quum
odio Neronis, tum favore in C. Pifonem.
Is Calpurnio genere ortus, ac multas
infignefque familias paternâ nobilitate
complexus, claro apud vulgum rumore
erat, per virtutem, aut fpecies virtutibus fimiles. Namque facundiam tuen-

fans ceffe du fang · des nobles ; des
hommes & des animaux à deux têtes ,
expofés en public , ou trouvés dans les
entrailles des victimes pleines qu'on im-
mole en certains facrifices. De plus , il
naquit près de la grande route , fur le
territoire de Plaifance , un veau dont
une des jambes fe terminoit par une feconde tête. Les Arufpices interprétèrent
ainfi ce préfage : « Une autre tête fe
prépare à gouverner le monde ; mais
fes complots ne prévaudront pas &
feront découverts , parce qu'elle eft
née avant terme & proche du grand
chemin. »

XLVIII. Sous le Confulat de Silius
Nerva & d'Atticus Veftinus , naquit &
s'accrut tout-à-coup une conjuration ,
dans laquelle s'engagèrent à l'envi des
Sénateurs, des Chevaliers, des gens de
guerre, & même des femmes ; parce
que Néron étoit détefté & qu'on s'intéreffoit à Pifon. Celui-ci, de la Maifon
des Calpurnius , tenoit du côté paternel
à beaucoup de familles illuftres. Des
vertus réelles ou du moins apparentes,
lui donnoient du rénom parmi le peuple;
éloquent , zélé pour la défenfe des ci-

dis civibus exercebat, largitionem adversùs amicos, &. ignotis quoque comi
fermone & congreffu. Aderant etiam
fortuita, corpus procerum, decora facies. Sed procul gravitas morum, aut
voluptatum parcimonia: lenitati ac ma-
gnificentiæ, & aliquando luxui indul-
gebat. Idque pluribus probabatur, qui,
in tantâ vitiorum dulcedine, fummum
imperium non reftrictum, nec perfeve-
rum volunt.

XLIX. Initium conjurationi non à
cupidine ipfius fuit : nec tamen facilè
memoraverim, quis primus auctor, cujus
inftinctu concitum fit, quod tam multi
fumpferunt. Promptiffimos Subrium Flavium, Tribunum Prætoriæ cohortis,
& Sulpicium Afprum, Centurionem,
exftitiffe, conftantia exitûs docuit. Et
Lucanus Annæus, Plautiufque Lateranus, Conful defignatus, vivida odia
intulere. Lucanum propriæ caufæ accen-
debant, quòd famam carminum ejus

toyens, libéral envers ses amis, pré-
venant ou de facile abord, même à
l'égard des inconnus; il possédoit aussi
les dons du sort, une taille majestueuse,
une belle physionomie: mais loin d'être
austère en ses mœurs, ou réservé dans
ses plaisirs, il se livroit à une vie molle,
à la magnificence, & quelquefois au
luxe. Il n'en fut que plus goûté de la
multitude: l'attrait pour le vice est tel
aujourd'hui, qu'on ne veut plus que
la souveraine puissance s'astreigne à la
pratique des vertus, ni qu'elle l'exige
d'autrui.

XLIX. Ce ne fut pas son ambition
qui fit naître le complot; mais tant de
personnes y contribuèrent, que je ne
puis dire quel en fut l'auteur, ni qui
le proposa d'abord. Les plus déterminés
furent Subrius Flavius, Tribun d'une
cohorte Prétorienne, & le Centurion
Sulpicius Asper; ainsi que le prouva
leur constance jusqu'à la mort. Il y entra
plus de haine de la part de Lucain &
de Plautius Lateranus, désigné Consul:
un ressentiment personnel animoit Lucain contre Néron, qui chercha d'abord
à déprimer ses vers, & réussissant mal
à feindre, lui défendit de les publier.

premebat Nero, prohibueratque oſten-
tare, (24) vanus adſimulatione. Late-
ranum, Conſulem deſignatum, nulla
injuria, ſed amor Reipub. ſociavit. At
Flavius Scevinus, & Afranius Quinctianus, uterque Senatorii ordinis, contra
famam ſui, principium tanti facinoris
capeſſivere: nam Scevino diſſoluta luxu
mens, & proinde vita ſomno languida:
Quinctianus mollitiâ corporis infamis,
& à Nerone probroſo carmine diffama-
tus, contumelias ultum ibat.

L. Ergo, dum ſcelera Principis, &
finem adeſſe imperii, deligendumque,
qui feſſis rebus ſuccurreret, inter ſe
aut inter amicos jaciunt, aggregavere
Tullium Senecionem, Cervarium Prc-
culum, Vulcatium, Araricum, Julium
Tugurinum, Munatium Gratum, Antonium Natalem, Martium Feſtum,
Equites Romanos: ex quibus Senecio,
è præcipuâ familiaritate Neronis, ſpe-
ciem amicitiæ, etiam tum retinens, eò

Lateranus n'avoit aucune injure particulière à venger : il n'écouta que l'amour du bien public. Mais les premiers qui fe montrèrent dans une entreprife fi hardie, furent les Sénateurs Flavius Scevinus & Afranius Quintianus, lesdeux qu'on en eût foupçonnés le moins fur l'idée qu'ils avoient donnée d'eux ; car l'ame de Scevinus étoit énervée par le luxe, & fa vie n'étoit par conféquent qu'un fommeil de langueur ; & Quintianus étoit décrié pour fa molleffe, mais il voulut punir Néron de l'avoir diffamé dans fes vers.

L. A force de rappeler, entre eux & avec leurs amis, les crimes de Néron, les dangers de l'Etat prêt à périr, & la néceffité de choifir un Chef capable de remédier à tant de maux, ils s'affocient les Chevaliers Romains Tullius Senecio, Cervarius Proculus, Vulcatius Araricus, Julius Tugurinus, Munatius Gratus, Antonius Natalis, & Martius Feftus. Sénécion, le plus intime confident du Prince, continuoit de paroître fon ami, ce qui l'expofoit à plus de dangers ; Natalis étoit l'agent fecret de Pifon ; les autres ne fe propofoient dans

pluribus periculis conflictabatur. Natalis
particeps ad omne fecretum Pifoni erat:
cæteris fpes ex novis rebus petebatur.
Adfcitæ funt, fuper Subrium & Sulpicium, de quibus retuli, militares manus, Granius Silvanus, & Statius Proximus, Tribuni cohortium Prætoriarum,
Maximus Scaurus, & Venetus Paullus,
Centuriones. Sed fummum robur in
Fenio Rufo, Præfecto, videbatur, quem
vitâ famâque laudatum, per fævitiam
impudicitiamque Tigellinus in animo
Principis anteibat, fatigabatque criminationibus, ac fæpe in metum adduxe-
rat, quafi adulterum Agrippinæ, & defi-
derio ejus ultioni intentum. Igitur ubi
conjuratis Præfectum quoque Prætorii
in partes defcendiffe, crebro ipfius fermone facta fides; promptiùs jam de
tempore ac loco cædis agitabant. Et
cepiffe impetum Subrius Flavius ferebatur, in fcenâ canentem Neronem ad-
grediendi; aut quum ardente domo per

la révolution que leur intérêt perfonnel. D'autres Militaires que Subrius & Sulpitius, dont j'ai parlé, promirent auffi le fecours de leurs bras, tels que Granius Silvanus & Statius Proximus, Tribuns des cohortes Prétoriennes, & les Centurions Maximus Scaurus & Venetus Paulus. Mais celui fur lequel on s'appuyoit principalement, étoit Fenius Rufus, Commandant des Gardes, de mœurs intègres & d'une réputation fans tache. Tigellinus obtenoit fur lui la préférence auprès du Prince par fes débauches & fa cruauté, & le fatiguoit fans ceffe d'accufations nouvelles ; il l'avoit fouvent mis à deux doigts de fa perte, en perfuadant qu'il avoit eu part aux faveurs d'Agrippine, & qu'il cherchoit à la venger. Ainfi, lorfque Fenius eut déclaré de fa propre bouche, à diverfes reprifes, qu'il fe rangeoit du parti des Conjurés, ils délibérèrent plus hardiment fur le temps & le lieu de l'affaffinat. On affuroit que Subrius avoit déjà été tenté de poignarder Néron, tandis qu'il chantoit fur le théâtre, ou lorfqu'il fe tranfportoit çà & là fans gardes pendant l'incendie de fon palais. Ici, il avoit l'avantage de le furprendre feul :

noctem huc illuc curfaret incuftoditus.
Hic occafio folitudinis; ibi ipfa frequeñtia
tanti decoris teftis, (25) pulcherrimum
animum exftimulaverant : nifi impuni-
tatis cupido retinuiffet, magnis femper
conatibus adverfa.

LI. Interim cunctantibus prolatanti-
bufque fpem ac metum, Epicharis quædam, incertum quonam modo fcifcitata
(neque illi antè ulla rerum honeftarum
cura fuerat) accendere, & arguere conjuratos : ac poftremò lentitudinis eorum
pertæfa, & in Campaniâ agens, primores
claffiariorum Mifenenfium labefacere,
& confcientiâ inligare connixa eft tali
initio. Erat Chiliarchus in eâ claffe Volufius Proculus, occidendæ matris Neronis inter miniftros, non ex magnitudine fceleris provectus, ut rebatur : is
mulieri olim cognitus, feu recens ortâ
amicitiâ , dum merita erga Neronem
fua, & quàm in inritum cecidiffent ,
aperit, adjicitque queftus, & deftina-

dans

dans l'autre cas, l'honneur d'avoir tout
un peuple pour témoin d'un fi noble
forfait, flattoit cette ame héroïque;
mais fon bras fut retenu par le défir de
l'impunité, obftacle éternel des grandes
entreprifes.

LI. Tandis qu'ils reculent leurs efpérances & prolongent leurs craintes,
une femme nommée Epicharis, infen-
fible jufqu'alors à l'honneur, inftruite
du complot, on'ne fait par quel moyen,
tâche de les enflammer & les répri-
mande de leur lenteur. Enfin, perdant
patience, & fe trouvant en Campanie,
elle tente d'ébranler les principaux Officiers de la flotte de Mifène, & de les
engager dans le parti. Le Chiliarque
Volufius Proculus, un des meurtriers
d'Agrippine, ne fe trouvoit pas affez
récompenfé d'un tel forfait. Ancienne-
ment connu d'Epicharis, ou lié ré-
cemment avec elle, il l'entretenoit fouvent de fes fervices envers Néron, de
leur inutilité par rapport à fa fortune,
& du défir qu'il avoit de s'en venger
s'il en trouvoit l'occafion; Epicharis en
conçoit l'efpoir de le gagner, lui &

tionem vindictæ, si facultas oriretur,
spem dedit posse impelli, & plures con-
ciliare: nec leve auxilium in classe,
crebras occasiones; quia Nero multo
apud Puteolos & Misenum maris usu
lætabatur. Ergo Epicharis plura: &
omnia scelera Principis orditur: « Neque Senatui quid manere: sed provi-
sum, quonam modo pœnas eversæ Reipub. daret: accingeretur modò navare
operam, & militum acerrimos ducere
in partes, ac digna pretia exspectaret. »
Nomina tamen conjuratorum reticuit.
Unde Proculi indicium inritum fuit,
quamvis ea, quæ audierat, ad Neronem
detulisset. Accita quippe Epicharis, &
cum indice composita, nullis testibus
innixum facilè confutavit. Sed ipsa in
custodiâ retenta est, suspectante Nerone,
haud falsa esse, etiam quæ vera non
probabantur.

LII. Conjuratis tamen metu prodi-
tionis permotis, placitum maturare cæ-

d'autres, par fon moyen. Il étoit fort utile de féduire la flotte ; les occafions n'auroient plus manqué, parce que Né-ron aimoit beaucoup à fe promener en mer aux environs de Pouzzoles & de Mifène. Epicharis enchériffant donc fur les plaintes de Volufius, rappelle tous les crimes de Néron. « Le Sénat ne balance plus, lui difoit-elle ; fes mefures font prifes pour punir le Tyran d'avoir renverfé la République. Volufius ne peut faire mieux que d'y joindre fes fervices, & de gagner les plus braves foldats : il en fera dignement récom-penfé. » Cependant elle tut les noms des Conjurés : c'eft ce qui rendit inutile la dénoncïation de Volufius, quoiqu'il n'eût rien caché à Néron de ce qu'il avoit entendu. Epicharis, citée en Juf-tice & confrontée avec lui, le démentit fans peine, parce qu'il n'avoit aucun témoin. Elle fut néanmoins détenue en prifon ; car l'Empereur croyoit la dépofition vraie, quoique dénuée de preuves.

LII. Cependant la crainte d'être dé-couverts faifoit fouhaiter aux Conjurés

dem apud Baias, in villâ Piſonis : cujus
amœnitate captus Cæſar crebrò ventitabat, balneaſque & epulas inibat, omiſ-
ſis excubiis, & fortunæ ſuæ mole. Sed
abnuit Piſo, « invidiam prætendens, ſi
ſacra menſæ, Diique hoſpitales cæde
qualiſcumque Principis cruentarentur :
meliùs apud urbem, in illâ inviſâ, &
ſpoliis civium exſtruâ domo, vel in
publico patraturos, quod pro Repub.
ſuſcepiſſent. » Hæc in commune : cæterùm timore occulto, ne L. Silanus,
eximiâ nobilitate, diſciplinâque C. Caſſii,
apud quem educatus erat, âd omnem
claritudinem ſublatus, Imperium invaderet, promptè daturis operam, qui à
conjuratione integri eſſent, quique mi-
ſerarentur Neronem, tamquam per ſcelus
interfeâum. Plerique Veſtini quoque
Conſulis acre ingenìum vitaviſſe Piſo-
nem crediderunt, ne ad libertatem moveretur, vel deleâo Imperatore alio,
ſui muneris Rempub. faceret. Etenim

d'affaffiner au plutôt l'Empereur à
Baies, dans la maifon de campagne de
Pifon. Néron, charmé de la beauté de
ce lieu, fe débarraffant de fes gardes &
de fon cortège, y venoit fréquemment
prendre le plaifir du bain & de la table;
mais Pifon fit échouer ce projet, fous
prétexte « qu'il feroit trop odieux d'en-
fanglanter fa table & fes Dieux hofpi-
taliers, par le meurtre d'un Prince quel
qu'il fût. Il valoit mieux attaquer Néron
dans Rome, au milieu de ce palais ab-
horré & conftruit des dépouilles des citoyens, ou dans un lieu public, puifqu'on
l'immoloit à l'intérêt public. » Tels
étoient les motifs apparens; mais il
craignoit en fecret que Silanus ne s'em-
parât de l'Empire. En effet, une naiffance illuftre & des mœurs puifées dans
la maifon de Caffius qui l'avoit élevé,
donnoient droit à Silanus de prétendre
à tout, & il auroit été vivement appuyé de ceux qui ne trempoient pas
dans la conjuration, ou qui auroient été
touchés du fort de Néron affaffiné par
une perfidie. Plufieurs croient que Pifon
redoutoit auffi le génie perçant du Conful
Veftinus, qui pouvoit faire des tenta-
tives en faveur de la liberté, ou choifir

expers conjurationis erat ; quamvis super eo crimine Nero vetus adversùs infontem odium expleverit.

LIII. Tandem statuêre , Circenfium ludorum die , qui Cereri celebratur , exfequi deftinata : quia Cæfar , rarus egreffu , domoque aut hortis claufus , ad ludicra Circi ventitabat , promptiorofque aditus erant lætitiâ fpectaculi. Ordinem infidiis compofuerant , ut Lateranus quafi fubfidium rei familiari oraret , deprecabundus , & genibus Principis accidens , profterneret incautum , premeretque , animi validus , & corpore ingens. Tum jacentem & impeditum , Tribuni & Centuriones , & ceterorum ut quifque audentiæ habuiffet , accurrerent , trucidarentque : primas fibi partes expoftulante Scevino , qui pugionem , templo Salutis in Etruriâ , five , ut alii tradidere , Fortunæ Ferentano in oppido detraxetat , geftabatque velut magno

un Prince qui lui dût l'Empire. En effet, Veſtinus n'étoit pas du nombre des Conjurés, quoique Néron ait aſſouvi ſon ancienne animoſité contre lui ſous ce prétexte.

LIII. Enfin les Conjurés fixèrent l'exé-cution du complot aux jeux du cirque en honneur de Cérès. Néron, renfermé le reſte du temps dans ſon palais ou ſes jardins, ſe montroit ſouvent pendant ces ſortes de fêtes, & la joie du ſpec-tacle donnoit lieu de l'approcher plus librement. Il fut convenu que Lateranus, dont l'ame étoit intrépide & le corps d'une haute ſtature, aborderoit le Prince, comme pour le ſupplier de ſubvenir au dérangement de ſes affaires domeſti-ques, & que ſe jetant à ſes genoux, il le feroit tomber par ſurpriſe, & le ſer-reroit fortement ; qu'alors les Tribuns, les Centurions & les autres Conjurés, à proportion de leur courage, accour-roient ſur Néron ainſi renverſé, & le poignarderoient. Scevinus, qui deman-doit à porter le premier coup, avoit pris un poignard dans le temple de la Déeſſe Salus en Etrurie, ou, ſelon d'au-tres, dans celui de la Fortune à Férente, & il le montroit comme un inſtrument

operi facrum. Interim Pifo apud ædem
Cereris operiretur, unde eum Præfectus
Fenius & cæteri accitum ferrent in
caftra, comitante Antoniâ, Claudii Cæfaris filiâ, ad eliciendum vulgi favorem:
quod C. Plinius memorat. Nobis quo-
quo modo traditum non occultare in
animo fuit, quamvis abfurdum videretur, aut inanem ad fpem Antoniam
nomen & periculum commodaviffe,
aut Pifonem, notum amore uxoris, alii
matrimonio fe obftrinxiffe : nifi fi cupido
dominandi cunctis affectibus flagrantior
eft.

LIV. Sed mirum, quàm inter diverfi
generis, ordinis, ætatis, fexûs, dites,
pauperes, taciturnitate omnia cohibita
fint; donec proditio cœpit è domo Scevini : qui pridie infidiarum, multo fermone cum Antonio Natale, dein re-
greffus domum, teftamentum obfigna-
vit: promptum vaginâ pugionem, de
quo fuprà retuli, vetuftate obtufum in-

deftiné à une haute entreprife. Pifon fe propofoit d'attendre les Conjurés dans le temple de Cérès, d'où il feroit porté au camp par Fenius & les autres; il devoit s'y faire accompagner d'Antonia, fille de l'Empereur Claude, afin de fe rendre le peuple plus favorable. Pline rapporte ce trait; mais quand l'autorité feroit moins forte, je ne l'omettrois pas: il me paroît cependant abfurde qu'Antonia eût rifqué fon nom & fa fortune fur un efpoir frivole, & que Pifon, connu par fa tendreffe envers fa femme, l'eût abandonnée pour une autre; mais il n'eft point de fentiment que l'ardeur de régner ne puiffe étouffer.

LIV. Il étoit furprenant que rien n'eût encore tranfpiré d'un fecret répandu parmi tant de perfonnes des deux fexes, riches ou pauvres, de tout pays, de tout état & de tout âge. La première dénonciation partit de la maifon de Scevinus. Ce Sénateur s'étoit long-temps entretenu avec Natalis, la veille de l'exécution. De retour chez lui, il fcelle fon teftament, tire du fourreau le poignard dont j'ai parlé, fe plaint qu'on

crepans, afperari faxo, & in mucronem
ardefcere juffit. Eamque curam liberto
Milicho mandavit. Simul adfluentiùs
folito convivium initum, fervorum ca-
riffimi libertate, & alii pecuniâ donati:
atque ipfe mœftus, & magnæ cogita-
tionis manifeftus erat, quamvis lætitiam
vagis fermonibus fimularet. Poftremò
vulneribus ligamenta, quibufque fiftitur
fanguis, parare eumdem Milichum
monet; five gnarum conjurationis, &
illuc ufque fidum, feu nefcium, & tunc
primùm arreptis fufpicionibus, (26) ut
plerique tradidere de confequentibus.
Nam quum fecum fervilis animus præmia perfidiæ reputavit, fimulque im-
menfa pecunia & potentia obverfabantur,
ceffit fas, & falus patroni, & acceptæ
libertatis memoria. Etenim uxoris quoque confilium adfumpferat, muliebre ac
deterius: quippe ultro metum inten-
tabat, « multofque adftitiffe libertos ac
fervos, qui eadem viderint: nihil pro-

l'a trop long-temps négligé , & recommandant de le repaſſer juſqu'à en rendre la pointe étincelante , charge de ce ſoin l'affranchi Milichus ; en même temps il fait ſervir ſa table plus ſplendidement que de coutume , donne la liberté à ceux de ſes eſclaves qu'il chérit le plus , & diſtribue de l'argent aux autres. Cependant il paroiſſoit triſte & intérieurement occupé de réflexions profondes , quoiqu'il affectât de la gaîté par quelques propos vagues. Enfin il ordonne au même Milichus de préparer tout ce qu'il faut pour bander des plaies & en étancher le ſang ; ſoit que Milichus , inſtruit dès auparavant , eût été fidèle juſqu'alors , ou que ne ſachant rien du complot , il n'ait commencé que de ce moment à le ſoupçonner , comme la ſuite l'a fait dire au plus grand nombre. Si-tôt que cette ame ſervile eut réfléchi ſur les récompenſes de ſa perfidie , l'idée d'un argent & d'un crédit immenſes , lui fit perdre de vue ſon honneur , les intérêts de ſon patron , & ce qu'il lui devoit en reconnoiſſance de ſa liberté. D'ailleurs il conſulta ſa femme , dont les conſeils furent dignes d'elle ; car elle y joignit les motifs de la crainte. « Une

futurum unius filentium : at præmia penes unum fore, qui indicio prævenifet. "

LV. Igitur , cœptâ luce , Milichus in hortos Servilianos pergit , & quum foribus arceretur , magna & atrocia adferre dictitans , deductufque ab janitoribus ad libertum Neronis, Epaphroditum, mox ab eo ad Neronem , urgens periculum , graves conjurationes , & cætera quæ audierat , conjectaveratque, docet. Telum quoque in necem ejus paratum oftendit , accirique reum juffit : is raptus per milites , & defenfionem orfus , « ferrum, cujus argueretur , olim religione patriâ cultum , & in cubiculo habitum , ac fraude liberti fubreptum refpondit. Tabulas teftamenti fæpius à fe , & incuftoditâ dierum obfervatione, fignatas. Pecunias & libertates fervis & antè dono datas , fed ideo tunc largiùs , quia tenui jam re familiari , & inftantibus credi-

multitude d'affranchis & d'efclaves , difoit-elle, a vu les mêmes faits; le filence d'un feul ne fauvera pas Scevinus; mais il n'y aura de récompenfé que le premier qui le dénoncera. »

LV. Dès le point du jour, Milichus fe rend aux jardins de Servilius : comme on lui en refufoit l'entrée , il déclare qu'il vient pour une affaire de la plus terrible conféquence. Les Portiers l'introduifent chez Epaphrodite, affranchi de Néron, qui le préfente à fon maître. Alors il expofe à l'Empereur que le danger preffe , qu'on trame d'horribles conjurations, & lui fait part de ce qu'il vient d'entendre & de fes conjectures. Il lui montre auffi le poignard préparé à deffein de le tuer , & demande qu'on le confronte avec l'accufé. Scevinus , enlevé par des foldats; fe défend devant le Prince. « Le poignard dont on lui fait un crime , eft depuis long-temps révéré d'un culte particulier à fa famille ; il le tenoit enfermé dans fa chambre, d'où fon affranchi l'a frauduleufement enlevé: il a fouvent fcellé fon teftament fans qu'un jour l'y déterminât plutôt qu'un autre : ce n'eft pas non plus la première fois qu'il a donné

toribus, teftamento diffideret. Enimverò liberales femper epulas ftruxiffe , & vitam amœnam, & duris judicibus parum probatam. Fomenta vulneribus nulla juffu fuo, fed quia cætera palam vana objeciffet, adjungere crimen , ut fefe pariter indicem & teftem faceret. » Adjicit diƈtis conftantiam : incufat ultro inteftabilem , & confceleratum , tantâ vocis ac vultûs fecuritate , ut labaret indicium, nifi Milichum uxor admonuiffet, Antonium Natalem multa cum Scevino, ac fecretò collocutum , & effe utrofque C. Pifonis intimos.

LVI. Ergo accitur Natalis : & diverfi interrogantur, quifnam is fermo, quâ de re fuiffet ? quum exorta fufpicio, quia non **con**gruentia refponderant : in-

la liberté à des efclaves, ni qu'il leur a diftribué de l'argent. S'il l'a fait plus libéralement dans la conjonĉure préfente, c'eſt que fes affaires fe dérangeoient, & qu'il appréhendoit que fon teſtament ne fût caffé à la follicitation de fes créanciers. Quant à fa table, on fait qu'elle a toujours été délicatement fervie ; fa vie voluptueufe lui a fouvent attiré des cenfures de la part des juges févères : il n'a point ordonné de préparatifs pour panfer des bleffures ; mais comme toutes les autres accufations tomberoient d'elles-mêmes , c'eſt une calomnie dont le délateur les étaie, & que lui feul attefte. » A ces raiſons fe joignoit l'air intrépide de Scevinus, qui traite fon affranchi d'infame & de fcélérat. Sa contenance affurée & la fermeté de fa voix réduiſoient Milichus au filence ; lorſque fa femme l'avertit que Scevinus a conféré long-temps en fecret avec Natalis, & que l'un & l'autre font intimes amis de Pifon.

LVI. En conféquence, on fait venir Natalis ; Scevinus & lui font interrogés féparément fur les motifs de leur entretien, & fur ce qu'ils ont dit. Leurs réponfes n'étoient pas conformes : de là.

ditaque vincla. Et tormentorum adfpectum ac minas non tulere. Prior tamen
Natalis, totius conjurationis magis gnarus, fimul arguendi peritior, de Pifone
primùm fatetur: deinde adjicit Anneum
Senecam, five internuncius inter eum
Pifonemque fuit, five ut Neronis gratiam pararet, qui infenfus Senecæ,
omnes ad eum opprimendum artes con-
quirebat. Tum, cognito Natalis indicio,
Scevinus quoque, pari imbecillitate, an
cuncta jam patefacta credens, nec ullum
filentii emolumentum, edidit cæteros:
ex quibus Lucanus, Quinctianufque, &
Senecio diu abnuêre. Pòft, promifsâ
impunitate corrupti, quò tarditatem ex-
cufarent, Lucanus Aciliam matrem fuam,
Quinctianus Glicium Gallum, Senecio
Annium Pollionem, amicorum præci-
puos, nominavere.

LVII. Atque interim Nero, recordatus Volufii Proculi indicio Epicharin
attineri ratufque muliebre corpus impar

des soupçons : on les charge de fers en
les menaçant de la torture. La vue des
supplices les ébranle : Natalis, mieux
instruit de tout le détail du complot,
étoit plus en état de prouver sa déposition ; il nomme d'abord Pison, puis il
y ajoute Sénèque, soit qu'en effet Natalis eût été l'agent de leur correspon-
dance, ou qu'il voulût faire sa cour à
l'Empereur, dont l'animosité recouroit
à toutes sortes d'artifices pour perdre
Sénèque. Scevinus, apprenant les aveux
qu'a faits Natalis, succombe avec la
même foiblesse, ou peut-être nomme-
t-il les autres, dans l'idée que tout est
découvert, & qu'il ne gagnera rien à se
taire. Trois d'entre eux, Lucain, Quintien & Sénécion furent long-temps sans
rien avouer ; mais on leur eut à peine
promis leur grace, que voulant faire
oublier ce délai, Lucain déféra sa propre
mère Acilia ; Quintien & Sénécion,
Glicius Gallus & Annius Pollio, leurs
meilleurs amis.

LVII. Dans l'intervalle, Néron se
rappellant qu'Epicharis est détenue sur
la déposition de Volusius, commande
qu'on lui fasse subir la plus cruelle tor-

dolori, tormentis dilacerari jubet. At
illam non verbera, non ignes, non ira
eò acriùs torquentium, ne à feminâ
fpernerentur, pervicere, quin objecta
denegaret. Sic primus quæftionis dies
contemptus. Poftero, quum ad eofdem
cruciatus retraheretur geftamine fellæ
(nam diffolutis membris infiftere nequi-
bat), vinclo fafciæ, quam pectori de-
traxerat, in modum laquei ad arcum
fellæ reftricto, indidit cervicem, & corporis pondere connifa, tenuem jam fpiritum expreffit: clariore exemplo liber-
tina mulier, in tantâ neceffitate, alienos,
ac propè ignotos protegendo, quum
ingenui, & viri, & Equites Romani,
Senatorefque, intacti tormentis, cariffima fuorum quifque pignorum proderent.
Non enim omittebant Lucanus quoque,
& Senecio, & Quinctianus paffim con-
fcios edere, magis magifque pavido
Nerone, quamquam multiplicatis excubiis femet fepfiffet.

ture, perfuadé que le fexe ne tient point contre la douleur. Mais ni les fouets, ni les feux, ni la rage induftrieufe des bourreaux, indignés d'être méprifés par une femme, ne l'empêchèrent point de nier ce qu'on lui objeſtoit. C'eft ainfi qu'elle triompha de la queftion le premier jour. Le lendemain on lui préparoit les mêmes tourmens : comme on la rapportoit fur une chaife, parce que fes membres difloqués ne la pouvoient plus foutenir, elle attacha fon lacet au haut de la chaife, fe paffa le cou dans un nœud coulant, & fe laiffant aller de toute fa pefanteur, rendit le peu de vie qui lui reſtoit : exemple d'autant plus remarquable de la part d'une fimple affranchie, qu'elle réfifta conftamment à de fi cruelles épreuves pour fauver des gens qui ne lui étoient de rien, & qu'elle connoiffoit à peine ; dans le temps où des hommes de naiffance illuftre, des guerriers, des Chevaliers Romains & des Sénateurs trahiffoient à l'envi tout ce qu'ils avoient de plus cher, fans y être contraints par les fupplices. En effet, Lucain lui-même, Sénécion & Quintien ne ceffoient point de révéler des complices, & d'accroître les terreurs

LVIII. Quin & urbem, per manipulos occupatis mœnibus, infeffo etiam
mari & amne, velut in cuftodiam dedit.
Volitabantque per fora, per domos,
rura quoque, & proxima municipiorum,
pedites equitefque, permixti Germanis,
quibus fidebat Princeps, quafi externis.
Continua hinc & juncta agmina trahi,
ac foribus hortorum adjacere. Atque ubi
dicendam ad caufam introiffent, læta-
tum erga conjuratos, fi fortuitus fermo,
& fubiti occurfus, fi convivium, fi fpectaculum fimul iniffent, pro crimine accipi: quum fuper Neronis ac Tigellini
fævas percunctationes, Fenius quoque
Rufus violenter urgeret, nondum ab
indicibus nominatus, fed, quò fidem
infcitiæ pararet, atrox adversùs focios.
Idem Subrio Flavio adfiftenti, innuen-
tique, an inter ipfam cognitionem def-
tringeret gladium, cædemque pataret;

de Néron malgré la double garde dont il s'étoit fait environner.

LVIII. Bien plus, des gens en armes, difpofés autour des murs, le long du Tibre, & jufque fur les bords de la mer, tenoient la ville comme captive; des pelotons d'infanterie & de cavalerie, compofés en partie de Germains qui jouiffoient de la confiance du Prince à titre d'étrangers, parcouroient les places, les maifons, la campagne & les villes au voifinage. En conféquence, des files non interrompues d'accufés étoient entraînées, entaffées vers les portes des jardins de Servilius. Lorfqu'on les introduifoit pour défendre leur caufe, ils étoient condamnés fur un fourire, un entretien fortuit, une rencontre avec un des Conjurés, il fuffifoit de s'être trouvé enfemble dans un repas ou aux fpectacles; ce n'étoit pas affez des cruelles interrogations de l'Empereur ou de Tigellinus, Fenius enchériffoit fur eux. Comme perfonne ne l'avoit encore nommé, il cherchoit à perfuader qu'il étoit innocent à force d'inhumanité contre fes complices. Le Tribun Subrius, auffi préfent à l'interrogatoire, lui ayant fait figne qu'il avoit deffein de maffacrer

renuit, infregitque impetum jam manum ad capulum referentis. ·

LIX. Fuere, qui prodita conjuratione, dum auditur Milichus, dum dubitat Scevinus, hortarentur Pifonem, pergere in caftra, aut roftra efcendere, ftudiaque militum & populi tentare: « fi conatibus ejus confcii aggregarentur, fecuturos etiam integros; magnamque motæ rei famam, quæ plurimum in novis confiliis valeret. Nihil adversùm hoc Neroni provifum: etiam fortes viros fubitis terreri; nedum ille fcenicus, Tigellino fcilicet cum pellicibus fuis comitante, arma contrà cieret. Multa experiendo confieri, quæ fegnibus ardua videantur. Fruftra filentium & fidem in tot confciórum animis & corporibus fperari. Cruciatu aut præmio cuncta pervia effe. Venturos, qui ipfum quoque vincirent, poftremò indignâ nece afficerent. Quantò laudabilius periturum, dum ampleftitur Rempub. dum auxilia libertati invocat?

Néron à l'instant même, Fenius le retint lorsqu'il portoit déjà la main à la garde de son épée.

LIX. Tandis que la conjuration se découvre, que le Prince entend Milichus, & que Scevinus hésite encore, quelques-uns exhortent Pison à tenter de gagner le peuple & les soldats, en se montrant au camp ou dans le Forum. « Si les Conjurés s'unissent à ses efforts, ils entraîneront tout le reste, & procureront à son parti cette renommée qui fait la force principale d'une entreprise nouvelle. Néron n'a pris aucune précaution pour l'empêcher. Une attaque imprévue épouvante les plus braves : quelle résistance peut-on craindre de la part de ce vil Comédien, fût-il secondé de Tigellinus avec toutes ses concubines ? Tel projet s'exécute aisément, qui, faute de hardiesse, paroissoit impossible. On espère en vain que de tant de complices sujets aux foiblesses de l'ame & du corps, aucun ne parlera. Il n'est pas de secret que les récompenses ou les tortures n'arrachent. Les satellites du Prince enchaîneront Pison lui-même, & termineront sa destinée par une mort ignominieuse. Combien lui sera-t-il plus

Miles potiùs deeffet, & plebes defereret;
dum ipfe majoribus, dum pofteris, fi
vita præriperetur, mortem approbaret. »
Immotus his, & paullulum in publico
verfatus, poft domi fecretus, animum
adversùm fuprema firmabat, donec
manus militum adveniret, quos Nero
tirones, aut ftipendiis recentes delegerat.
Nam vetus miles timebatur, tamquam
favore imbutus. Obiit, abruptis brachiorum venis. Teftamentum fœdis adversùs
Neronem adulationibus, amori uxoris
dedit; quam degenerem, & folâ corporis formâ commendatam, amici matrimonio abftulerat. Nomen mulieris Arria Galla; priori marito, Domitius Silius:
hic patientiâ, illa impudicitiâ, Pifonis
infamiam propagavere.

LX. Proximam necem Plautii Late-
rani, Confulis defignati, Nero adjungit,
adeq properè, ut non complecti libe-
glorieux

glorieux de périr en défendant la République, en invitant les citoyens à la liberté ? Dùt-il manquer de soldats, être abandonné du peuple, du moins il mourra digne de ses ancêtres & des éloges de la postérité. » Ces sollicitations ne l'ébranlèrent pas. Après avoir paru un instant en public, il s'étoit renfermé chez lui, fortifiant son ame contre le dernier moment, lorsqu'il arriva une troupe de soldats tirés des recrues ou enrôlés depuis peu, parce que les anciens militaires étoient suspects, comme prévenus en sa faveur. Il mourut après s'être fait ouvrir les veines des deux bras. Son testament, rempli de basses flatteries envers l'Empereur, fut le fruit d'une lâche complaisance pour sa femme, quoiqu'indigne de lui, & sans autre mérite que la beauté. Elle se nommoit Arria Galla, & elle fut mariée d'abord à Domitius Silius, ami de Pison, qui le contraignit de la lui céder : cette foiblesse de Silius & l'impudicité d'Arria ont couvert Pison d'un opprobre éternel.

LX. Aussitôt après, Néron fit exécuter Lateranus avec tant de promptitude, qu'on ne lui permit ni d'embrasser ses enfans, ni de choisir un genre de

ros, (27) non illud breve mortis arbitrium permitteret. Raptus in locum servilibus pœnis sepositum, manu Statii, Tribuni, trucidatur, plenus constantis silentii, nec tribuno objiciens eamdem conscientiam. Sequitur cædes Annæi Senecæ, lætissima Principi, non quia conjurationis manifestum compererat, sed ut ferro grassaretur, quando venenum non processerat. Solus quippe Natalis, & hactenus prompsit: « missum se ad ægrotum Senecam, uti viseret, conquereturque, cur Pisonem aditu arceret? melius fore, si amicitiam familiari congressu exercuissent. » Et respondisse Senecam: « Sermones mutuos, & crebra colloquia neutri conducere: cæterùm salutem suam incolumitate Pisonis inniti. » Hæc ferre Granius Silvanus, Tribunus Prætoriæ cohortis, &, an dicta Natalis, suaque responsa nosceret, percunctari Senecam jubetur. Is, fortè, an prudens, ad eum diem ex Campaniâ

mort. Entraîné au lieu deftiné au fupplice des efclaves, il périt fous la main du Tribun Statius, en gardant un généreux filence, & fans lui reprocher que lui-même étoit fon complice. Suit le meurtre de Sénèque, celui que Néron ordonnoit avec le plus de plaifir. Ce n'eft pas qu'il fût assuré que ce grand homme trempât dans le complot ; mais n'ayant pu s'en délivrer par le poifon, il trouvoit plus court de l'affaffiner. Natalis, le feul qui l'ait jamais nommé, avoit feulement dit : « que Pifon l'avoit envoyé vers Sénèque alors malade, pour le vifiter de fa part, & fe plaindre de ce qu'il lui refufoit l'entrée de fa maifon ; qu'ils devroient plutôt refferrer les nœuds de leur amitié en s'entretenant enfemble à cœur ouvert ; » & que Sénèque avoit répondu : « Nos converfations & des entrevues fréquentes nous nuiroient à tous deux : au refte, ma sûreté dépend de celle de Pifon. » Granius Silvanus, Tribun d'une cohorte Prétorienne, eut ordre de communiquer cette dépofition à Sénèque, & de lui demander s'il convenoit du difcours de Natalis & de fa réponfe. Sénèque, foit à deffein ou par hafard, arrivant ce

remeaverat, quartumque apud lapidem,
fuburbano rure, fubftiterat. Illò, pro-
pinquâ vefperâ, Tribunus venit, &
villam globis militum fepfit. Tum ipfi,
cum Pompeïa Paullina uxore, & amicis
duobus epulanti, mandata Imperatoris
edidit.

LXI. Seneca « miffum ad fe Natalem,
conqueftumque nomine Pifonis, quòd
à vifendo eo prohiberetur, feque ratio-
nem valetudinis, & amorem quietis
excufaviffe, refpondit. Cur falutem privati hominis incolumitati fuæ anteferret,
caufam non habuiffe: nec fibi promptum in adulatione ingenium; idque nulli
magis gnarum, quàm Neroni, qui fæpiùs
libertatem Senecæ, quàm fervitium ex-
pertus effet, » Ubi hæc à Tribuno relata
funt, Poppæâ & Tigellino coram, quod
erat fævienti Principi intimum confilio-
rum, interrogat: « An Seneca volun-
tariam mortem pararet? Tum Tribunus, nulla pavoris figna, nihil trifte in

jour-là de Campanie, s'étoit arrêté dans une de ses maisons de campagne à quatre milles de Rome. Le Tribun y vint sur le soir, investit la maison & communiqua les ordres de l'Empereur à Sénèque, tandis qu'il soupoit avec Pompeïa Paulina son épouse, & deux de ses amis.

LXI. Sénèque répondit : « Natalis est venu chez moi. Il s'est plaint de la part de Pison de ce que je ne lui permettois pas de me voir. Je m'en suis excusé sur ma santé & sur mon amour du repos. Je n'ai point eu sujet de penser que ma sûreté dépendît de celle d'un particulier. Jamais la flatterie ne me l'a fait dire, elle n'est pas de mon goût : Néron le fait mieux que tout autre. Il a trouvé plus souvent dans Sénèque un homme libre, qu'un esclave. » Poppée & Tigellinus, conseil secret des cruautés du Prince, étoient avec lui, lorsque Silvain rapporta cette réponse. « Sénèque se dispose-t-il à quitter la vie, dit Néron ? Il n'a fait paroître aucun signe de crainte, répondit le Tribun ; son visage ni ses paroles ne m'ont rien annoncé de triste. Retournez, répliqua

verbis ejus, aut vultu, deprehenfum,
confirmavit. » Ergo regredi, & indicere
mortem jubetur. Tradit Fabius Rufticus,
non eo, quo venerat, itinere reditum,
fed flexiffe ad Fenium præfectum, &
expofitis Cæfaris juffis, an obtempera-
ret; interrogaviffe: monitumque ab eo,
ut exfequeretur; fatali omnium ignaviâ:
nam & Silvanus inter conjuratos erat,
augebatque fcelera, in quorum ultió-
nem confenferat. Voci tamen & adfpectui pepercit. Intromifitque ad Senecam
unùm ex Centurionibus, qui neceffitatem ultimam denunciaret.

LXII. Ille interritus pofcit teftamenti
tabulas: ac denegante Centurione, converfus ad amicos, « quando meritis
eorum referre gratiam prohiberetur,
quod unum jam, & tamen pulcherrimum habeat, imaginem vitæ fuæ relin-
quere teftatur: cujus fi memores effent,
bonarum artium, & famam tam conftan-
tis amicitiæ laturos. » Simul lacrymas

l'Empereur, ordonnez-lui de mourrir. »
Silvain, fuivant le récit de Fabius Rufticus, au lieu d'aller par le même chemin, paffa chez Fenius, & l'ayant inf-
truit des ordres du Prince, il demanda
s'il les exécuteroit. Le Préfet lui répondit d'obéir. Tel étoit le fatal engour-
diffement de tous les efprits ! Silvain
lui-même, un des Conjurés, groffiffoit
le nombre des crimes qu'il avoit fait
ferment de punir. Néanmoins il ne prit
pas fur lui de fe montrer ni de parler à
Sénèque. Mais il fit entrer un Centurion
qui lui déclara que fa dernière heure
étoit venue.

LXII. Sénèque, fans s'épouvanter,
demande à revoir fon teftament. Le
Centurion le refufe. « Puifqu'on m'empêche, dit-il, en fe tournant vers fes
amis, de reconnoître vos fervices, je
vous laiffe l'unique bien, mais le plus
précieux qui me refte, l'image de ma
vie: fi vous en gardez le fouvenir, vous
acquerrez la gloire d'hommes vertueux
& d'amis fidèles. » Comme ils fondoient
en larmes, il tâche de les raffermir,

eorum, modò fermone, modò intentior
in modum coercentis, ad firmitudinem
revocat, rogitans: « Ubi præcepta fapientiæ ? ubi tot per annos meditata
ratio adversùm imminentia ? Cui enim
ignaram fuiffe fævitiam Neronis? Neque
aliud fupereffe, poft matrem fratremque
interfectos, quàm ut educatoris præcep-
torifque necem adjiceret. »

LXIII. Ubi hæc atque talia velut in
commune differuit, complectitur uxorem, & (28) paullulum adversùs præfentem fortitudinem mollitus, rogat
oratque, « temperaret dolorem, ne
æternum fufciperet, fed in contempla-
tione vitæ per virtutem actæ, defiderium
mariti folatiis honeftis toleraret. » Illa
contrà, fibi quoque deftinatam mortem
adfeverat, manumque percufforis ex-
pofcit. Tum Seneca, gloriæ ejus non
adverfus, fimul amore, ne fibi unicè
dilectam ad injurias relinqueret: « Vitæ,
inquit, delinimenta monftraveram tibi,

tantôt en leur parlant avec bonté, tantôt en les réprimandant. « Que font devenus ces préceptes de fageffe, ces réflexions que nous avons approfondies pendant tant d'années pour nous fortifier contre les maux qui nous menaçoient? Quelqu'un ignoroit-il la cruauté de Néron? il ne lui reftoit, après avoir fait mourir fa mère & fon frère, que de tuer celui qui a pris foin de l'élever & de l'inftruire. »

LXIII. Enfuite il s'adreffe en particulier à fa femme, l'embraffe, & s'attendriffant un peu malgré fa fermeté, il la conjure de modérer fa douleur & de ne pas la rendre éternelle. « La contemplation d'une vie toute confacrée à la vertu peut honorablement adoucir la perte d'un époux. » Mais Pauline l'affure qu'elle eft déterminée à mourir avec lui, & demande l'exécuteur. Sénèque ne voulut pas s'oppofer à fa gloire. Il craignoit d'ailleurs d'abandonner aux infultes de fes ennemis, une époufe qu'il chériffoit uniquement. « Je vous avois montré, lui dit-il, ce qui pouvoit vous faire fupporter la vie; l'honneur du trépas vous flatte davantage : c'eft un exemple que je ne vous envierai pas.

tu mortis decus mavis; non invidebo
exemplo. Sit hujus tam fortis exitûs
conftantia penes utrofque par, (29) claritudinis plus in tuo fine. » Poft quæ
eodem iĉtu brachia ferro exfolvunt. Seneca, quoniam fenile corpus, & parco
viĉtu tenuatum, lenta effugia fanguini
præbebat, crurum quoque & poplitum
venas abrumpit. Sævifque cruciatibus.
defeffus, ne dolore fuo animum uxoris
infringeret, atque ipfe vifendo ejus tormenta, ad impatientiam delaberetur,
fuadet in aliud cubiculum abfcedere. Et
noviffimo quoque momento fuppedi-
tante eloquentiâ, advocatis fcriptoribus,
pleraque tradidit, quæ in vulgus edita
ejus verbis, invertere fuperfedeo.

LXIV. At Nero, nullo in Paullinam
proprio odio, ac ne glifceret invidia
crudelitatis, inhiberi mortem imperat.
Hortantibus militibus, fervi libertique
obligant brachia, premunt fanguinem,
incertum an ignaræ : nam, ut eft vulgus

Quoique nous périffions tout deux avec
la même conftance, votre mort eft plus
glorieufe que la mienne. » Alors ils fe
firent ouvrir les veines des bras. Séné-
que, voyant que fon fang s'échappoit
avec trop de lenteur, parce que fon
corps étoit atténué par la diète & la
vieilleffe, fe fit couper de plus les veines
des jambes & des jarrets. Enfuite, excédé par la violence de la douleur, il ap-
préhende que fes tourmens n'abattent la
conftance de fa femme, & dans la crainte
de fe troubler lui-même en la voyant
mourante, il l'engage à paffer dans une
autre chambre. Comme fon éloquence
ne l'abandonnoit pas encore à ces derniers momens, il fit appeler fes Secrétaires & leur diĉta un difcours, qu'on
a rendu public, en y confervant fes
propres expreffions, ce qui me difpenfe
d'en donner le précis.

LXIV. Néron, qui n'avoit aucun
reffentiment perfonnel contre Pauline,
craignant d'envenimer la haine qu'exci-
toit fa cruauté, ordonne qu'on l'empêche de mourir. Auffitôt les efclaves
& les affranchis, à la perfuafion des
foldats, arrêtent fon fang & lui ban-
dent les bras. On ignore fi ce fut à

ad deteriora promptum, non defuere, qui crederent, donec implacabilem Neronem timuerit,. famam fociatæ cum marito mortis petiviffe: deinde, oblatâ mitiore fpe, blandimentis vitæ evi&am: cui addidit paucos poftea annos, laudabili in maritum memoriâ, & ore ac membris in eum pallorem albentibus, ut oftentui effet, multum vitalis fpiritûs egeftum. Seneca interim, durante tra&u, & lentitudine mortis, (30) Statium Annæum, diu fibi amicitiæ fide, & arte Medicinæ probatum, orat, provifum pridem venenum, quo·damnati publico Athenienfium judicio exftinguerentur, promeret: adlatumque haufit fruftra, frigidus jam artus, & clufo corpore adversùm vim veneni. Poftremò ftagnum calidæ aquæ introiit, refpergens proximos fervorum, additâ voce, « Libare fe liquorem illum Jovi liberatori ». Exin balneo inlatus, & vapore ejus exanimatus, fine ullo funeris folenni crematur.

l'infçu de Pauline. Comme la malignité du vulgaire s'obftine à déprimer tout, plufieurs n'ont pas manqué de croire qu'elle rechercha l'honneur de périr avec fon mari, tant qu'elle jugea Néron inflexible ; mais que dès qu'elle entrevit des efpérances plus flatteufes, la douceur de vivre triompha de fa conftance. Elle ne furvécut que quelques-années à fon époux, confervant honorablement fa mémoire, & la pâleur de fon vifage & de fes membres prouvoit qu'il s'en falloit bien peu qu'elle ne lui eût facrifié fa vie entière. Sénèque s'étoit pourvu depuis long-temps du poifon dont on fait périr les criminels à Athènes ; voyant que la mort approchoit trop lentement, il s'en fait apporter par Statius Anneus, Médecin dont il avoit fouvent expérimenté la fcience & la fidélité. Mais il en but en vain : fes membres étoient déjà glacés, & fon corps ne put développer l'activité de ce poifon. Enfin, il entra dans un bain chaud, verfa de l'eau fur fes efclaves les plus proches, en difant : « Faifons une libation à Jupiter » Libérareur; » enfuite on le plongea dans le bain, dont la vapeur le fuffoqua. Son

Ita codicillis præfcripferat, quum etiam
tum prædives & præpotens, fupremis
fuis confuleret.

LXV. Fama fuit, Subrium Flavium
cum Centurionibus occulto confilio,
neque tamen ignorante Senecâ, defti-
naviffe, ut poft occifum operâ Pifonis
Neronem, Pifo quoque interficeretur,
traderetutque Imperium Senecæ, quafi,
infonti claritudine virtutum, ad fummum
faftigium deleĉto. Quin & verba Flavii
vulgabantur : « non referre dedecori,
fi citharœdus demoveretur, & tragœdus
fuccederet: » quia, ut Nero citharâ,
ita Pifo tragico ornatu canebat.

LXVI. Cæterùm militaris quoque
confpiratio non ultrà fefellit, accenfis
quoque indicibus ad prodendum Fenium
Rufum, quem eumdem confcium, &
inquifitorem, non tolerabant. Ergo inf-
tanti minitantique, renidens Scevinus :
« neminem ait plura fcire quàm ipfum. »
Hortaturque « ultro redderet tam bono

corps fut brûlé fans aucune pompe ; il l'avoit recommandé par fon teftament, dans un temps où il étoit encore au comble de l'opulence & de la*faveur.

LXV. Le bruit courut que Subrius & plufieurs Centurions étoient convenus fecrètement, d'accord néanmoins avec Sénèque , de maffacrer Pifon fitôt qu'on fe feroit fervi de lui pour tuer Néron , & de déférer l'Empire à Sénèque , comme au plus digne de ce choix par l'innocence de fes mœurs & l'éclat de fes vertus. On attribuoit même ces expreffions à Subrius : « Le déshonneur de l'Etat fera le même, fi l'òn fubftitue un comédien à un joueur de guitare. » En effet, Pifon paroiffoit auffi fouvent en Afteur de Tragédie fur le théâtre, que Néron avec une guitare.

LXVI. La part que les Militaires prenoient dans le complot, ceffa bientôt de refter fecrete, à caufe de l'empreffement à dénoncer Fenius, qu'on ne pouvoit fupporter d'avoir en même temps pour complice & pour Juge. Scevinus, qu'il preffoit avec menaces, lui dit en fouriant amèrement : « Perfonne n'en fait plus que vous : montrez votre reconnoiffance envers un fi bon Prince. »

" Principi vicem. " Non vox adversùm
ea Fenio, non silentium ; sed verba sua
præpediens, & pavoris manifestus, cæ-
terisque, ac maximè Cervario Proculo,
Equite, ad convincendum eum connisis,
jussu Imperatoris, à Cassio milite, qui
ob insigne corporis robur adstabat, còr-
ripitur, vinciturque.

LXVII. Mox eorumdem indicio,
Subrius Flavius, Tribunus, pervertitur,
primò dissimilitudinem morum ad de-
fensionem trahens, « neque se armatum,
cum inermibus & effeminatis, tantum
facinus consociaturum: " dein, postquam
urgebatur, confessionis gloriam amplexus, interrogatusque à Nerone, quibus causis ad oblivionem sacramenti pro-
cessisset : « Oderam te, inquit : nec
quisquam tibi fidelior militum fuit, dum
amari meruisti : odisse cœpi, postquam
parricidia matris & uxoris, auriga, &
histrio, & incendiarius exstitisti. " Ipsa
retuli verba, quia non, ut Senecæ,

A ces mots, Fenius ne fachant ni parler
ni fe taire, manifefta fa crainte par des
fons entrecoupés. Les autres Conjurés,
& fur-tout le Chevalier Romain Cervarius Proculus, s'uniffent contre lui,
& Néron le fait faifir & charger de
chaînes par Caffius, foldat d'une force
prodigieufe, qu'il avoit foin de tenir auprès de fa perfonne.

LXVII. Les mêmes dénonciateurs
firent enfuite condamner Subrius. Il fe
défendoit d'abord fur la différence de
fes mœurs. « Un Militaire s'affocie-
roit - il pour un coup fi hardi, avec
des gens fans armes, des efféminés ? »
Mais fe voyant preffé, il mit fa gloire
à confeffer le fait, & répondit à Néron, qui lui demandoit comment il avoit
pu trahir fon ferment : « Je te haïffois :
nul foldat ne te fut plus fidèle, tant que
tu méritas d'être aimé; j'ai commencé
à te haïr depuis que tu es devenu
parricide de ta mère & de ta femme, &
Cocher, & Comédien, & incendiaire. »
J'ai rapporté les propres termes de
Subrius, parce qu'ils n'ont pas été rendus publics, comme ceux de Sénèque,
& que le fens, plein de vigueur & dé-

vulgata erant : nec minus nosci decebat militaris viri sensus incomptos , & validos. Nihil in illâ conjuratione gravius auribus Neronis accidisse constitit, qui , ut faciendis sceleribus promptus, ita audiendi, quæ faceret, insolens erat. Pœna Flavii Vejano Nigro , Tribuno , mandatur. Is proximo in agro scrobem effodi jussit, quam Flavius , ut humilem & angustam increpans, circumstantibus militibus, « ne hoc quidem, inquit, ex disciplinâ : » admonitusque, fortiter protendere cervicem : « Utinam, ait, tu » tam fortiter ferias. » Et ille multùm tremens, quum vix duobus ictibus caput amputavisset , sævitiam apud Neronem jactavit, « sesquiplagâ interfectum à se » dicendo.

LXVIII. Proximum constantiæ exemplum Sulpicius Asper, Centurio, præbuit : percunctanti Neroni, cur in cædem suam conspiravisset ? breviter respondens : « Non aliter tot flagitiis ejus sub-

nué d'art de ce guerrier, ne méritoit
pas moins d'être connu de la postérité.
Rien, dans toute cette conjuration, n'offensa plus vivement les oreilles d'un
Prince aussi déterminé aux crimes, que
peu fait à se les entendre reprocher.
Le Tribun Niger, chargé de l'exécution
de Subrius, ayant commandé de creuser
une fosse dans le champ voisin, Subrius
fit remarquer aux soldats qu'elle n'étoit
ni assez large ni assez profonde, & dit :
« Ceci même ne se fait plus suivant la discipline.» Niger l'avertit de présenter courageusement la tête : « Puisses-tu frapper
» aussi courageusement », répondit Subrius ! En effet, le Tribun, tremblant
de tous ses membres, eut bien de la
peine à le décapiter en deux coups; il
s'en vanta néanmoins comme d'une
cruauté, en rapportant à l'Empereur
qu'il avoit tué Subrius une fois & demie.

LXVIII. Le Centurion Sulpicius
donna le même exemple de fermeté.
Comme Néron lui demandoit pour quoi
il avoit conspiré contre lui, « c'étoit,
répondit-il brièvement, l'unique remède
à tous tes crimes.» Ensuite il subit la mort.
La constance des autres Centurions fut

„ veniri potuiffe. „ Tum juffam pœnam fubiit. Nec cæteri Centuriones in perpetiendis fuppliciis degeneravere. At non Fenio Rufo par animus, fed lamentationes fuas etiam in teftamentum contulit. Opperiebatur Nero, ut Veftinus quoque conful in crimen traheretur, violentum & infenfum ratus : fed ex conjuratis confilia cum Veftino non mifcuerant, quidam, vetuftis in eum fimultatibus, plures, quia præcipitem & infociabilem credebant. Cæterùm Neronis odium adversùs Veftinum ex intimâ fodalitate cœperat, dum hic ignaviam Principis penitus cognitam defpicit, ille ferociam amici metuit, fæpe afperis facetiis inlufus ; quæ ubi multùm ex vero traxere, acrem fui memoriam relinquunt. Accefferat recens caufa, quòd Veftinus (31) Statiliam Meffallinam matrimonio fibi junxerat, haud nefcius inter adulteros ejus & Cæfarem effe.

LXIX. Igitur non crimine, non ac-

auffi digne d'eux. Mais Fenius, loin d'imiter leur courage, configna fes regrets jufque dans fon teftament. Néron s'étoit attendu qu'on accuferoit le Conful Veftinus, qu'il regardoit comme un de fes plus violens ennemis. Mais aucun des Conjurés ne lui avoit rien communiqué, les uns étant brouillés depuis long-temps avec lui, & les autres le regardant comme un homme infociable & téméraire. La haine de Néron contre Veftinus tiroit fon origine de l'intime familiarité dans laquelle ils avoient vécu enfemble. Celui-ci connoiffant à fond la baffeffe du Prince, le méprifoit : l'autre craignoit un ami dont la fierté courageufe fe permettoit de ces railleries piquantes qu'on n'oublie jamais, lorfqu'elles font fondées en grande partie fur la vérité. De plus, Veftinus venoit d'époufer Statillia Meffalina, quoiqu'il n'ignorât pas que l'Empereur étoit un de fes amans.

LXIX. Néron, faute d'accufateurs

cufatore exfiftente, quia fpeciem judicis
induere non poterat, ad vim dominationis converfus, Gerelanum, Tribunum,
cum cohorte militum immittit : jubet-
que « prævenire conatus Confulis, oc-
cupare velut arcem ejus, opprimere de-
lectam juventutem : » quia Veftinus
imminentes foro ædes, decoraque fervitia, & pari ætate habebat. Cuncta eo
die munia Confulis impleverat, con-
viviumque celebrabat, nihil metuens,
an diffimulando metu : quum ingreffi
milites, vocari eum à Tribuno dixere.
Ille, nihil demoratus, exfurgit : & omnia fimul properantur; clauditur cubiculo; (32) præfto eft medicus; abfcin-
duntur venæ; vigens adhuc balneo infertur; calidâ aquâ merfatur; nullâ editâ
voce, quâ femet miferaretur. Circum-
dati interim cuftodiâ qui fimul difcu-
buerant, nec, nifi provectâ nocte, omiffi
funt, poftquam pavorem eorum, ex
menfâ exitium opperientium, & imagi-

& de délit, ne pouvant jouer le perfon-
nage de Juge, agit en Souverain, &
détacha le Tribun Gerelanus à la tête
d'une cohorte, avec ordre de « prévenir
» les mauvais deffeins de Veftinus, de
» s'emparer de fon efpèce de citadelle,
» & de défarmer fes troupes. » Il parloit ainfi, parce que la maifon de Veftinus dominoit fur le forum, & qu'il
avoit un grand nombre d'efclaves, tous
gens bien faits & de même âge. Il avoit
rempli, ce jour là, tous les devoirs de
Conful, &, foit qu'il ne craignît rien
ou qu'il voulût le feindre, il donnoit
un grand feftin, lorfque des foldats en-
trent, & lui annoncent que leur Tribun
le demande : il fe lève fans balancer.
Tous les préparatifs s'expédient à l'inftant : il eft enfermé dans une chambre,
il y trouve un Médecin qui lui ouvre
les veines, il eft tranfporté plein de
vigueur à la falle du bain & plongé
dans l'eau chaude, fans avoir proféré
la moindre plainte fur fon fort. Pendant l'exécution, une troupe de foldats
s'étoit rangée autour des convives, &
elle ne les quitta que fort avant dans
la nuit, par ordre de Néron, qui fe re-
préfentant leur frayeur, dit en riant:

natus, & inridens Nero, « fatis fupplicii luiffe, ait, pro epulis confula-
ribus. »

LXX. Exin M. Annæi Lucani cædem imperat. Is, profluente fanguine,
ubi frigefcere pedes manufque, & paullatim ab extremis cedere fpiritum, fer-
vido adhuc & compote mentis pectore,
intelligit; recordatus carmen à fe com-
pofitum, quo vulneratum militem, per
ejufmodi mortis imaginem obiiffe tra-
diderat, (33) verfus ipfos retulit: eaque
illi fuprema vox fuit. Senecio pofthac,
& Quinctianus, & Scevinus, non ex
priore vitæ mollitiâ, mox reliqui conjuratorum periere, nullo facto dictove
memorando.

LXXI. Sed compleri interim urbs
funeribus, Capitolium victimis : alius
filio, fratre alius, aut propinquo, aut
amico interfectis, agere grates Deis,
ornare lauro domum, genua ipfius ad-
volvi, & dextram ofculis fatigare. At-
puifqu'ils

Puisqu'ils s'attendoient à mourir au sortir de table, ils sont assez punis de leur souper consulaire. »

LXX. Ensuite il ordonna la mort de Lucain : ce Poëte, sentant qu'à mesure qu'il perdoit son sang, ses pieds & ses mains se réfroidissoient, & que la chaleur vitale abandonnoit insensiblement les extrémités, tandis qu'elle conservoit toute son ardeur dans la Poitrine & le faisoit encore jouir de son ame, récita les vers qu'il se souvenoit d'avoir composés sur un soldat qui, blessé dans un combat, périssoit de même. Ce furent ses dernières paroles. Sénécion, Quintien & Scevinus, malgré la mollesse de leur vie précédente, moururent avec courage, & après eux le reste des conjurés, sans aucune circonstance digne d'être rapportée.

LXXI. Pendant que la ville se remplissoit de funérailles, le Capitole regorgeoit de victimes. L'un venoit de perdre un fils, l'autre un frère, un parent ou un ami : tous rendoient aux Dieux des actions de graces, ornoient leurs maisons de laurier, embrassoient les genoux du Prince lui-même, &

que ille (34) gaudium id credens, Antonii Natalis & Cervarii Proculi feftinata indicia impunitate remuneratur : Milichus præmiis ditatus, (35) *confervatoris* fibi nomen, Græco ejus rei vocabulo, adfumpfit. E Tribunis Granius Silvanus, quamvis abfolutus, fuâ manu cecidit : Statius Proximus veniam, quam ab Imperatore acceperat, vanitate exitûs corrupit. Exfuti de hinc Tribunatu Pompeïus, Cornelius Martialis, Flavius Nepos, Statius Domitius; (36) *quafi Principem non quidem odiffent, fed tamen exiftimarentur,* Novio Prifco, *per amicitiam Senecæ,* & Glitio Gallo, atque Annio Pollioni, *infamatis magis, quàm convictis,* data exfilia. Prifcum Antonia Flaccilla conjunx commitata eft : Gallum Egnatia Maximilla, magnis primùm & integris opibus, pòft ademptis : quæ utraque gloriam ejus auxere. Pellitur & Rufius Crifpinus occafione conjurationis, fed Neroni invifus, quòd

lui baifant la main, le fatiguoient de leurs flatteries. Lui, de fon côté, croyant faire plaifir, accorde l'impunité à Cervarius & à Proculus, en confidération de leur promptitude à révéler la confpiration, & comble de biens Milichus, qui prend le furnom de *Sauveur*. Le Tribun Granius Silvanus, quoiqu'abfous, fe tua de fa main, & Statius Proximus eut la vanité de ne vouloir pas furvivre à la grace que le Prince lui accordoit. Enfuite Pompeïus, Cornelius Martialis, Flavius Nepos & Statius Domitius furent dépouillés du Tribunat, *non qu'ils haïffent l'Empereur, mais parce qu'ils paffoient pour le haïr.* On exila Novius Prifcus à titre *d'ami de Sénèque*; Glicius Gallus & Annius Pollio, comme *moins convaincus que fufpects*. Antonia Flaccilla fuivit Prifcus fon mari; Egnatia Maximilla, femme de Gallus, eut auffi le courage d'accompagner le fien, quoiqu'elle poffédât alors de très-grandes richeffes, on l'en dépouilla, ce qui redoubla fa gloire. La conjuration fervit auffi de prétexte à Néron pour bannir Crifpinus qu'il haïffoit, parce qu'il avoit été mari de Poppée. Virginius & Rufus durent leur exil à la

Poppæam quondam matrimonio te-
nuerat. Verginium & Rufum claritudo
nominis expulit. Nam Verginius ftudia
juvenum eloquentiâ, Mufonius præceptis fapientiæ fovebat. Cluvidieno Quie-
to, Julio Agrippæ, Blitio Catulino, Petronio Prifco, Julio Altino, velut in
agmen & numerum, Ægæi maris in-
fulæ permittuntur. At Cadicia, uxor Scevini, & Cæfonius Maximus Italiâ pro-
hibentur, reos fuiffe fe, tantùm pœnâ
experti. Acilia, mater Annæi Lucani,
fine abfolutione, fine fupplicio diffimu-
lata.

LXXII. (37) Quibus perpetratis Nero, & concione militum habitâ, bina
nummùm millia viritim manipularibus divifit, addiditque fine pretio frumentum, quo antè, ex modo annonæ,
utebantur. Tum, quafi gefta bello expo-
fiturus, vocat Senatum, & triumphale
decus Petronio Turpiliano, Confulari,
Cocceio Nervæ, Prætori defignato, Ti-

célébrité de leur nom; le premier for-
moit les jeunes Romains à l'éloquence,
le fecond à la fageffe. Cluvidienus Quie-
tus, Julius Agrippa, Blitius Catulinus,
Petronius Prifcus & Julius Altinus, nouvelle efpèce de Colonie, furent relégués tous à la fois dans une ifle de la
mer Egée. Cadicia, femme de Scevinus,
& Cefonius Maximus n'apprirent qu'on
les avoit accufés, que par la fentence
qui les chaffoit d'Italie. Acilia, mère
de Lucain, ne fut ni juftifiée ni condam-
née, mais on affecta de ne rien prononcer
fur elle.

LXXII. Néron, fier de ces exploits,
harangua les foldats, auxquels il dif-
tribua deux mille fefterces par tête, & il
leur donna gratuitement le blé qu'ils
payoient auparavant fur le prix du marché. Enfuite, comme après une expédition militaire, il convoque le Sénat,
donne les ornemens du triomphe au
Confulaire Petronius Turpilianus, à
Cocceïus Nerva, défigné Préteur, &
à Tigellinus, Préfet du Prétoire; &
non content de placer les images triom-

gellino, Praefecto Praetorii tribuit, Tigellinum & Nervam ita extollens, ut,
super triumphales in foro imagines, apud
palatium quoque effigies eorum siste-
ret : (38) Consularia insignia Nymphidio, de quo, quia nunc primùm oblatus
est, pauca repetam : nam & ipse pars
Romanarum cladium erit. Igitur matre
libertinâ ortus, quae corpus decorum inter servos libertosque principum vulga-
verat, ex C. Caesare se genitum ferebat,
quoniam, forte quadam, habitu pro-
cerus, & torvo vultu erat: sive C. Caesar,
scortorum quoque cupiens, etiam matri
ejus inlusit.

LXXIII. Sed Nero, vocato Senatu,
oratione inter Patres habitâ, edictum
apud populum, & collata in libros indicia, confessionesque damnatorum adjungit. Etenim crebro vulgi rumore
lacerabatur, tamquam viros insontes,
ob invidiam, aut metum, exstinxisset.
Caeterùm coeptam, adultamque & revic-

phales des deux derniers au forum,
il leur fait ériger des ftatues dans le
palais. Nymphidius, qui depuis contribua
tant aux defaftres du Peuple Romain,
reçut alors les ornemens confulaires :
né d'une belle affranchie qui fe livroit
aux efclaves & aux affranchis de la
Cour, il fe difoit fils de l'Empereur
Caïus, parce qu'il avoit la taille élevée
& l'air féroce comme lui ; foit que ce
fût un effet du hafard, ou que Caïus, qui
convoitoit jufqu'aux courtifanes, eût auffi
vu fa mère.

LXXIII. L'Empereur, après avoir
harangué le Sénat, fit publier un Edit,
auquel il joignit des preuves juridiques
contre les Conjurés, avec leurs propres
aveux : car le peuple ne ceffoit point
de le déchirer, comme ayant facrifié
d'illuftres innocens à fes craintes ou à
fa jaloufie! Mais quiconque voulut rechercher avec foin la vérité, ne pût
douter dès-lors ni de la naiffance, ni

tam conjurarionem, neque tunc dubi-
tavere, quibus verum noſcendi cura
erat, & fatentur, qui poſt interitum
Neronis in urbem regreſſi ſunt. At in
Senatu cunctis, ut cuique plurimùm
mœroris, in adulationem demiſſis, Junium, Gallionem, Senecæ fratris morte
pavidum, & pro ſuâ incolumitate ſup-
plicem, increpuit Salienus Clemens,
hoſtem & parricidam vocans : donec
conſenſu Patrum deterritus ʼeſt, « ne publicis malis abuti ad occaſionem privati odii, videretur, neu compoſita,
aut oblitterata, manſuetudine Principis,
novam ad ſævitiam retraheret. »

LXXIV. Tum decreta doña, & grates Deis decernuntur, propriuſque honos Soli, cui eſt vetus ædes apud circum, in quo facinus parabatur, *qui
occulta conjurationis, numine retexiſſet :*
utque circenſium Cerealium ludicrum
pluribus equorum curſibus celebraretur :
menſiſque Aprilis *Neronis* cognomentum

des progrès, ni de l'extinction totale de la conjuration ; & les exilés revenus à Rome depuis la mort de Néron, en conviennent eux-mêmes. Chacun dans le Sénat s'abaissoit à plus de flatteries, à proportion de son chagrin. Junius Gallion, effrayé de la mort de Sénèque son frère, demandant grace pour lui-même, Salienus Clemens s'éleva contre lui en le traitant d'ennemi de l'Etat & de parricide ; mais les Pères le détournèrent d'une voix unanime, d'abuser du malheur public pour satisfaire son ressentiment personnel, & l'exhortèrent « à ne point rouvrir une plaie que la clémence du Prince avoit fermée pour toujours. »

LXXIV. Il fut réglé qu'on présenteroit des offrandes & des actions de graces aux Dieux, & particulièrement au Soleil ; (Comme il a un ancien temple au cirque où devoit s'exécuter l'assassinat, *c'étoit lui dont la puissance avoit dissipé les ombres sous lesquelles s'enveloppoit la conjuration.*) qu'on augmenteroit le nombre des courses de chevaux aux jeux de Cérès ; que le mois d'Avril

acciperet : templum Saluti exftrueretur,
eò loci, ex quo Scevinus ferrum prom-
pferat. Ipfe eum pugionem apud Capitolium facravit, (39) infcripfitque J.
VINDICI. In præfens haud animadver-
fum; poft arma J. Vindicis, ad aufpi-
cium & præfagium futuræ ultionis trahebatur. Reperio in Commentariis Senatûs, Cerialem Anicium, Confulem
defignatum, pro fententiâ dixiffe : ut
templum divo Neroni quàm maturrimè
publicâ pecuniâ poneretur. Quod quidem ille decernebat, tanquam mortale
faftigium egreffo, & venerationem hominum merito : quod ad omina folùm
fui exitûs verteretur : nam Deûm honor Principi non antè habetur, quàm
agere inter homines defierit.

Finis decimi-quinti Libri.

feroît furnommé *Néronien* ; qu'on éle-
veroit un temple à la Déeffe Salus, à
l'endroit où Scevinus avoit pris fon poignard. L'Empereur confacra lui-même ce
poignard au Capitole, avec cette infcrip-
tion : J. VINDICI : on n'y fit alors aucune attention. Mais lorfque J. Vindex
eut pris les armes, on l'interpréta comme
un préfage de la vengeance qu'il alloit
tirer de Néron. Je trouve dans les com-
mentaires du Sénat, que Cerialis Anicius, défigné Conful, opina qu'il falloit
fe hâter de bâtir aux dépens du public
un temple au divin Néron. Il entendoit
que ce Prince s'étant élevé au-deffus de
la condition des mortels, méritoit les
mêmes hommages que les Dieux ; mais
cet avis aboutiffoit uniquement à pré-
fager la mort de Néron ; car on ne
décerne les honneurs divins aux Princes,
que quand ils ont ceffé d'habiter parmi
les hommes.

Fin du quinzième Livre.

C. CORNELII

TACITI

ANNALIUM.

LIBER DECIMUS-SEXTUS.

I. INLUSIT dehinc Neroni fortuna, per vanitatem ipfius, & promiffa Cefellii Baffi; qui origine Pœnus, mente turbidâ, noƈturnæ quietis imaginem ad fpem haud dubiam retraxit. Veƈtufque Romam, principis aditum ēmercatus, expromit « repertum in agro fuo fpecum altitudine immenfâ, quo magna vis auri contineretur, non in formam pecuniæ, fed rudi & antiquo pondere : lateres quippe prægraves jacere,

ANNALES

DE

TACITE.

LIVRE SEIZIÈME

I. LA fortune, quelque temps après,
fe joua de Néron, parce qu'il avoit eu
la légèreté de fe fier aux promeffes de
Cefellius Baffus. C'étoit un Carthaginois
d'origine, dont le cerveau troublé
croyoit pouvoir compter avec certitude
fur un fonge. Il fe tranfporte à Rome,
pénètre par argent chez le Prince, &
lui déclare « qu'il a trouvé dans fes terres un fouterrain d'une profondeur immenfe, rempli d'une prodigieufe quantité d'or, non monnoyé, mais tel qu'il
fortit autrefois de la mine : ce font,
d'un côté, des lingots en maffe, de

adſtantibus parte aliâ columnis : quæ per tantum ævi occulta, augendis præſentibus bonis. ,, Cæterùm, ut conjecturâ demonſtraret, « Didonem Phœniſſam Tyro profugam, conditâ Carthagine, illas opes abdidiſſe , ne novus populus nimiâ pecuniâ laſciviret, aut Reges Numidarum , & aliàs infenſi , cupidine auri ad bellum accenderentur. »

II. Igitur Nero, non auctoris , non ipſius negotii fide ſatis ſpectatâ , nec miſſis viſoribus, per quos noſceret, an vera adferrentur, auget ultro rumorem, mittitque, qui velut partam prædam aveherent. Dantur triremes & delectum navigium, juvandæ feſtinationi: nec aliud per illos dies, populus credulitate, prudentes diverſâ famâ , tulere. Ac fortè (1) quinquennale ludicrum ſecundo luſtro celebràbatur : à Vatibus Oratoribuſque præcipua materia in laudem Principis adſumpta eſt : « Non enim tantùm ſolitas fruges, nec metallis confuſum

l'autre , des colonnes ; les Deſtins ont
caché ſi long-temps ces richeſſes , en
vue d'accroître la félicité du règne préſent ; » les conjeƈtures venoit à l'appui.
« Didon , de Phénicie , fuyant de Tyr,
& fondant Carthage , avoit enfoui ces
tréſors , de peur qu'une opulence exceſſive ne jetât le nouveau peuple dans
la molleſſe , ou n'allumât la cupidité
des Rois Numides déjà mal intention-
nés. »

II. Néron ſans examiner quel fond il
doit faire ni ſur un tel rapport , ni ſur
ſon auteur , n'envoie même perſonne
pour en recofnnoître la vérité. Il eſt au
contraire le premier à accréditer ce
bruit , & ſe tenant aſſuré de ſa proie ,
il ne penſe qu'à ſe la faire apporter.
Des galères ſont expédiées avec des rameurs d'élite pour plus de céléritéé. On
ne s'entretien dans Rome que de cette
nouvelle ; le peuple la croit , les gens
ſenſés en parlent diverſement; & comme
les fêtes quinquennales ſe célébroient
alors , parce qu'on étoit au ſecond luſtre,
elle devient le principal fondement des
éloges du Prince dans la bouche des
Poëtes & des Orateurs. « Ce n'eſt plus
aſſez pour la terre de produire des fruits,

aurum gigni, fed novâ ubertate prove-
nire terram, & obvias opes deferre
Deos: » quæque alia, fummâ facundiâ,
nec minore adulatione, fervilia fingebant, fecuri de facilitate credentis.

III. Glifcebat interim luxuria fpe
inani, confumebanturque veteres opes,
quafi oblatis, quas multos per annos pro-
digeret. Quin & inde jam largiebatur:
& divitiarum exfpectatio inter caufas
paupertatis publicæ erat. Nam Baffus,
effoffo agro fuo, latifque circùm arvis;
dum hunc vel illum locum promiffi
fpecûs adfeverat, fequunturque non
modo milites, fed populus agreftium
efficiendo operi adfumptus, tandem,
pofitâ vecordiâ, non falfa antè fomnia
fua, feque tunc primùm elufum admi-
rans, pudorem & metum morte volun-
tariâ effugit. Quidam vinctum ac mox

d'engendrer de l'or mêlé parmi des mé-
taux impurs; elle s'eſt ſurpaſſée en fécondité : les richeſſes dont les Dieux-
comblent l'Empereur, n'exigent plus
ni apprêts ni recherches. » A ces traits
ils en joignoient d'autres, que le talent
de la parole, & plus encore la déman-
geaiſon de flatter, ſuggéioient à des
ames ſerviles, bien aſſurées de la crédulité du Prince.

III. Le luxe s'accroît ſur cet eſpoir
chimérique; Néron diſſipant tout, ſous
pretexte qu'il aura de quoi fournir long-
temps à ſa prodigalité, anticipe même
ſur le tréſor futur, & l'eſpérance de de-
venir riche devient une des cauſes de
l'appauvriſſement de l'Etat. Cependant
Baſſus avoit déjà fait bouleverſer tout
ſon champ & les terres qui l'environnoient au loin, aſſurant tantôt d'un endroit, tantôt d'un autre, que c'eſt là
qu'on va trouver la caverne qu'il a pro-
miſe, & traînant après ſoi, non ſeu-
lement des ſoldats, mais tout un peuple de journaliers qui travailloient ſous
ſes ordres; enfin revenu de ſa folie, il
admire par quelle fatalité ſes autres ſon-
ges ont été vrais, tandis que ce dernier
eſt le ſeul qui l'abuſe. La honte & la

demiſſum tradidere , ademptis bonis ,
in locum regiæ gazæ.

IV. Interea Senatus, propinquo luſ-
trali certamine , ut dedecus averteret ,
offert Imperatori victoriam cantûs , adjicitque facundiæ coronam , quâ ludicra deformitas velaretur. Sed Nero ,
nihil ambitu , nec poteſtate Senatûs
opus eſſe dictitans, ſe æquûm adversùs
æmulos, & religione Judicum meritam
laudem adfecuturum , primò carmen in
ſcenâ recitat : mox , flagitante vulgo ,
„ ut omnia ſtudia ſua publicaret » (hæc
enim verba dixere) ingreditur theatrum , cunctis citharæ legibus obtempe-
rans : ne feſſus reſideret, me ſudorem ,
niſi eâ , quam indutui gerebat, veſte
detergeret : ut nulla oris, aut narium
excrementa viſerentur. Poſtremò flexus
genu , cœtum illum manu veneratus ,
ſententias Judicum opperiebatur ficto

crainte l'engagèrent à fe tuer, ou felon
d'autres, Neron le fit arrêter, & le relâ-
cha dans la fuite, fe contentant de
prendre fes biens, au lieu des tréfors de
Didon.

IV. A l'approche des jeux quinquen-
naux du fecond luftre, le Sénat, dans
l'intention de fauver à Néron le deshon-
neur de difputer le prix du chant, propofoit de le lui déférer, en y joignant celui de l'éloquence, qui couvriroit ce que
le premier avoit de flétriffant. Mais
Néron répondit qu'il n'avoit befoin ni
de la faveur, ni de l'autorité du Sénat,
qu'il difputeroit d'égal à égal, & s'en
rapporteroit à la confcience des Juges
fur les récompenfes qui lui feroient
dues. Il commença donc par déclamer
un Poëme en plein théâtre ; & comme
le peuple le fupplioit de faire montre
de tous fes talens, ce font les termes
dont on fe fervit, il entra dans l'orchef-
tre, s'y conformant aux divers règlemens prefcrits aux joueurs de guitare,
tels que de ne point s'affeoir malgré
leur laffitude, de ne s'effuyer la fueur
du vifage qu'avec un pan de leur robe,
de ne cracher ni fe moucher en préfence du peuple. Il termina par mettre

pavore. Et plebs quidem urbis, hiftrio-
num quoque geftus juvare folita, per-
fonabat certis modis, plaufuque com-
pofito. Crederes lætari; ac fortaffe læ-
tabantur, per incuriam publici flagitii.

V. Sed qui remotis è municipiis, fe-
veráque adhuc, & antiqui moris reti-
nente Italiá; quique per longas provincias, lafciviæ inexperti, officio legatio-
num, aut privatá utilitate advenerant,
neque adfpectum illum tolerare, neque
labori inhonefto. fufficere ; quum manibus nefciis fatifcerent, turbarent gnaros,
ac fæpe à militibus verberarentur, qui
per cuneos ftabant, ne quod temporis
momentum impari clamore, aut filentio fegni præteriret. Conftitit, plerof-
que equitum, dum per anguftias aditûs,
& ingruentem multitudinem enituntur,
obtritos, & alios, dum diem noctem-

un genou en terre, tendant refpectueu-
fement les mains vers cette affemblée,
& feignant d'être faifi de crainte dans
l'attente du jugement. La populace de
Rome, faite à encourager jufqu'aux far-
ceurs vulgaires, applaudiffoit de concert
& en cadence. Elle fembloit tranfportée
de joie, & peut - être fe foucioit - elle
affez peu de l'honneur du Peuple Romain, pour l'être en effet.

V. Mais c'étoit un fpectacle intoléra-
ble pour tous ceux qui, venant des
municipes eloignées, tenoient encore
à l'auftérité des mœurs de l'antique Italie; ou que des affaires, foit particulières, foit publiques, attiroient à Rome
du fond des provinces, où la molleffe
étoit inconnue. Comme ils ne fe prê-
toient qu'à regret à ces honteux applaudiffemens, leurs mains mal-habiles tom-
boient de fatigue, troubloient la cadence, & leur attiroient des coups de
la part des foldats, qui, difperfés par
pelotons, avoient foin que chaque ac-
clamation fe fît à l'inftant précis, & fe
foutînt par-tout avec la même vivacité.
Il eft certain que plufieurs Chevaliers
furent étouffés par la multitude dans
des paffages étroits, & que d'autres

que fedilibus continuant, morbo exitiabili correptos : quippe gravior inerat metus, fi fpectaculo defuiffent, multis palam, & pluribus occultis, ut nomina ac vultus, alacritatem, triftitiamque coeuntium fcrutarentur. Unde tenuioribus ftatim inrogata fupplicia, adversùs inluftres diffimulatum ad præfens, & mox redditum odium. Ferebantque Vefpafianum, tamquam fomno conniveret, à Phœbo liberto increpitum, ægrèque meliorum precibus obtectum : mox imminentem perniciem majore fato effugiffe.

VI. Poft finem ludicri, Poppæa mortem obiit, fortuitâ mariti iracundiâ, (2) à quo gravida ictu calcis adflicta eft : neque enim venenum crediderim, quamvis quidam fcriptores tradant, odio magis, quàm ex fide : quippe liberorum cupiens, & amori uxoris obnoxius erat. Corpus non igni abolitum,

tombèrent dangereusement malades,
parce qu'ils étoient restés nuit & jour
sur leurs sièges. Mais on avoit encore
plus à craindre en s'absentant. Des gens
apostés publiquement, un plus grand
nombre d'autres en secret prenoient les
noms des spectateurs, étudioient leur
contenance, leur joie ou leur tristesse.
Ceux de la lie du peuple qu'ils défé-
roient, étoient exécutés à l'instant.
Quant aux personnages illustres, Néron
dissimula d'abord; mais il leur fit sentir
ensuite tout le poids de sa haine. On
rapporte que Vespasien repris aigrement
par l'affranchi Phébus, sous prétexte
qu'il s'endormoit, ne fut épargné qu'à
peine à la vive sollicitation des gens de
bien, & que s'il échappa depuis, il le
dut à la supériorité de ses destinées.

VI. Après les jeux, Poppée mourut
d'un coup de pied dont Néron, dans
un emportement, l'avoit frappée pendant une grossesse : quelques Auteurs,
consultant plus leur haine que la vérité, disent qu'il l'empoisonna. Je n'en
crois rien, car il souhaitoit d'avoir des
enfans, & il aimoit sa femme. Son corps
ne fut pas brûlé suivant l'usage des Romains, mais embaumé à la manière des

ut Romanus mos; fed Regum externorum confuetudine, differtum odoribus conditur, tumuloque Juliorum infertur. Ductæ tamen publicæ exfequiæ, laudavitque ipfe apud roftra formam ejus, & quòd divinæ infantis parens fuiffet, (3) aliaque fortunæ munera pro virtutibus.

VII. Mortem Poppææ, ut palam triftem, ita recordantibus lætam, ob impudicitiam ejus fævitiamque, novâ infuper invidiâ Nero complevit, prohibendo C. Caffium officio exfequiarum : quod primum indicium mali, neque in longum dilatum eft. Sed Silanus additur : nullo crimine, nifi quòd Caffius opibus vetuftis, & gravitate morum, Silanus claritudine generis, & modeftâ juventâ, præcellebant. Igitur miffâ ad Senatum oratione, removendos à Repub. utrofque differuit : objectavitque Caffio, « quòd inter imagines majorum, etiam C. Caffii effigiem coluif-

Ruis,

Rois, & placé dans le tombeau des Jules.
On lui fit néanmoins des funérailles publiques, & l'Empereur prononça luimême son oraison funèbre dans la tribune aux harangues. Au défaut des vertus, il vanta sa beauté, son bonheur d'avoir mis au monde une Princesse élevée au rang des Dieux, & tous les autres dons de la fortune.

VII. La mort de Poppée, dont on se rappeloit les débauches & la cruauté, causoit autant de joie qu'on en affectoit de tristesse, lorsque Néron mit le comble à la haine publique, en défendant à Cassius d'assister aux obsèques : premier indice des malheurs qui ne tardèrent pas à éclater. Il y joignit même Silanus. Un riche patrimoine & des mœurs austères étoient le crime de Cassius : une grande illustration jointe à beaucoup de modestie, celui du jeune Silanus. L'Empereur écrit donc au Sénat d'exclure l'un & l'autre. « Cassius, mandoit-il, honore, parmi les images de ses ancêtres, celle de C. Cassius avec cette inscription : AU CHEF DE PARTI. C'est préparer les semences d'une guerre civile, un soulèvement contre la Mai-

fet, ita infcriptam : Duci partium.
Quippe femina belli çivilis, & defeçtio-
nem à domo Cæfarum quæfitam. Ac ne
memoriâ tantùm infenfi nominis ad
difcordias uteretur, adfumpfiffe L. Silanum, juvenem genere nobilem, animo
præruptum, quem novis rebus oftentaret. »

VIII. Ipfum dehinc Silanum increpuit iifdem, quibus patruum ejus Tor-
quatum, « tanquam difponeret jam imperii curas, præficeretque rationibus,
& libellis, & epiftolis, libertos; » inania fimul & falfa : nam Silanus intentior metu, & exitio patrui ad præca-
vendum exterritus erat. Inducit pofthac
vocabulo indicum, qui in Lepidam,
Caffii uxorem, Silani amitam, inceftum
cum fratris filio, & diros facrorum ritus confingerint. Trahebantur, ut confcii, Vulcatius Tullinus, ac Marcellus
Cornelius, Senatores, & Calpurnius
Fabatus, Eques Romanus : qui, appel-

son des Céfars. Mais peu content de
s'armer d'un nom odieux pour fufciter
la difcorde, il s'eft affocié Silanus, dont
la jeuneffe, la naiffance, & l'ambition
effrénée font propres à feconder fes projets féditieux. »

VIII. Enfuite il renouvelle à l'égard
de Silanus fes anciennes accufations
contre Torquatus fon oncle. « Il femble s'occuper déjà des foins de l'Empire, en établiffant dans fa maifon, des
Intendans, des Tréforiers & des Secrétaires choifis parmi fes affranchis. » Im-
putation auffi fauffe que vaine. La
frayeur de Silanus, inftruit comme il
l'étoit par le malheur de fon oncle, ne
le rendoit que trop circonfpeft. L'Empereur fufcite en même temps de prétendus témoins qui accufent Lépida,
femme de Caffius, d'un commerce inceftueux avec fon neveu Silanus, & de
facrifices abominables. Les Sénateurs
Vulcatius Tullinus, Marcellus Cornelius, & le Chevalier Calpurnius Fabatus, enveloppés dans l'accufation comme

lato Principe, inftantem damnationem
fruftrati, mox Neronem, circa fumma
fcelera diftentum, quafi minores eva-
fere.

IX. Tunc confulto Senatûs, Caffio
& Silano exfilia decernuntur; de Le-
pidâ Cæfar ftatueret. Deportatufque in
infulam Sardiniam Caffius, & feneûus
ejus exfpeûabatur. Silanus, tamquam
Naxum deveheretur, Oftiam amotus;
pôft municipio Apuliæ, cui nomen eft
Barium, clauditur. Illic indigniffimum
cafum fapienter tolerans, à Centurione, ad cædem miffo, corripitur : fua-
dentique venas abrumpere, « animum
quidem morti deftinatum ait, fed non
permittere percuffori gloriam minifte-
rii. » At Centurio, quamvis inermem,
prævalidum tamen, & iræ quàm timori
propriorem cernens, premi à militibus
fubet. Nec omifit Silanus obniti, & in-
tendere iûus, quantùm manibus nudis
valebat, donec à Centurione vulneri-

complices, échappèrent à leur perte par
un appel au Prince, qui, s'occupant de
forfaits plus importans, les jugea peu
dignes de son attention.

- IX. Le Sénat exile Caffius & Silanus,
& renvoye à l'Empereur le jugement
de Lépida. Néron se contenta de faire
mener Caffius en Sardaigne, se repo-
fant du refte fur fa vieilleffe. Silanus,
embarqué d'abord pour Oftie, fous prétexte d'être conduit à Naxos, puis enfermé dans Bari, ville municipale d'A-
pulie, fupportoit en fage une difgrace
fi peu méritée; lorfqu'un Centurion,
chargé de le tuer, fe faifit de fa perfonne, & lui confeille de fe faire ouvrir
les veines. « Mon ame, répond-il, ne
craint pas la mort ; mais un affaffin
n'aura que malgré moi la gloire d'y
prêter fon miniftère. » Quoique fans armes, il parut redoutable au Centurion,
qui voyant dans fes yeux plus d'indignation que de frayeur, ordonne aux foldats, de fe jeter fur lui. Silanus ne
ceffa de réfifter autant que le peut un
homme défarmé, & tomba, comme
dans une bataille, faifant face à l'enne-

bus adverſis, tamquam in pugnâ, ca-
deret.

X. Haud minùs promptè L. Vetus,
ſocruſque ejus Sextia, & Pollutia filia,
necem ſubiere : inviſi Principi, tamquam
vivendo exprobrarent interfeƈtum eſſe
Rubellium Plautum , generum Lucii
Veteris. Sed initium detegendæ ſævitiæ
præbuit, interverſis patroni rebus, ad
accuſandum tranſgrediens Fortunatus libertus , adſcito Claudio Demiàno ,
quem, ob flagitia vinƈtum à Vetere,
Aſiæ Proconſule, exſolvit Nero, in præmium accuſationis. Quod ubi cognitum
reo, ſeque, & libertum pari ſorte componi, Formianos in agros digreditur. Illic
eum milites occultâ cuſtodiâ circumdant.
Aderat filia, ſuper ingruens periculum,
longo dolore atrox, ex quo percuſſores
Plauti mariti ſui viderat : cruentamque
cervicem ejus amplexa , ſervabat ſanguinem, & veſtes reſperſas; vidua, im-

mi, & percé des coups que lui portoit le Centurion.

X. L. Vetus, Sextia sa belle-mère, & Pollutia sa fille, ne périrent pas avec moins de courage. Le Prince les haïssoit, parce que leur vie sembloit lui reprocher le meurtre de Rubellius Plautus, gendre de L. Vetus. Mais cette haine ne commença d'éclater, que lorsque Fortunatus, affranchi de Vetus, d'administrateur infidèle des biens de son maître, se fut rendu son accusateur, conjointement avec Demianus. Ce dernier étoit un scélérat, détenu dans la prison sur les ordres de Vetus, alors Proconsul en Asie. Néron l'en fit sortir, par égard à sa délation. Vetus, à cette nouvelle, se voyant mis de pair avec son affranchi, se rerire dans ses terres de Formie. Une troupe de soldats l'y enveloppe secrètement. Sa fille étoit présente; au danger de son père se joignoit la douleur d'avoir vu massacrer Plautus son époux. Elle en avoit reçu la tête sanglante ; elle conservoit son sang & les vêtemens qu'il en avoit teints, & plongée dans un deuil continuel, elle ne prenoit plus de nourriture que pour écarter la mort. Mais alors, sur

plexa luctu continuo, nec ullis alimentis; nifi, quæ mortem arcerent. Tum, hortante patre, Neapólim pergit. Et quia aditu Neronis prohibebatur, egreffus obfidens; « audiret infontem, neve Confulatûs fui quondam collegam dederet liberto, » modò muliebri ejulatu, aliquando, fexum egreffa, voce infensâ, clamitabat; donec Princeps immobilem fe precibus, & invidiæ juxtâ oftendit.

XI. Ergo nunciat patri abjicere fpem, & uti neceffitate. Simul adfertur, parari cognitionem Senatûs, & trucem fententiam. Nec defuere, qui monerent, magnâ ex parte hæredem Cæfarem nuncupare, atque ita nepotibus de reliquo confulere : quod adfpernatus, ne vitam, proximè libertatem actam, noviffimo fervitio fœdaret, largitur in fervos, quantùm aderat pecuniæ : &, fi qua afportari poffent, fibi quemque deducere, trîs modò lectulos ad fuprema

les ordres de son père, elle se transporte à Naples. Comme on lui refuse l'entrée du palais, elle en obsède le seuil : « Écóutez l'innocence, crioit-elle au Prince chaque fois qu'il passoit, ne livrez pas à un affranchi votre ancien collègue dans le Consulat. » Elle ne cessa point de recourir tantôt aux larmes, ressource naturelle des femmes, tantôt à une hardiesse au-dessus de son sexe en élevant fortement la voix, que quand elle vit que Néron étoit également sourd aux prières & aux reproches.

XI. Alors elle vient dire à son père de renoncer à toute espérance, & d'embrasser l'unique parti qui reste. Il apprend en même temps qu'on dispose le Sénat à instruire l'affaire & à le condamner. Assez de gens lui conseilloient de nommer l'Empereur héritier d'une grande partie de ses biens; afin d'en assurer le reste à ses petits-fils. Il rejette cet avis, ne voulant pas, en expirant dans la servitude, flétrir une vie passée dans une indépendance presque entière. Il distribue son argent à ses esclaves, & leur ordonne d'emporter ce qu'ils pourront, à la réserve de trois lits fu-

retineri jubet. Tunc eodem in cubiculo, eodem ferro abfcindunt venas, properique, & fingulis veftibus ad verecundiam velati, balneis inferuntur : pater filiam, avia neptem, illa utrofque intuens, & certatim precantes labenti animæ celerem exitum , ut relinquerent fuos fuperftites & morituros. Servavitque ordinem fortuna : (4) ac fenior priùs, tum cui prima ætas, extinguuntur. Accufati poft fepulturam, decretumque, ut more majorum punirentur. Et Nero interceffit, mortem fine arbitro permittens: ea, cædibus peractis, ludibria adjiciebantur.

XII. P. Gallus, Eques Romanus, quòd Fenio Rufo intimus, & Veteri non alienus fuerat, aquâ atque igni prohibitus eft. Liberto & accufatori, præmium operæ, locus in theatro inter viatores Tribunicios datur. (5) Et menfis, qui

néraires. Enfuite tous les trois fe font ouvrir les veines, avec le même fer, dans la même chambre; & ne gardant de vêtemens que ce qu'en prefcrivoit la pudeur, ils fe font plonger fans délai dans le bain. Le père les yeux fixés fur fa fille, l'aïeule fur fa petite-fille, celle-ci fur l'un & l'autre, conjurent les Dieux de hâter la féparation de leur ame, de peur qu'ils ne furvivent à ce qu'ils ont de plus cher. Le hazard fit que, fuivant l'ordre de la Nature, la plus âgée mourut la première, & la plus jeune, la dernière. Les obsèques étoient faites, lorfqu'on entama l'accuſation. Ils furent condamnés au dernier fupplice. Mais Néron s'y oppoſa, les laiffant libres de chuifir un genre de mort. C'eft ainſi quaprès avoir conſommé les meurtres, on y joignoit la dérifion.

XII. On interdit l'eau & le feu au Chevalier Romain P. Gallus, comme intimement lié avec Fenius, & peu zélé contre Vetus. Le délateur & l'affranchi de Vetus, pour leur récompenfe, eurent place au théâtre parmi les Appariteurs des Tribuns. Le mois d'Avril portoit déjà le nom de Néron,

Aprilem, eumdemque Neroneum fequebatur, Maïus Claudii, Junius Germanici vocabulis mutantur; teftificante
Cornelio Orfito, qui id cenfuerat, ideo
Junium menfem tranfmiffum, quia duo
jam Torquati, ob fcelera interfecti, in-
fauftum nomen Junium feciffent.

XIII. Tot facinoribus fœdum annum
etiam Dii tempeftatibus & morbis in-
fignivere. Vaftata Campania turbine ventorum, qui villas, arbufta, fruges paffim
disjecit: (6) pertulitque violentiam ad
vicina urbi: in quâ omne mortalium genus vis peftilentiæ depopulabatur, nullâ
cœli intemperie, quæ occurreret oculis.
Sed domus corporibus exanimis, itinera
funeribus complebantur : non fexus,
non ætas periculo vacua : fervitia perinde & ingenua plebes raptim exftingui,
inter conjugum & liberorum lamenta;
qui, dum adfident, dum deflent, fæpe
eodem rogo cremabantur. Equitum Senatorumque interitus, quamvis promif-

on donna celui de Claude à Mai, &
de Germanicus à Juin. Cornelius Or-
phitus, qui avoit ouvert cet avis, dit
qu'on fupprimoit le nom de Juin, parce
que deux Junius Torquatus, fuppliciés
pour leurs forfaits, l'avoient rendu finif-
tre.

XIII. Les Dieux fignalèrent, par des
épidémies & des tempêtes, cette année déjà fouillée de tant de crimes. Des
ouragans dévaftèrent la Campanie, bou-
leverfant les métairies, les arbres & les
moiffons. Leur fureur ne s'étoit pas
portée jufque dans Rome ; mais une pefte
violente y étendit fon fléau fur tout ce
qui refpire, fans qu'on en pût découvrir
de caufe dans l'atmofphère. Les maifons
fe remplirent de cadavres, les rues de
convois. Ni l'âge ni le fexe ne garantif-
foient du danger. La rapidité du mal
enlevoit également les efclaves & les perfonnes libres, au milieu des gémiffemens
des enfans & des époux, qui fouvent,
après avoir affifté les mourans, les avoir
pleurés, étoient confumés avec eux fur
un même bûcher. Ceux qu'on plaignoit
le moins, quoiqu'ils périffent comme les

cui, minùs flebiles erant, tamquam communi mortalitate fævitiam Principis prævenirent. Eodem anno, delectus per Galliam Narbonenfem, Africamque & Afiam, habiti funt, fupplendis Illyrici legionibus, ex quibus ærate aut valetudine feffi, facramento folvebantur. (7) Cladem Lugdunenfem quadragies feftertio folatus eft Princeps, ut amiffa urbi reponerent: quam pecuniam Lugdunenfes antè obtulerant, turbidis cafibus.

XIV. C. Suetonio, L. Telefino Coff. Antiftius Sofianus, factitatis in Neronem carminibus probrofis, exfilio, ut dixi, multatus, poftquam id honoris indicibus, tamque promptum ad cædes Principem accepit, inquies animo, & occafionum haud fegnis, Pammenem, ejufdem loci exfulem, & Chaldæorum arte famofum, eòque multorum amicitiis innexum, fimilitudine fortunæ fibi conciliat. Ventitare ad eum nuncios, & confultationes

autres, étoient les Sénateurs & les Chevaliers qu'un fléau commun à tous dé-
roboit aux fureurs de Néron. Cette
même année, on fit des levées dans la
Gaule Narbonnoife, l'Afrique & l'Afie,
afin de remplacer les foldats des légions
d'Illyrie, que l'âge ou la maladie mettoit hors de fervice. Néron, pour confoler les Lyonnois du défaftre de leur
ville, & les engager à réparer leurs
pertes, leur donna quatre cent mille
fefterces, fomme qu'ils avoient eux-
mêmes fournie à Rome dans des temps
orageux.

XIV. Confulat de C. Suetonius &
de L. Telefinus. Antiftius Sofianus,
exilé, comme je l'ai dit, pour fes vers
injurieux contre le Prince, apprend à
quelle confidération parviennent les délateurs, combien il eft facile d'engager
Néron à des meurtres, & qu'il y avoit,
dans le même endroit, un autre exilé,
nommé Pammenes, fameux dans l'art
des Chaldéens, ce qui le mettoit en
correfpondance avec bien du monde.
Antiftius, génie turbulent, prompt à
faifir les occafions, prétexte la con-
formité de leur fort pour fe lier avec

non fruftra ratus, fimul annuam pecuniam à P. Anteïo miniftrari cognofcit.
Neque nefcium habebat, Anteïum caritate Agrippinæ invifum Neroni, opef-
que ejus præcipuas ad eliciendam cupidinem, eamque caufam multis exitio
effe. Igitur interceptis Anteii litteris,
furatus etiam libellos, quibus dies ge-
nitalis ejus, & eventura, fecretis Pam-
menis occultabantur, fimul repertis, quæ
de ortu vitâque Oftorii Scapulæ compofita erant, fcribit ad Principem, « ma-
» gna fe, & quæ incolumitati ejus con-
» ducerent adlaturum, fi brevem exfi-
» lii veniam impetraviffet: quippe An-
» teïum & Oftorium imminere rebus,
» & fua Cæfarifque fata fcrutari. »
Exin miffæ liburnicæ, advehiturque
properè Sofianus. Ac vulgato ejus indicio, inter damnatos magis, quàm inter
reos, Anteïus Oftoriufque habebantur;
adeo ut teftamentum Anteii nemo obfi-
gnaret, nifi Tigellinus auctor exftitiffet.

lui, & jugeant que ce n'eſt pas en vain
que Pammenes reçoit tant de conſul-
tations & de meſſages, il découvre qu'Anteïus lui fait une penſion annuelle ;
or il n'ignoroit pas qu'Anteïus étoit haï
de Néron, à cauſe de ſes anciennes
liaiſons avec Agrippine ; qu'il poſſédoit
des biens propres à émouvoir la cupidité, & que pluſieurs étoient déjà péris
ſans autre motif. Il intercepte donc les
lettres d'Anteïus, & dérobe des papiers
que Pammenes tenoit fort ſecrets, con-
tenant le thême de la nativité d'Anteïus
& ſa deſtinée, avec d'autres qu'il trouve
auſſi ſur la naiſſance & la vie d'Oſtorius
Scapula. Alors il écrit à Néron, que
« ſi l'on veut ſuſpendre quelque temps
ſon exil, il viendra réveler des ſecrets
importans, d'où dépend la ſûreté de
l'Empereur ; qu'Anteïus & Oſtorius pro-
jettent une révolution, & qu'ils ont
conſulté ſur la deſtinée du Prince &
ſur la leur. » Des galères ſont en-
voyées en conſéquence, & Soſianus eſt
conduit promptement à Rome. Au bruit
de cette délation, Anteïus & Oſtorius,
à peine cités en Juſtice, furent regardés comme déjà condamnés. Perſonne
même n'auroit ſigné le teſtament d'An-

Monitus priùs Anteïus, ne supremas tabulas moraretur. Atque ille, hausto veneno, tarditatem ejus perosus, intercisis venis, mortem approperavit.

XV. Ostorius longinquis in agris, apud finem Ligurum, id temporis erat: eò missus Centurio, qui cædem ejus maturaret. Causa festinandi ex eo oriebatur, quòd Ostorius multâ militari famâ, & civicam coronam apud Britanniam meritus, ingenti corporis robore, armorumque scientiâ, metum Neroni fecerat, ne invaderet pavidum semper, & repertâ nuper conjuratione magis exterritum. Igitur Centurio, ubi effugia villæ clausit, jussa Imperatoris Ostorio aperit. Is fortitudinem adversùm hostes sæpe spectatam in se vertit. Et quia venæ, quamquam interruptæ, parum sanguinis effundebant, hactenus manu servi usus, ut immotum pugionem extolleret, adpressit dexteram ejus, juguloque occurrit.

teïus, si Tigellinus n'y eût comme donné son approbation, en l'avertissant de le faire au plutôt. Anteïus prit du poison, & n'en pouvant supporter la lenteur, hâta sa mort en se faisant ouvrir les veines.

XV. Ostorius étoit dans une de ses terres éloignées, aux confins de la Ligurie. On lui dépêche un Centurion pour le presser de se tuer. Néron se hâtoit ainsi; parce qu'Ostorius, jouissant d'une grande considération dans les troupes, & décoré de la couronne civique en Bretagne, étoit vigoureux de corps, & savant dans l'art militaire; & que ce Prince, toujours tremblant & plus effrayé que jamais, depuis la découverte de la dernière conjuration, craignoit une surprise de sa part. Le Centurion, après avoir posé des gardes à toutes les issues, signifia ses ordres. Alors Ostorius tourna contre lui-même ce courage qu'il avoit si souvent fait sentir à l'ennemi. Comme son sang couloit avec trop de lenteur à son gré, quoiqu'il se fût fait couper entièrement les veines, il recourut au ministère d'un esclave, auquel il recommanda seulement de tenir un poignard, l'appuya

XVI. Etiam fi bella externa, & obitas pro Repub. mortes tantâ cafuum fimilitudine memorarem, meque ipfum fatias cepiffet, aliorumque tædium exfpectarem, quamvis honeftos civium exitus, triftes, tamen & continuos adfpernantium : at nunc patientia fervilis, tantumque fanguinis domi perditum, fatigant animum, & mœftitiâ reftringunt. Neque aliam defenfionem ab iis, quibus ifta nofcentur, exegerim, quàm, ne oderim tam fegniter pereuntes. Ira illa Numinum in res Romanas fuit, quam non, ut in cladibus exercituum, aut captivitate urbium femel editam tranfire licet. Detur hoc inluftrium virorum pofteritati, ut, quomodo exfequiis à promifcuâ fepulturâ feparantur, ita, in traditione fupremorum, accipiant habeantque propriam memoriam.

XVII. Paucos quippe intra dies, eodem agmine Annæus Mela, Cerialis

lui-même, & se l'enfonça dans la gorge.

XVI. Quant il seroit question de guerres contre l'étranger, & de sang versé pour la République, une si grande uniformité de circonstances me lasseroit & ennuieroit mon Lecteur, rebuté, malgré la gloire de ces trépas, de fixer continuellement la vue sur des objets affligeans. Mais ici la patience dans l'asserviffement, & des flots de sang répandu sans fruit au sein de la paix, fatiguent mon ame & l'abattent de tristesse. Tout ce que j'exige de ceux qui liront ces faits, est qu'ils me pardonnent l'intérêt que je prends à des citoyens qui se laissoient égorger avec tant de soumission. Ce fut un effet de la colère des Dieux, dont les coups réitérés ne peuvent, ainsi que dans la prise d'une ville ou dans une défaite, se décrire en une seule fois. Si les descendans des hommes illustres ont droit d'être distingués de la foule par la célébrité de leurs obsèques, il est juste aussi qu'on fasse mention de chacun d'eux à leur mort, & que la postérité en garde le souvenir.

XVII. En peu de jours périrent coup sur coup, Anneus Mela, Anicius Cé-

Anicius, Rufius Crifpinus, ac Petronius, cecidere. Mela & Crifpinus, Equites Romani, dignitate Senatoriâ: nam
hic quondam Præfectus Prætorii, & con-
fularibus infignibus donatus, ac nuper
crimine conjurationis in Sardiniam exac-
tus, accepto juffæ mortis nuncio, femet
interfecit. Mela, quibus Gallio & Seneca, parentibus natus, petitione honorum abftinuerat , per ambitionem
præpofteram, ut Eques Romanus Con-
fularibus potentiâ æquaretur: fimul ac-
quirendæ pecuniæ brevius iter credebat,
per procurationes adminiftrandis Principis negotiis. Idem Annæum Lucanum
genuerat, grande adjumentum claritudinis : quo interfecto, dum rem familiarem ejus acriter requirit, accufato-
rem concivit Fabium Romanum, ex
intimis Lucani amicis. Mixta inter patrem filiumque conjurationis fcientia
fingitur , adfimulatis Lucani litteris :
quas infpectas Nero ferri ad eum juffit,

rialis, Rufius Crifpinus & C. Petronius. Crifpinus & Mela étoient deux
Chevaliers auffi diftingués que des Sénateurs. Le prémier, autrefois Préfet
du Prétoire, & décoré des ornemens
confulaires, venoit d'être relégué en
Sardaigne, comme complice de la conjuration. Il fe tua lui-même, fitôt qu'on
lui en eut fignifié l'ordre. Mela, frère
de Gallion & de Sénèque, s'étoit abftenu des honneurs, par l'ambition dé-
fordonnée de parvenir à plus de crédit que les Confulaires, en reftant fimple Chevalier. D'ailleurs, l'adminiftration des biens du Prince lui paroiffoit un chemin plus court pour s'enri-
chir. Il étoit père de Lucain, ce qui
avoit beaucoup ajouté à fa gloire. Trop
d'ardeur à recouvrer les biens de ce
fils, après fa mort, fufcita contre lui
Fabius Romanus, intime ami de Lucain. On fuppofa que le père trempoit
avec le fils dans la confpiration, fur
de prétendues lettres de Lucain, con-
trefaites par Romanus. Néron les fit
préfenter à l'accufé, brûlant d'engloutir
fes richeffes. Mais Mela, recourant à
la voie réputée alors la plus courte,
fe fait ouvrir les veines, après avoir

opibus ejus inhians. At Mela, quæ tum promptiffima mortis via, exfolvit venas: fcriptis codicillis, quibus grandem pecuniam in Tigellinum, generumque ejus, Coffutianum Capitonem, erogabat, quò cetera manerent. Additur codicillis, tamquam de iniquitate exitii querens ita fcripfiffet; « fe quidem mo- » ri., nullis fupplicii caufis, Rufium » tamen Crifpinum, & Anicium Ceria- ». lem vitâ frui, infenfos Principi : « quæ compofita credebantur, de Crif- pino, quia interfectus erat, de Ceriale, ut interficeretur : neque enim multò poft vim fibi attulit, minore quàm cæ- teri miferatione, quia proditam C. Cæ- fari conjurationem ab eo meminerant.

XVIII. De C. Petronio pauca fuprà repetenda funt. Nam illi dies per fom- num, nox officiis, & oblectamentis vitæ tranfigebatur: utque alios induftria, ita hunc ignavia ad famam protulerat, ha- bebaturque non ganeo, & profligator,

laiffé

laiffé par teftament de grandes fommes à Tigellinus & à Capiton fon gendre, afin d'affurer le refte aux héritiers légitimes. On joignit au teftament, par forme de plaintes fur l'injuftice de fa mort, « qu'il périffoit innocent, tandis que Rufius Crifpinus & Anicius Cerialis jouiffoient de la vie, quoiqu'ennemis du Prince. » Cette fauffeté parut faite en vue de juftifier la condamnation de Crifpin, & d'autorifer celle de Cerialis. En effet, celui-ci fe tua quelques jours après. Le public fe fouvenant qu'il avoit révélé une conjuration à l'Empereur Caïus, le regretta moins que les autres.

XVIII. La fingularité de la vie de C. Petronius m'engage à en dire un mot. Il confacroit le jour au fommeil, & la nuit à fes devoirs & au plaifir. La nonchalance ne lui avoit pas moins procuré de renommée, que l'activité à d'autres ; il n'avoit la réputation ni de prodigue

ut plerique fua haurientium., fed eru-
dito luxu. Ac dicta factaque ejus quantò
folutiora, & quamdam fui negligentiam
præferentia, tantò gratiùs, in fpeciem
fimplicitatis, accipiebantur. Proconful
tamen Bithyniæ, & mox conful, vigen-
tem fe, ac parem negotiis oftendit:
dein revolutus ad vitia, feu vitiorum
imitationem, inter paucos familiarium
Neroni adfumptus eft, elegantiæ arbi-
ter, dum nihil amœnum, & molle
affluentiâ putat, nifi quod ei Petronius
approbaviffet, Unde invidia Tigellini,
quafi adverfùs æmulum, & fcientiâ
voluptatum potiorem. Ergo crudelita-
tem Principis, cui cæteræ libidines ce-
debant, aggreditur, amicitiam Scevini
Petronio objectans, corrupto ad indicium fervo, ademptâque defenfione, &
majore parte familiæ in vincla raptâ.

XIX. Fortè illis diebus Campaniam
petiverat Cæfar, & Cumas ufque progreffus Petronius (8) illic attinebatur,

ni de débauché, comme la plupart dé ceux qui se ruinent; mais d'un voluptueux raffiné. Moins ses actions & ses paroles annonçoient de gêne & de prétention, plus elles plaisoient par leur air de simplicité. Il prouva néanmoins, étant Proconsul en Bithynie, & depuis dans le Consulat, qu'il n'étoit pas au-dessous des grandes affaires, ni dépourvu de vigueur. Son retour apparent ou réel vers les vices le fit admettre dans le petit nombre des favoris intimes. Il devint l'arbitre du goût, & Néron ne trouvoit plus rien de délicieux ni de magnifique, sans l'approbation de Pétrone. De là la jalousie de Tigellinus, qui crut avoir un rival, & qui se sentit effacé dans la science des voluptés. Il recourut donc à la cruauté du Prince, passion à laquelle cédoient toutes les autres. Pétrone est accusé d'avoir été lié avec Scevinus. Un de ses esclaves, gagné à prix d'argent, se rend son délateur; la plupart des autres sont traînés dans les fers, & on lui ravit les moyens de se justifier.

XIX. L'Empereur étant allé par hazard, vers ce temps, en Campanie, Pétrone, après l'avoir suivi jusqu'à Cu-

Nec tulit ultrà timoris aut spei moras:
neque tamen præceps vitam expulit,
sed incisas venas, ut libitum, obligatas,
aperire rursùm, & alloqui amicos, non
per seria, aut quibus conftantiæ gloriam
peteret. Audiebatque referentes, nihil
de immortalite animæ, & sapientium
placitis, sed levia carmina, & faciles
verfus: fervorum alios largitione, quofdam verberibus adfecit: iniit & vias,
fomno indulfit, ut quamquam coaĉta
mors, fortuitæ fimilis effet. Ne codicillis
quidem (quod plerique pereuntium)
Neronem aut Tigellinum, aut quem
alium potentium adulatus eft: fed flagitia
Principis, fub nominibus exoletorum,
feminarumque, & novitate cujufque
ftupri, (9) perfcripfit, atque obfignata
mifit Neroni: fregitque annulum, ne
mox ufui effet ad facienda pericula.

XX. Ambigenti Neroni, quonam
modo noĉtium fuarum ingenia notefce-
rent, offertur Silia, matrimonio Sena-

mes, eut défenſe de paſſer au-delà. Il
ne penſa plus à prolonger ſa crainte
ou ſes eſpérances, & ne quitta pas
néanmoins bruſquement la vie ; mais il
ſe fit tantôt ouvrir, tantôt refermer les
veines, ſelon qu'il lui plut, en conver-
ſant gaîment avec ſes amis, & ſans
chercher à faire louer ſa conſtance : ils
ne s'entretenoient ni de l'immortalité
de l'ame, ni des opinions des Philo-
ſophes : mais ils lurent des poéſies légères & des vers faciles & naturels.
Il récompenſa quelques eſclaves, en fit
châtier d'autres, ſe promena, dormit,
& en dépit des ordres de Néron, ſembla
finir de mort naturelle. Dans ſon teſtament même, il ne flatta ni l'Empereur,
ni Tigellinus ou quelque autre favori,
comme la plupart de ceux qu'on faiſoit
mourir ; mais il y détailla les plus monſ-
trueuſes débauches de Néron, ſous le
nom de jeunes libertins des deux ſexes,
& le lui envoya ſcellé de ſon anneau,
qu'il rompit enſuite, de crainte qu'on en
abuſât contre quelqu'un.

XX. Tandis que Néron cherchoit
en lui-même comment on avoit pénétré des ſecrets que la nuit avoit voilés
de ſon ombre, Silia, bien connue par

toris haud ignota, & ipfi ad omnem libidinem adfcita, ac Petronio perquàm
familiaris: agitur in exfilium, tamquam
non filuiffet quæ viderat pertuleratque,
proprioodio. At Numicium Thermnum,
præturâ functum, Tigellini fimultatibus
dedidit, quia libertus Thermi quædam
de Tigellino criminosè detulerat, quæ
cruciatibus tormentorum ipfe, patronus
ejus nece immeritâ lueret.

XXI. Trucidatis tot infignibus viris,
ad poftremum Nero virtutem ipfam exfcindere concupivit, interfecto Thrafeâ
Pæto & Bareâ Sorano, olim utrifque
infenfus, & accedentibus caufis in Thrafeam: quòd Senatu egreffus eft, quum
de Agrippinâ referretur, ut memoravi:
quòdque Juvenalium ludicro parum
exfpectabilem operam præbuerat: eaque
offenfio altiùs penetrabat, quia idem
Thrafea Patavii, unde ortus erat, ludis
cefticis, à Trojano Antenore inftitutis,
habitu tragico cecinerat: die quoque,

son mariage avec un Cónsulaire, s'offrit à sa pensée. Cette femme, intimement liée avec Pétrone, avoit été complice ou témoin de tous les excès du Prince, qui se vengea de son indiscrétion en l'éxilant; ensuite il livra Thermus à l'animosité de Tigellinus. Un affranchi de Thermus avoit eu la hardieffe d'intenter une accusation contre Tigellinus; il l'expia par la torture, & son patron, qui n'y avoit aucune part, fut mis à mort.

XXI. Après le massacre de tant de citoyens illustres, Néron souhaita de détruire la vertu même, en faisant périr Thrasea & Soranus, qu'il détestoit depuis long-temps. Des causes particulières l'envenimoient contre Thrasea; il étoit sorti du Sénat, comme je l'ai dit, lorsqu'on opinoit contre Agrippine; il avoit pris un médiocre intérêt aux jeux de la jeunesse : offense d'autant plus sensible à Néron, que le même Thrasea se trouvant à Pavie, sa patrie, aux jeux du cefte fondés par le Troyen Antenor, y avoit joué dans une Tragédie. Le jour où le Sénat condamnoit à mort le Préteur Antistius, à cause de ses vers

quo Prætor Antiftius, ob probra in Neronem compofita, ad mortem damna-
batur, mitiora cenfuit obtinuitque: &
quum Deûm honores Poppææ decernerentur, fponte abfens, funeri non
interfuit. Quæ oblitterari non finebat
Capito Coffutianus, præter animum,
ad flagitia præcipitem, inimicus Thrafeæ, quòd auctoritate ejus concidiffet,
juvantis Cilicum Legatos, dum Capitonem repetundarum interrogant.

XXII. Quin & illa objectabat : « Prin-
» cipio anni vitare Thrafeam folenne
» jusjurandum : nuncupationibus voto-
» rum non adeffe, quamvis quindecim-
» virali facerdotio præditum : nunquam
» pro falute Principis, aut cœlefti voce
» immolaviffe : affiduum olim & inde-
» feffum, qui vulgaribus quoque Pa-
» trum confultis femet fautorem, aut
» adverfarium oftenderet, triennio non
» introiiffe Curiam : nuperrimèque,
» quum, ad coercendos, Silanum &

injurieux contre l'Empereur, il avoit ouvert un avis plus modéré, & cet avis avoit prévalu. Enfin il s'étoit abfenté, lorfqu'on avoit décerné les honneurs divins à Poppée, & n'avoit point affifté à fa pompe funèbre. Capito Coffutianus ne laiffoit oublier aucun de ces griefs. Au penchant naturel de Coffutianus pour les forfaits, fe joignoit un reffentiment perfonnel contre Thrafea qui l'avoit fait condamner à reftitution, fur la requête des Députés de Cilicie.

XXII. Voici ce qu'il ajoutoit encore : « Thrafea évite de prêter le ferment ordinaire au commencement de l'année. Quoique du Collège des Quindécemvirs, il n'affifte point à leurs vœux en faveur du Prince. Il n'offre jamais de facrifices pour la confervation de fa fanté ou de fa voix divine. Ce Magiftrat, autrefois fi affidu, fi infatigable, qui affeƈtoit d'appuyer ou de contrarier jufqu'aux moindres opinions, n'eft point entré depuis trois ans au Sénat. Lorfqu'on y accouroit à l'envi, ces jours derniers, contre Silanus & Vetus, il a préféré de vaquer aux affaires de fes cliens. Vraie

Q v

" Veterem, certatim concurreretur,
" privatis potiùs clientium negotiis va-
" caviffe: feceffionem jam id, & partes,
" & fi idem multi audeant, bellum
" effe. Ut quondam C. Cæfarem, in-
" quit, & M. Catonem; ita nunc te,
" Nero, & Thrafeam avida difcordia-
" rum civitas loquitur. Et habet feâa-
" tores, vel potius fatellites; qui non-
" dum contumaciam fententiarum, fed
" habitum vultumque ejus feâantur,
" rigidi & triftes, quò tibi lafciviam
" exprobrent. Huic uni incolumitas tua
" fine curâ, artes fine honore. Profpe-
" ras Principis res fpernit : (10) etiamne
" luâibus & doloribus non fatiatur?
" Ejufdem animi eft, Poppæam divam
" non credere, cujus in aâa divi Au-
" gufti & divi Julii non jurare. Spernit
" Religiones, abrogat Leges. Diurna
" Populi Romani, per provincias, per
" exercitus, curatiùs leguntur, ut nof-
" catur quid Thrafea non fecerit. Aut

révolte qui tournera bientôt en guerre
ouverte , fi beaucoup d'autres ont la
même hardieffe. Ce qu'étoient autrefois
les noms de Céfar & de Caton, le vôtre,
Néron, & celui de Thrafea le font maintenant dans Rome toujours avide de dif-
cordes. Il a auffi des feêtateurs , ou plutôt
des fatellites qui n'imitent pas encore
l'opiniâtreté de fes fentimens , mais fon
air & fon maintien ; gens qui fe montrent
auftères & mélancoliques pour vous reprocher vos plaifirs. Lui feul ne s'in-
téreffe point à votre confervation , n'honore pas vos talens. Votre profpérité
l'afflige ; votre deuil & vos larmes
peuvent-elles mêmes l'affouvir ? Le
même efprit qui l'empêche de jurer
fur les aêtes de Céfar & d'Augufte , lui
fait refufer les honneurs divins à Poppée.
Il méprife la Religion , il anéantit les
Loix ; les armées & les provinces lifent
plus attentivement qu'autrefois les faftes
du Peuple Romain , pour y remarquer
ce que Thrafea s'eft abftenu de faire.
Que ces maximes deviennent notre
règle , fi elles font préférables ; finon ,
ôtons aux efprits remuans leur chef &
leur confeil. Telle eft la feête qui en-
gendroit autrefois les Tuberons , les

» tranſeamus ad illa inſtituta, ſi potiora
» ſunt, aut nova cupientibus auferatur
» dux & auctor. Iſta ſecta Tuberones,
» & Favonios, veteri quoque Reipub.
» ingrata nomina, genuit. Ut imperium
» evertant, libertatem præferunt : ſi
» perverterint, libertatem ipſam aggre-
» dientur. Fruſtra Caſſium amoviſti, ſi
» gliſcere & vigere Brutorum æmulos
» paſſurus es. Denique nihil Ipſe de
» Thraſeâ ſcripſeris, diſceptatorem Se-
» natum nobis relinque. » Extollit irâ
promptum Coſſutiani animum Nero :
adjicitque Marcellum Eprium, acri eloquentiâ.

XXIII. At Bareum Soranum jam ſibi
Oſtorius Sabinus, Eques Romanus,
popoſcerat reum, ex proconſulatu Aſiæ,
in quâ offenſiones Principis auxit, juſtitiâ
atque induſtriâ : & quia portui Ephe-
ſiorum apetiendo curam inſumpſerat :
vimque civitatis Pergamenæ, prohi-
bentis Acratum, Cæſaris libertum,

Favonius, noms odieux même à l'ancienne République; ils vantent la liberté en vue d'abattre l'Empire; s'ils y réussissent, ils attaqueront la liberté même. En vain aurez-vous banni un Cassius, si vous souffrez que les émules des Brutus se multiplient & que leurs forces s'accroissent. Au reste, n'écrivez rien vous-même au sujet de Thrasea; laissez le Sénat décider entre lui & nous. » La fureur de Cossutianus est enflammée par les éloges de Néron, qui lui donne pour adjoint l'Orateur véhément Eprius Marcellus.

XXIII. Quant à Soranus, il avoit été cité en Justice par le Chevalier Romain Ostorius Sabinus, au sortir du proconsulat d'Asie. Néron avoit regardé comme de nouvelles offenses, la justice & l'activité de son administration; le soin qu'il avoit eu de rouvrir le port d'Ephèse, & sa clémence envers les citoyens de Pergame, qui avoient empêché de force Acratus, affranchi de

ftatuas & picturas avehere, inultam omi-
ferat. Sed crimini dabatur amicitia
Plauti, & ambitio conciliandæ provinciæ
ad fpes novas. Tempus damnationi delectum, quo Tiridates accipiendo Armeniæ regno, adventabat: ut ad externa
rumoribus inteftinum fcelus obfcurare-
tur, an, ut magnitudinem imperatoriam
cæde infignium virorum, quafi regio
facinore, oftentaret.

XXIV. Igitur omni civitate ad exci-
piendum Principem, fpectandumque
Regem, effufâ, Thrafea, occurfu prohibitus, non demifit animum: fed codicillos ad Neronem compofuit, requi-
rens objecta, & expurgaturum affeverans,
fi notitiam criminum, & copiam diluendi
habuiffet. Eos codicillos Nero prope-
ranter accepit, fpe, exterritum Thrafeam fcripfiffe, per quæ claritudinem
Principis extolleret, fuamque famam

l'Empereur, d'enlever les ſtatues & les tableaux de leur ville ; mais on prétexta contre lui des liaiſons avec Plautus , & des ménagemens à l'égard de la Province, en vue de l'engager à la révolte. Néron choiſit pour faire condamner Soranus & Thraſea ; la conjonĉture où Tiridate venoit demander le Royaume d'Arménie, ſe flattant que ce crime domeſtique éclateroit moins , tandis que le peuple s'entretiendroit des affaires du dehors : ou peut - être voulut - il faire montre de la puiſſance impériale, en abattant les plus illuſtres têtes , à la manière des Rois.

XXIV. La ville, empreſſée de recevoir l'Empereur & de voir Tiridate, ſortoit en foule, lorſque Thraſea reçut défenſe de ſe montrer. Cet affront n'amollit pas ſon courage. Il écrit à Néron pour lui demander ce qu'on lui impute, aſſurant qu'il ſe juſtifiera, s'il eſt inſtruit des griefs & qu'on lui permette d'y répondre. Néron reçoit cette requête avec empreſſement, ſur l'eſpoir que Thraſea, dans ſa frayeur, l'aura remplie d'éloges aux dépens de ſa propre renommée ; mais voyant qu'il n'en eſt rien , il redoute d'avance les regards de Thraſea , ſa fer-

dehoneſtaret. Quod ubi non evenit , vultumque , & ſpiritus , & libertatem infontis ultro extimuit , vocari Patres jubet. Tum Thraſea inter proximos conſultavit , tentaretne defenſionem , an ſperneret. Diverſa conſilia adferebantur.

XXV. Quibus intrari Curiam placebat, « ſecuros eſſe de conſtantiâ ejus dixerunt; nihil dicturum , niſi quo gloriam augeret. Segnes & pavidos ſupremis ſuis ſecretum circumdare. Adſpiceret populus virum , morti obvium ; audiret Senatus voces , quaſi ex aliquo numine , ſupra humanas : poſſe ipſo miraculo etiam Neronem permoveri : ſin crudelitati inſiſteret , diſtingui certè apud poſteros memoriam honeſti exitûs , ab ignaviâ per ſilentium pereuntium. »

XXVI. Contrà, qui operiendum domi cenſebant, de ipſo Thraſeâ eadem : «Sed ludibria & contumelias imminere: ſubtraheret aures conviciis & probris. Non ſolùm Coſſutianum , aut Eprium ad

meté & cette liberté que donne l'innocence, & convoque le Sénat. Alors
Thrafea délibère, avec fes amis, s'il
entreprendra de fe défendre, & les avis
fe partagent.

XXV. Ceux qui lui confeilloient
d'aller au Sénat, difoient que fa conftance
ne leur laiffoit rien à redouter pour fa
gloire, & que chaque mot contribueroit
au contraire à la redoubler. « C'eft aux
ames tremblantes & fans vigueur à s'envelopper dans l'ombre au dernier moment. Que le peuple voie un grand
homme courir au devant du trépas.
Que le Sénat entende des difcours fi fort
au-deffus de l'humanité, qu'ils femble-
ront infpirés. Ce prodige peut ébranler
Néron lui-même; mais s'il perfifte dans
fa cruauté, du moins la poftérité ne
confondra-t-elle pas une mort glorieufe
avec celle du lâche qui périt en filence. »

XXVI. Ceux qui croyoient que
Thrafea devoit refter chez lui, parloient
de même de fa perfonne, mais ils ajou-
toient qu'il étoit menacé d'être couvert
d'infultes & d'opprobres. « Qu'il lui convenoit de fouftraire fes oreilles aux criail-

fcelus promptos ; fupere.ffe qui forfitan
manus ictufque intentarent. Per imma-
nitatem Augufti, etiam bonos metu fequi. Detraheret potiùs Senatui, quem
perornaviffet, infamiam tanti flagitii ; &
relinqueret incertum, quid, vifo Thrafeâ reo , decreturi Patres fuerint. Ut
Neronem flagitiorum pudor caperet ,
inritâ fpe agitari : multòque magis ti-
mendum, ne in conjugem, in familiam,
in cætera pignora ejus fæviret. Proinde
intemeratus, impollutus, quorum vef-
tigiis & ftudiis vitám duxerit, eorum
gloriâ peteret finem. » Aderat confilio
Rufticus Arunelus, flagrans juvenis,
& cupidine laudis offerebat, fe inter-
ceffurum Senatufconfulto : nam plebis
Tribunus erat. Cohibuit fpiritus ejus
Thrafeâ, « ne vana, & reo non profu-
tura, interceffori exitiofa inciperet. Sibi
actam ætatem ; & tot per annos continuum
vitæ ordinem non deferendum : illi initium Magiftratuum , & integra , quæ

leries & aux affronts. Coſſutianus &
Marcellus n'étoient pas les uniques
ſcélérats : peut-être s'en trouveroit-il qui
oſeroient porter la main ſur lui & le
frapper. L'inhumanité du Prince étoit
telle, que la frayeur entraînoit juſqu'aux
gens de bien. Il valoit mieux ſauver
l'infamie de ce forfait à un Corps dont
il avoit fait l'ornement, & laiſſer douter
du parti que le Sénat auroit pris ſous les
yeux d'un tel accuſé. On eſpère en vain
que Néron rougira de ſes crimes. Il eſt
bien plus à craindre que ſa fureur ne
s'étende ſur la femme de Thraſea, ſur
ſa maiſon, & ſur tout ce qu'il a de
plus cher. Tandis que ſa gloire eſt encore
ſans tache & ſans flétriſſure, qu'il finiſſe
avec autant d'éclat que les grands hommes, dont il a ſuivi les traces & les maximes. » Ruſticus Arulenus, jeune & plein
d'ardeur, aſſiſtoit à ce conſeil : l'amour
de la gloire lui fit offrir de s'oppoſer au
décret du Sénat : il étoit alors Tribun ;
« démarche vaine, reprit Thraſea, mo-
dérant ſon courage. Votre oppoſition
vous perdroit ſans me ſauver. Mon
temps eſt fini, il ne me ſied pas de
m'écarter du plan que j'ai ſuivi tant
d'années ; mais vous entrez dans la Ma-

superfint. Multum antè fecum expenderet, quod, tali in tempore, capeffendæ Reipub. iter ingrederetur. ,, Ceterùm ipfe, an venire in Senatum deceret, meditationi fuæ reliquit.

XXVII. At poftera luce, duæ Prætoriæ cohortes armatæ, templum genitricis Veneris infedêre. Aditum Senatûs globus togatorum obfederat, non occultis gladiis: difperfique, per fora ac bafilicas, cunei militares; inter quorum adfpectus & minas ingreffi Curiam Senatores. Et oratio Principis per Quæftorem ejus audita eft: nemine nominatim compellato, Patres arguebat, quòd publica munia defererent, eorumque exemplo Equites Romani ad fegnitiam verterentur. « Etenim, quid mirum, è longinquis provinciis haud veniri, quum plerique, adepti confulatum & facerdotiâ, hortorum potiùs amœnitati infervirent? ,, quod velut telum aripuere accufatores.

giftrature, & vous n'avez point encore
contraété d'engagement. Examinez mû-
rement quelle route l'intérêt de l'Etat
exige qu'on choififfe dans ces terribles
conjonétures. » Enfuite il s'en remit à
fes propres réflexions fur le parti qu'il
prendroit.

XXVII. Dès le matin du jour fuivant,
on vit deux cohortes Prétoriennes en
armes, devant le temple de Vénus ; le
veftibule du Sénat occupé par une
troupe de militaires en habits de paix,
mais armés d'épées qu'ils ne cachoient
pas ; des compagnies de foldats diftri-
buées dans le Forum & le long des
temples aux environs. Ce fut à travers
cet appareil menaçant, que les Sénateurs
entrèrent au palais. Le difcours du Prince
fut lu par fon Quefteur. Il réprimandoit
les Pères, fans défigner nommément
perfonne, de ce qu'ils abandonnoient
le fervice & entraînoient les Chevaliers
Romains dans la molleffe par leur
exemple. « Etoit-il étonnant qu'on ne
vînt plus des Provinces éloignées, tandis
que des Confulaires & des Pontifes ne
s'occupoient que des délices de leurs
jardins ? » Ce fut une efpèce de trait
dont s'armèrent les accufateurs.

XXVIII. Et initium faciente Coffutiano, majore vi Marcellus fummam
Rempub. agi clamitabat: « Contumaciâ
inferiorum lenitatem imperitantis de-
minui. Nimium mites ad eam diem
Patres, qui Thrafeam defcifcentem,
qui generum ejus, Helvidium Prifcum,
in iifdem furoribus, fimul Paconium
Agrippinum, paterni in Principes odii
heredem, & Curtium Montanum, de-
teftanda carmina faétitantem, eludere
impunè finerent. Requirere fe in Senatu
Confularem, in votis Sacerdotem, in
jurejurando Civem : nifi, contra inftituta & cærimonias majorum, proditorem
palàm & hoftem Thrafea induiffet. Denique agere Senatorem, & Principis ob-
treétatores protegere folitus, veniret,
cenferet, quid corrigi, aut mutari vellet:
facilius perlaturos fingula increpantem,
quàm nunc filentium perferrent omnia
damnantis. Pacem illi per orbem terræ,
an viétorias fine damno exercituum,

XXVIII. Coffutianus commença ; Marcellus continuant avec plus de véhémence, s'écrioit qu'il étoit queftion de fauver la République. « La révolte opiniâtre de quelques particuliers a pouffé à bout la clémence du Prince : c'eft par une indulgence outrée du Sénat, que le rebelle Thrafea, que fon gendre Helvidius, complice des mêmes fureurs, que Paconius Agrippinus, héritier de la haine de fon père contre les Céfars, que Curtius Montanus, Auteur de poéfies féditieufes, ont tous échappé jufqu'à ce jour à leur condamnation. Thrafea manqueroit-il d'affifter au Sénat, comme Confulaire ; aux vœux pour l'Empereur, comme Prêtre ; au ferment, comme Citoyen ; s'il ne fouloit aux pieds les ftatuts & la Religion de nos ancêtres, en fe déclarant ouvertement traître à la patrie ? Qu'il vienne enfin cet ennemi de l'Etat, qui fe plaifoit tant à jouer le rôle de Sénateur, & à protéger les détracteurs du Prince ; qu'il opine fur les réformes & les changemens qu'il défire. Nous préférerons une cenfure détaillée, à ce filence obftiné qui improuve tout. Ce qui lui déplaît, eft-ce la paix de l'Univers ? font - ce nos victoires fans

difplicere ? Ne hominem, bonis publicis mœftum, & qui fora, theatra, templa pro folitudine haberet, qui minitaretur exfilium fuum, (11) ambitionis pravæ compotem facerent. Non illi confulta hæc, non Magiftratus, aut Romanam urbem videri. Abrumperet vitam ab eâ civitate, cujus caritatem olim, nunc & adfpectum exfuiffet. »

XXIX. Quum per hæc atque talia Marcellus, ut erat torvus & minax, voce, vultu, oculis ardefceret ; non illa nota, & celebritate periculorum fueta jam Senatûs mœftitia, fed novus & altior pavor, manus & tela militum cernentibus : fimul ipfius Thrafeæ venerabilis fpecies obverfabatur : & erant qui Helvidium quoque miferarentur, innoxiæ affinitatis pœnas daturum. «Quid Agrippino objectum, nifi triftem patris fortunam ? quando & ille, perinde innocens, Tiberii fævitiâ concidiffet. Enimverò Montanum probæ juventæ, neque

aucune

aucune perte ? Gardez-vous , Pères Confcrits , de combler les déteftables vœux d'un homme qui fe réjouit des malheurs publics, qui fuit comme un défert le Forum , les théâtres & les temples ; il nous menace de s'exiler, il ne reconnoît ni votre autorité, ni vos décrets , ni Rome même. Qu'il rompe donc fans retour et par fa mort avec une ville bannie depuis long - temps de fon cœur, & dont il évite actuellement la vue. »

XXIX. La voix, le vifage & les yeux de Marcellus, dont le regard étoit naturellement féroce & menaçant, étinceloient de fureur pendant fon difcours. Néanmoins le Sénat n'éprouvoit point cette trifteffe à laquelle la multitude des périls l'avoit accoutumé. Une crainte plus profonde & d'un genre nouveau occupoit chacun des Pères, à la vue des mains & des armes du foldat : la phyfionomie refpectable de Thrafea s'offroit en même temps à leur penfée. Quelques-uns s'attendriffoient auffi fur Helvidius, victime d'une alliance innocente. Qu'objectoit-on contre Agrippinus, finon le malheur d'un père auffi peu coupable que lui, immolé par la

famoſi carminis, quia protulerit ingenium, extorrem agi. ''

XXX. Atque interim Oſtorius Sabinus, Sorani accuſator, ingreditur, orditurque de amicitiâ Rubellii Plauti ,
quòdque proconſulatum Aſiæ Soranus,
pro claritate, ſibi potiùs accommodatum ,
quàm ex utilitate communi egiſſet ',
alendo ſeditiones civitatum. Vetera hæc:
ſed recens, diſcrimini patris filiam con-
nectebat, quòd pecuniam Magis dilar-
gita eſſet. Acciderat ſanè pietate Serviliæ (id enim nomen puellæ fuit) quæ;
caritate erga parentem , ſimul impru-
dentiâ ætatis, non tamen aliud conſul-
taverat , quàm de incolumitate domûs ;
& an placabilis Nero , an cognitio Senatûs nihil atrox adferret. Igitur accita eſt
in Senatum, ſteteruntque diverſi ante
Tribunal Conſulum , grandis ævo parens ; contrà filia , intra viceſimum

cruauté de Tibère ? Le jeune & vertueux Montanus, dont les vers n'inju-
rioient perfonne, alloit être exilé pour
avoir montré du génie.

XXX. Sur ces entrefaites, paroît
Oftorius Sabinus, délateur de Soranus.
Il lui reproche d'abord d'avoir été lié
avec Plautus, & d'avoir trahi l'Etat
dans fon proconfulat d'Afie, en cherchant à fe faire un nom parmi les Peuples,
& en fomentant les féditions. Ces imputations étoient anciennes; il y en joignit
une nouvelle, en affociant la fille aux
dangers du père, fous prétexte qu'elle
avoit donné de l'argent à des devins.
En effet, Servilie, c'étoit fon nom, par
un excès de tendreffe pour fon père, &
par l'imprudence du jeune âge, avoit
confulté les devins ; mais uniquement
pour favoir comment on pourroit fauver
fa famille, fi Néron s'appaiferoit, &
fi les procédures du Sénat auroient une
iffue funefte. Elle eft citée à comparoître.
D'un côté du Tribunal des Confuls, eft
placé le père, avancé en âge; de l'autre,
la fille dans fa vingtième année, pleu-
rant fon époux Annius Pollion, que l'exil
venoit de lui enlever, & n'ofant lever

ætatis annum , nuper marito , Annio
Pollione , in exſilium pulſo , viduata
deſolataque : ac ne patrem quidem intuens, cujus iteraſſe pericula videbatur.

XXXI. Tum interrogante accuſatore ,
an cultus dotales , an detraſtum cervici
monile venum dediſſet, quò pecuniam
faciendis magicis ſacris contraheret ?
primùm ſtrata humi , longoque fletu
& ſilentio, pòſt, altaria & aram com-
plexa , « Nullos , inquit, impios Deos ,
nullas devotiones, nec aliud infelicibus
precibus invocavi , quàm ut hunc optimum patrem tu , Cæſar , & vos, Patres ,
ſervaretis incolumem, (12) Sic gemmas, & veſtes ,& dignitatis inſignia dedi ,
quomodò , ſi ſanguinem & vitam popoſ-
ciſſent. Viderint iſti , antehac mihi
ignoti , quo nomine ſint , quas artes
exerceant : nulla mihi Principis mentio,
niſi inter Numina fuit. Neſcit tamen
miſerrimus pater : & ſi crimen eſt, ſola
deliqui. »

les yeux fur fon père même, dont elle fembloit avoir aggravé les périls.

XXXI. L'accufateur lui ayant demandé fi elle avoit vendu fes préfens de nôce & fon collier, pour contribuer à des facrifices magiques ; elle fe jetta par terre, pleura long-temps en filence, puis embraffant les autels, elle dit : « Je n'ai » ni fupplié des Divinités malfaifantes, » ni prononcé d'imprécation ; l'unique » but de mes prières malheureufes étoit » que vous, Céfar, & vous, Pères Conf-» crits, vous me rendiffiez un père fi » digne de ma tendreffe. C'eft dans cette » intention que j'ai donné mes pierre-» ries & les ornemens convenables à ma » naiffance. J'y aurois ajouté mon fang » & ma vie, s'ils l'euffent exigé. Que » ces gens, qui jufqu'alors m'étoient in-» connus, vous répondent fur leur nom » & fur la profeffion qu'ils exercent. » Pour moi je n'ai jamais parlé du » Prince qu'avec le refpeĉt qu'on doit » aux Dieux. Quant à mon malheureux » père, il ignore ce que j'ai fait, & fi » c'eft un crime, j'en fuis feule coupable.»

R iij

XXXII. Loquentis adhuc verba excipit Soranus , proclamatque : « Non
illam in provinciam secum profectam,
non Plauto per aetatem nosci potuisse :
non criminibus mariti connexam : ni-
miae tantùm pietatis ream separarent,
atque ipse, quamcumque sortem subi-
ret. » Simul in amplexus occurrentis
filiae ruebat, nisi interjecti Lictores utris-
que obstitissent. Mox datus testibus locus :
& quantum misericordiae saevitia accusa-
tionis permoverat, tantum irae P. Eg-
natius testis concivit. Cliens hic Sorani, &
tunc emptus ad opprimendum amicum,
auctoritatem Stoïcae sectae praeferebat,
habitu & ore ad exprimendam imaginem honesti exercitus, ceterùm animo perfidiosus, subdolus, avaritiam ac
libidinem occultans. Quae postquam pecuniâ reclusa sunt, dedit exemplum prae-
cavendi, quomodò fraudibus involutos,
aut flugitiis commaculatos, sic specie
bonarum artium falsos, & amicitiae
fallaces.

XXXII. Elle parloit encore, lorſque Soranus l'interrompant, s'écrie, qu'elle « ne l'a point accompagné dans ſon gouvernement : qu'elle eſt trop jeune pour avoir connu Plautus, & qu'on ne l'a point impliquée dans l'accuſation contre ſon époux. Séparez-la de ma cauſe, ajoutoit-il, puiſqu'on ne lui reproche qu'un excès de piété filiale, & faites-moi ſubir le ſort qu'il vous plaira. » En diſant ces mots, il couroit embraſſer ſa fille qui venoit à ſa rencontre. Les Licteurs ſe jetant entre les deux, s'y oppoſèrent. Enſuite on entendit les témoins. Egnátius, l'un d'eux, n'excita pas moins d'indignation contre lui, que cette accuſation cruelle avoit cauſé de pitié. Ce client de Soranus, alors vendu pour perdre ſon protecteur, ſe paroit de l'extérieur impoſant d'un Stoïcien. Exercé à contrefaire le langage & le maintien de la vertu, il cachoit au fond de ſon cœur la perfidie, la fraude, l'avarice & la luxure. Si-tôt que l'argent eut manifeſté ces vices, il fit voir qu'on ne doit pas moins ſe défier des faux amis, qui affectent les dehors de la probité, que des traîtres avérés & des gens perdus d'honneur.

XXXIII. Idem tamen dies & honeftum exemplum tulit Caffii Afclepiodoti, qui magnitudine opum præcipuus inter Bithynos, quo obfequio florentem Soranum celebraverat, labentem non deferuit, exutufque omnibus fortunis, & in exfilium actus; (13) æquitate Deûm erga bona malaque documenta. Thrafeæ, Soranoque, & Serviliæ datur mortis arbitrium. Helvidius & Paconius Italiâ depelluntur. Montanus patri conceffus eft, prædictone in Repub. haberetur. Accufatoribus, Eprio, & Coffutiano, quinquagies feftertiûm fingulis, Oftorio duodecies, & Quæftoria infignia tribuuntur.

XXXIV. Tum ad Thrafeam, in hortis agentem, Quæftor Confulis miffus, vefperafcente jam die. Inluftrium virorum feminarumque cœtûs frequentes egerat, maximè intentus Demetrio, cynicæ inftitutionis doctori : cum quo, ut conjectare erat intentione vultûs & au-

XXXIII. Ce même jour fit néanmoins éclater un exemple de vertu. Ce
fut celui de Caſſius Aſclepiodotus, que
d'immenſes richeſſes plaçoient parmi
les plus diſtingués de Bithynie. Il mon-
tra le même attachement pour Soranus dans ſa chute, que pendant ſa fortune, & fut exilé & dépouillé de tous ſes
biens; effet de l'attention des Dieux à
tempérer par de bons exemples la force
des mauvais. Thraſea, Soranus & Servilie eurent le choix de leur mort; on
bannit d'Italie Helvidius & Paconius;
Montanus fut rendu à ſon père, à condition qu'il ne parviendroit point aux charges. Les délateurs Eprius & Coſſutianus
reçurent chacun cinquante mille ſeſter-
ces, Oſtorius douze mille avec les ornemens de la Queſture.

XXXIV. On dépêcha ſur le déclin
du jour un des Queſteurs du Conſul à
Thraſea, tandis qu'il étoit dans ſes jardins. Il y avoit raſſemblé une nombreuſe
compagnie de perſonnes illuſtres des
deux ſexes, & il s'entretenoit en particulier avec Démétrius, Philoſophe cynique.
La converſation, comme on le put con-
jeĉturer à leur air attentif, & à quelques

ditu, fi qua clariùs proloquebantur, de
naturâ animæ, & diffociatione fpiritûs
corporifque inquirebat : donec advenit
Domitius Cæcilianus, ex intimis amicis;
& ei, quid Senatus cenfuiffet, expofuit.
Igitur flentes queritantefque, qui aderant, faceffere properè Thrafea, neu
pericula fua mifcere cum forte damnati
hortatur. Arriamque tentantem mariti
fuprema, & exemplum Arriæ matris
fequi, monet, retinere vitam, filiæque
communi fubfidium unicum non adi-
mere.

XXXV. Tum progreffus in porti-
cùm, illic à Quæftore reperitur: lætitiæ propior, quia Helvidium, generum fuum, Italiâ tantùm arceri cogno-
verat. Accepto dehinc fenatufconfulto,
Helvidium & Demetrium in cubiculum inducit : porrectifque utriufque
brachii venis, poftquam cruorem effudit, humum fuper fpargens, propiùs
vocato Quæftore, « Libemus, inquit,

mots qu'ils laiſſèrent entendre, rouloit
ſur l'immortalité de l'ame & ſa ſéparation
d'avec le corps; lorſque Domitius Ceci-
lianus, un des intimes amis de Thraſea,
lui vint apprendre le décret du Sénat.
Comme tous ceux qui étoient préſens
pleuroient & s'échappoient à des plaintes, il les conjura de ſe retirer promptement, de peur que leur intérêt pour un
homme déjà condamné ne les perdît. Arria vouloit périr avec ſon époux, à l'exemple de ſa mère. Il la ſupplia de vivre,
& de ne point priver leur fille de ſon
unique appui.

XXXV. S'étant enſuite avancé ſous
ſon portique, il y aborda le Queſteur
d'un air preſque joyeux, parce qu'il
venoit de ſavoir qu'on ſe contentoit de
bannir d'Italie Helvidius ſon gendre.
Après avoir reçu le Sénatuſconſulte, il
entra dans ſa chambre avec Helvidius
& Démétrius, & ſe fit ouvrir les veines
des deux bras. Alors il pria le Queſteur d'approcher, & verſant à terre
une partie de ſon ſang, il dit : « Of-
frons cette libation à Jupiter Libéra-

Jovi Liberatori. Specta, juvenis : &
omen quidem Dii prohibeant; cæterùm
in ea tempora natus es, quibus firmare
animum expediat conftantibus exemplis. ,, Pòft, lentitudine exitûs graves
cruciatus afferente, obverfis in Demetrium. . . . . ,

Cætera Annalium defiderantur.

teur. Regardez, jeune homme; puissent les Dieux écarter le préfage ! mais
vous êtes né dans un temps où l'ame
a befoin de fe fortifier par des exemples
de conftance »........ • • • • •

. . . .

SUITE*

DU SEIZIÈME LIVRE

DES ANNALES.

XXXVI. L'ATTENTION du Peuple aux fêtes qu'on donnoit au Roi d'Arménie, lui fit bientôt oublier tant d'exécutions sanglantes. Tiridate étoit d'abord venu joindre Néron à Naples. Outre l'escorte nombreuse de gens de guerre, de valets & d'Officiers de toute espèce, donnée par Corbulon, trois mille Cavaliers Parthes le suivoient, & il amenoit avec lui sa femme & les enfans des Rois des Parthes, de la Médie & de l'Adiabène. Sa marche à travers les terres de l'Empire, avoit moins semblé jusqu'alors celle d'un Prince étranger, soumis à la discrétion d'un vainqueur, que d'un Conquérant qui visite ses Provinces. Mais

---

* Je ne donne pas ce qui suit comme un Supplément de Tacite; c'est simplement la liaison des Annales avec l'Histoire.

il lui fallut fléchir les genoux devant l'Empereur. Il refusa néanmoins de rendre l'épée en entrant dans le palais de Néron, & n'en fut que plus estimé. De Naples, la Cour vint à Pouzoles, où l'affranchi Patrobius avoit préparé un spectacle somptueux de Gladiateurs. Tiridate ne crut pas indigne de sa naissance d'y prendre quelque part. Il ne s'abaissa pas néanmoins comme Néron, jusqu'à descendre sur l'arène. Mais sans quitter l'espèce de trône qu'on lui avoit élevé, il en décocha quelques flêches contre des bêtes féroces, & fit admirer son adresse & sa vigueur. On rapporte même qu'il perça, d'un seul coup, deux taureaux, qui moururent sur le champ.

XXXVII. La nuit avant le couronnement, Rome fut illuminée, parée de fleurs, & remplie d'une foule innombrable d'étrangers & de citoyens qui remplissoient toutes les rues. Dès le point du jour, les toits des maisons d'où l'on pouvoit apercevoir la place, furent couverts de spectateurs. Le Peuple Romain, vêtu de blanc, couronné de laurier, se plaça en bon ordre au milieu du Forum. Le soldat fut rangé tout autour, ayant ses armes les plus brillantes, ses drapeaux

& fes enfeignes déployés. Vint enfuite l'Empereur, en robe triomphale, accompagné de la garde prétorienne & du Sénat. Il s'affit dans une chaire curule, au milieu des aigles & des drapeaux. Alors Tiridate s'avançant avec toute fa fuite, qui défiloit entre deux haies de foldats en armes, fe profterna devant l'Empereur. Le peuple, à cette vue, ne put contenir fa joie. La puiffance & le fafte des Arfacides s'abaiffer ainfi ! c'étoit Rome elle-même qu'on adoroit dans la perfonne du Prince. Moins fes vices méritoient cet hommage, plus il étoit clair qu'on l'adreffoit au peuple entier. Un cri perçant s'éleva de tous côtés, & Tiridate en fut intimidé malgré fon courage.

XXXVIII. Après s'être relevé, il demeura quelque tems interdit : enfuite il prononça ces paroles, qu'un Prétorien prenoit foin d'interpréter à l'Affemblée : « Seigneur, un defcendant » d'Arfacès, frère des Rois Vologèfe » & Pacorus, fe déclare votre efclave. » Je viens vous rendre, comme à mon » Dieu, les mêmes hommages qu'au » Soleil. Mon rang fera celui que vous » me prefcrirez; car vous me tenez

» lieu de la Fortune & du Deſtin. Je
» vous félicite, lui répondit Néron, de
» ce que vous êtes venu jouir de ma
» préſence. Ce trône que votre père n'a
» pu vous laiſſer, où les efforts de vos
» frères ne vous ont pas maintenu, je
» vous le donne. Je vous fais Roi d'Ar-
» ménie, afin que vous ſachiez, eux &
» vous, qu'il dépend de moi d'ôter &
» de donner les Royaumes. » Ayant dit
ces mots, il embraſſa Tiridate, lui cei-
gnit le diadème, & toute l'Aſſemblée
applaudit.

XXXIX. Néron ſembla vouloir faire
oublier, dans les ſcènes qui ſuivirent,
ce que la première avoit eu d'humi-
liant pour Tiridate. Après avoir repré-
ſenté le maître de l'Univers, il y ſubſtitua
bruſquement les rôles de Ménétrier, de
Comédien & de Cocher. Le Roi d'Arménie ſentit bientôt que ce Prince ne
devoit ſa gloire qu'à ſes Généraux & à
ſes Miniſtres; & ne concevant pas comment des gens de cœur obéiſſoient à
un tel homme, il ne put s'empêcher
de lui dire un jour : « Vous avez un
» excellent ſerviteur dans Corbulon. »
Mais Néron, enivré de ſa puiſſance,
ne comprit pas le ſens de ces mots.

Il combla Tiridate de bienfaits, lui permit de rebâtir Artaxate, & d'emmener
avec lui un grand nombre d'Artistes en
tout genre.

XL. La vanité n'étoit pas le seul
motif qui eût fait désirer à Néron l'arrivée du Roi d'Arménie. Il amenoit un
grand nombre de Mages de chez les
Parthes, où la magie est, très-renom-
mée. Néron l'avoit cru jusqu'alors une
science réelle; & n'ayant pu l'acquérir,
malgré ses soins, il s'en étoit pris à l'igno-
rance de ceux qui l'instruisoient. Il se
flatta qu'aidé des plus habiles maîtres
de l'Univers, il alloit commander aux
Dieux. Mais il reconnut par lui-même,
qu'à l'exception de quelques secrets naturels, cet art ne consiste qu'en impos-
tures. « Plût aux Dieux néanmoins, »
ajoute Pline l'Ancien, de qui nous te-
nons ce détail, « qu'il eût réussi à con-
sulter les puissances infernales ou quelque autre Divinité que ce fût, sur
ses soupçons contre les citoyens; plutôt que de s'en rapporter à des femmes
perdues d'honneur & à de vils débau-
chés ! » Il paroît que Tiridate, qui
n'avoit pu persuader Néron, se désabusa
lui-même, du moins en partie. Il avoit.

refufé de venir par la mer, à caufe qu'elle eft, felon les Mages, un élément facré qu'on ne doit pas violer de la moindre fouillure. Il ne fit aucune difficulté de s'embarquer à Brindes à fon retour, & de côtoyer l'Afie, dont il vifita les plus belles villes. Corbulon vint à fa rencontre, & confervant la fupériorité que lui avoient méritée fes vertus, il l'empêcha d'emmener ceux des Artiftes qui partoient fans une permiffion expreffe de l'Empereur. Le Roi d'Arménie eut l'équité d'en louer ce grand homme; & quoiqu'il n'eftimât pas Néron, il ne fe jugea pas difpenfé de la reconnoiffance envers lui, & furnomma *Neronia* la nouvelle Artaxate.

XLI. Néron avoit fermé le temple de Janus auffi-tôt après le couronnement de Tiridate, mais il fe difpofoit à le rouvrir pour quatre guerres à la fois. La première contre les Juifs, dont il chargea Vefpafien, ne voulant plus voir à fa Cour un homme fans goût pour la mufique, & ne le craignant pas quoiqu'à la tête d'une armée, à caufe de fon peu de naiffance; la feconde, du côté de l'Ethiopie, en vue de reculer les bornes de l'Empire : il y avoit déjà fait paffer quelques camps volans, avec ordre de reconnoître le pays; la troifième, en Albanie, vers les portes de la mer Cafpienne : c'étoit celle pour laquelle il avoit fait le plus de préparatifs. On avoit tiré par fes ordres l'élite des armées d'Illyrie & de Bretagne, & de plus il venoit de faire partir une nouvelle légion toute compofée d'hommes de fix pieds, qu'il nommoit la phalange d'Alexandre-le-Grand; enfin la quatrième, contre Vologèfe. Il s'étoit propofé d'attirer ce Prince à Rome, & lui avoit écrit lettres fur lettres, afin de l'y déterminer. Le Roi des Parthes, après s'être défendu poliment, fatigué de fes inftances, lui avoir répondu : « Il vous eft plus aifé qu'à moi de traverfer la mer; lorfque vous ferez en Afie, nous conviendrons du temps de notre entrevue. » Néron, prenant cette réponfe pour une infulte, vouloit s'en venger.

XLII. Tandis qu'il rouloit ces projets dans fon efprit, arrivent de Grèce des Députés chargés par leurs villes de lui déférer les prix de la guitare. Cette flatterie bizarre plaît à Néron, qui, non content de leur donner audience préférablement à tous ceux qui venoient pour des affaires importantes, les admet à fa table, chante & joue devant eux,

& charmé de leurs éloges, s'écrie qu'il n'y a que les Grecs qui aient de l'oreille, qu'eux feuls font dignes d'apprécier fes talens. Auffitôt il fubftitue à fes idées de guerre le deffein d'aller mériter en Grèce les prix qu'on y diftribue aux Ménétriers, aux Comédiens & aux Cochers. Afin d'y réuffir plus fûrement, il entraîne à fa fuite autant d'hommes que s'il eût été queftion d'une expédition contre les Parthes ; mais au lieu de cafques & d'épées, ils portoient des mafques, des luts & des échaffes ; armée digne d'un tel Chef !

XLIII. Jamais Général ne s'affura la victoire par des moyens plus efficaces. Il ordonne qu'on avance ou qu'on diffère la célébration des jeux au temps de fon arrivée en chaque ville ; fait traîner ignominieufement à la rivière ou dans des égouts, les ftatues de tous les vainqueurs qui étoient morts ; déclare que fi ceux qui vivent fouhaitent que les leurs fubfiftent, il leur faut entrer en lice avec lui. En même temps, il fait diftribuer fous main de l'argent aux plus habiles : & les engage tous par promeffes ou par menaces à fe laiffer vaincre. Un feul ofa mériter des éloges

en difputant le prix à ce rival formidable. Les Acteurs l'adoffèrent, par fon
ordre, à une des colonnes du théâtre,
& lui percèrent la gorge à coups de
ftylets, à la vue de toute l'Affemblée.
Une légion entière de Chevaliers Romains, diftribuée dans l'amphithéâtre,
n'avoit pas d'autre emploi que de régler
les applaudiffemens du peuple & d'applaudir eux-mêmes.

XLIV. Malgré tant de précautions,
il étoit encore difficile de contenir les
rifées ou l'indignation des fpectateurs.
Les talens du Prince étoient médio-
cres, fa voix foible & fourde. Lorfqu'il vouloit lui donner de l'étendue,
il fe dreffoit d'un air ridicule fur le
bout des pieds, & fon vifage naturellement rouge, paroiffoit enflammé; il
étoit tombé de fon char aux Jeux Olympiques, & après s'y être fait remettre,
il avoit été forcé d'en defcendre : il
choififfoit de préférence, dans la Tragédie, les rôles d'Hercule furieux, d'Œdipe
qui tue fon père, d'Orefte égorgeant
fa mère; & quelquefois celui d'une Sa-
bine qu'on enlève, on d'une femme en
couche. Il remporta néanmoins mille
huit cents huit couronnes, pour chacune

defquelles le Sénat étoit obligé de rendre des actious de graces aux Dieux & d'établir des fêtes. On remarqua qu'il avoit évité Athènes & Lacédémone, fuyant dans l'une les myftères d'Eleufis, d'où les inceftueux & les parricides font exclus; dans l'autre, les Loix de Lycurgue.

XLV. Confulat de L. Fonteïus Capito & de C. Julius Rufus. Tandis que la majefté de l'Empire étoit ainfi proftituée en Grèce, l'affranchi Helius régnoit à Rome. Il avoit reçu de fon maître un pouvoir illimité fur la ville & le Sénat, & il en ufoit à la manière des efclaves, avec tant de licence, d'avarice & de cruauté, qu'il fouleva tous les efprits, il fut contraint d'écrire lui - même à l'Empereur de revenir promptement. Mais Néron étoit occupé d'affaires trop importantes : » Quels que foient vos motifs, lui ·répondit· il, vous devez fouhaiter de ne me revoir que couvert de toute la gloire due à mes talens. » Deux autres projets, l'un de la plus affreufe ingratitude, l'autre louable, l'arrêtoient en Grèce. Le premier étoit de faire périr Corbulon ; il ne s'en ouvroit à perfonne, quoiqu'il

le méditât depuis long-temps. Le second, qu'il venoit de former récem-
ment, étoit de percer l'isthme de Corinthe ; nous en parlerons ensuite. Arrius
Varrus, jeune ambitieux qui servoit en
Asie, écrivoit secretement à l'Empereur contre son Général, & il avoit
eu la détestable adresse de lui faire des
crimes de toutes ses vertus. Mais Néron
se voyoit dans la nécessité de feindre.
Il invite donc Corbulon auprès de lui,
par les lettres les plus tendres, en l'appelant son bienfaiteur & son père. Ce grand
homme part sans aucune suite, avec
la sécurité naturelle aux ames magnani-
mes, & débarque à Cenchrée où se
trouvoit le Prince. Néron, habillé en
Comédien, montoit sur le théâtre, lorsqu'on lui annonça Corbulon. Il rougit
de paroître ainsi vêtu, & jugea plus
convenable d'ordonner sa mort. Corbulon, s'accusant d'imprudence de s'être
livré de la sorte, se passa son épée au
travers du corps, en disant : « Je l'ai
mérité. »

XLVI. L'Empereur étant à Corinthe, avoit été frappé du peu de distancé
qui sépare les deux golfes. Il réfléchit
sur les avantages d'un canal de com-
munication,

munication, & prouva que l'ame des
Tyrans n'eſt point inacceſſible à la vraie
gloire. Démétrius Poliorcètes, Jules Cé-
ſar & l'Empereur Caïus avoient tenté
la même entrepriſe. On fit obſerver à
Néron, que tous les trois étoient péris
de mort violente. D'autres publioient,
qu'à chaque fois qu'on avoit recom-
mencé d'ouvrir la terre, il en étoit ſorti
du ſang, des voix lamentables, des mu-
giſſemens; qu'on avoit vu des ſpectres
errer. Quelques-uns aſſuroient que l'im-
pétuoſité des flots ſubmergeroit l'iſle
d'Egine, parce qu'ils prétendoient que
la mer du golfe oppoſé étoit plus haute.
Rien n'ébranla Néron; il prit ſur lui-
même une partie des riſques, en donnant le premier trois coups de bêche
à la terre : commanda aux ſoldats de
creuſer les endroits faciles, & fit ame-
ner des criminels de tous les côtés de
l'Empire pour travailler au reſte. Mais
Helius vint en grande hâte l'aſſurer que
ſa préſence étoit néceſſaire à Rome.
Ainſi, quoique la mer fût orageuſe,
il partit après avoir déclaré l'Achaïe libre, en reconnoiſſance des prix qu'elle
lui avoit déférés.

XLVII. Il vint aborder à Naples;

fous le Confulat de C. Silius Italicus
& de M. Galerius Trachalus. Quelque
accueil que les cités d'Italie euffent fait
à l'Empereur à fon premier paffage,
il fallut bien plus d'appareil pour recevoir le vainqueur des Jeux Olympiques
& Pythiques. Son triomphe fut plus
éclatant que celui des Flaminius & des
Mummius. On ne rougiffoit pas d'énon-
cer la raifon de cette différence. « D'autres Généraux avoient remporté des
victoires, mais jamais citoyen Romain
n'avoit été couronné en Grèce pour fon
habileté à jouer de la guitare ou à conduire des chevaux. » Il n'entra dans
les villes, fans en excepter Rome, que
par une large brèche. Son char étoit
celui dans lequel Augufte avoit triom-
phé. Augufte menoit proche de fa perfonne Agrippa, le compagnon de fes
victoires : Néron, le Muficien Diodore.
Le peuple & le Sénat accompagnoient
la marche, & crioient en cadence :
« Triomphe au Vainqueur des Jeux
Olympiques ! triomphe au Vainqueur
des Jeux Pythiques ! Augufte ! Augufte !
triomphe à Néron Hercule ! triomphe
à Néron Apollon ! lui feul a remporté
tous les prix ; lui feul depuis que le

monde exifte ! voix divine, heureux ceux qui t'entendent ! » Il paroît que deux différens chœurs chantoient alternativement un verfet, puis fe réuniffoient à ces mots : Voix divine, &c.

XLVIII. Néron, malgré la baffeffe avec laquelle lui applaudiffoit le Sénat, avoit réfolu de le détruire, le regardant comme un obftacle au pouvoir arbitraire, dont il fe vantoit d'avoir connu feul toute l'étendue. Son plan étoit de ne plus faire adminiftrer l'Etat que par des Chevaliers & des affranchis; il avoit déjà fupprimé le nom du Sénat dans une cérémonie publique, ne faifant mention, contre l'ufage immémorial, que du Peuple Romain. Il fouffroit même qu'un mauvais plaifant, nommé Vatinius, lui répétât : « Je vous hais, Néron, parce que vous êtes Sénateur. » Mais le trouble où le jeta la révolte de Vindex, dérangea fon projet.

XLIX. La guerre que Vefpafien faifoit aux Juifs dans cet intervalle, eft une de celles où les Romains aient verfé le plus de fang. Cependant Vefpafien n'étoit pas cruel; mais il s'y trouva forcé par les conjonctures. Les ennemis étoient aigris depuis long-temps : leur patience

avoit été pouſſée à bout par les rapi-
nes & la cruauté de l'Intendant Geſ-
ſius Florus. Des ſuccès réitérés, une
aigle enlevée, la mort du Proconſul
Ceſtius, cauſée vraiſemblablement par
le chagrin de ſes défaites, avoient enflé
leur courage; à ces motifs ſe joignoient
les fureurs d'un fanatiſme fondé ſur
des prédictions mal interprétées , &
les violences des brigands qui s'étoient
aſſervi la populace ; d'ailleurs nul pays
n'étoit plus facile à défendre que la Judée, bien pourvue de vivres, coupée
de montagnes, remplie de places fortes
ſoutenues de garniſons nombreuſes ; enfin, chaque Juif croyoit s'aſſurer des
récompenſes éternelles, s'il mouroit pour
la Patrie.

L. Veſpaſien triompha de tous ces
obſtacles, par la diſcipline la plus exacte,
jointe à beaucoup de valeur & de prudence. Il entre en Galilée à la tête de
ſoixante mille hommes, fait paſſer un
détachement de ſix mille fantaſſins &
de mille chevaux au ſecours de Séphoris
qui étoit reſtée fidelle, quoique ſituée
au milieu des ennemis, & enlevant
Gadara, dont la garniſon avoit fui à
ſon approche, paſſe au fil de l'épée

tout ce qu'il y trouve d'habitans, & brûle la ville avec les bourgs des environs. Ces deux exemples, l'un d'attention envers des sujets soumis, l'autre de rigueur contre des rebelles, produisirent l'effet qu'il en attendoit. L'Historien Josephe, chargé de défendre la Galilée, avoit rassemblé une armée de plus de cent mille hommes, qui se dispersèrent. Une partie se jeta dans les places fortes, le reste se rendit aux Romains. Vespasien mit aussitôt le siége devant Jotapate. Josephe, qui s'y étoit renfermé avec les plus braves des siens, y fit une vigoureuse résistance. L'industrie Romaine, dans l'attaque des places, échoua pendant quarante-sept jours contre la valeur des assiégés, soutenue de l'habileté de leur Chef; mais enfin Titus surprit l'ennemi dans un instant de lassitude & d'abattement. On passa au fil de l'épée tous ceux qu'on put trouver alors. Les autres, cachés dans des égouts, & découverts les jours suivans, furent faits prisonniers. Quarante mille Juifs périrent dans ce siége; Josephe avoit eu la précaution de se sauver avant qu'on forçât la place.

LI. Vespasien, sachant que le succès

d'une guerre dépend beaucoup de la manière dont on y débute, n'avoit eu garde de laisser languir la renommée de ses troupes, pendant la longue résistance de Jotapate. Deux détachemens avoient marché en avant par ses ordres, l'un vers Japha en Galilée, l'autre contre Garizim en Samarie. Trajan commandoit le premier détachement : douze mille hommes sortirent en ordre de bataille à sa rencontre ; il les mit en fuite & les repoussa jusque dans la place, où les vainqueurs & les vaincus entrèrent pêle-mêle. Mais la ville étoit munie d'une double enceinte, & les habitans voyant la déroute des leurs, avoient fermé les portes de la seconde enceinte. Ils refusèrent constament de les ouvrir, malgré les prières de leurs compatriotes, qui périrent tous, jusqu'au dernier, en maudissant, non les Romains, qui les massacroient, mais les Juifs qui les avoient abandonnés. Trajan prévit que la place, après avoir perdu le plus grand nombre de ses défenseurs, ne résisteroit pas long-temps. Il saisit cette occasion de faire sa cour à Vespasien, en le priant d'envoyer Titus, qui fit escalader les remparts, & pénétra des premiers dans la ville, où tout fut mis à feu & à sang : quinze mille Juifs furent tués à Japha.

LII. Le second détachement étoit commandé par Cérialis ; c'est vraisemblablement ce guerrier impétueux & négligent, si bien caractérisé dans Tacite. Il n'étoit alors que Tribun de la cinquième légion : douze mille hommes occupoient le haut du mont Garizim ; comme Cérialis n'avoit avec lui que trois mille fantassins & cinq cents chevaux, il fut contraint de se contenter de garder les issues de la montagne. Mais les ennemis ne croyant pas qu'on les vînt enfermer si promptement, n'avoient fait aucune provision d'eau. On étoit alors vers le milieu de Juin ; les ardeurs du soleil, jointes à une soif brûlante, les réduisirent à une telle extrémité, que quelques-uns d'eux, vaincus par la douleur, passèrent au camp des Romains, tandis que les autres, enfermés dans leur ville, n'y attendoient plus que la mort. Le premier mouvement de Cérialis, quand il apprit le triste état des assiégés, fut un sentiment de compassion. Il les pressa de se rendre, en leur promettant la vie sauve à tous sans exception. Sur leur refus , il donne le signal du carnage ; onze mille six cents hommes furent paffés au fil de l'épée.

LIII. Vefpafien prit enfuite Joppé , fans être forcé de tremper fes mains dans le fang des ennemis. Cette place maritime étoit occupée par des brigands de la Judée , auxquels s'étoit jointe une multitude de pira.es de toutes les nations. Ils avoient gagné la mer à l'approche des Romains , qui pénétrèrent fans obftacle dans la ville. Les légions, du haut du rempart de Joppé , jouirent tranquillement du fpectacle de la déroute la plus complette; car un vent impétueux s'élevant tout à coup, fubmergea la plupart des bâtimens ennemis , & brifa le refte contre des écueils : on compta quatre mille deux cents cadavres rejetés fur les bords de là mer.

LIV. La terreur des armes de Vefpafien avoit déterminé un grand nombre de rebelles à fe jeter de la Province Romaine dans le Royaume d'Agrippa. Tarichée, dont ils s'étoient emparés malgré les habitans, fembloit leur rendezvous général; ils occupoient une partie de la plaine aux environs , & couvroient de leurs barques le lac de Génézareth, fur lequel la ville eft bâtie. Vefpafien y fit paffer une partie de fes troupes, à la prière du Roi. Les rebelles, chaffés d'abord de la plaine, enfuite de la ville, fe croyoient en fûreté fur le lac. Ils y furent pris ou maffacrés par les Romains, qui avoient conftruit à la hâte une quantité de bâtimens plus forts que les leurs. Six mille cinq cents Juifs étoient péris en combattant, douze cents furent punis de mort, fix mille envoyés à Néron, pour les travaux de l'ifthme de Corinthe ; on en vendit de plus trente mille quatre cents, & on livra les autres au Roi Agrippa, qui les vendit auffi.

LV. Gamala, place plus forte que Tarichée, arrêta davantage les Romains. Vefpafien, qui fe ménageoit auffi peu que le fimple foldat, étoit entré par efcalade dans la ville : il en fut repouffé ; mais enfin la valeur des Romains l'emportant fur l'opiniâtreté des Juifs, la place fut prife d'affaut. On y maffacra quatre mille hommes, & cinq mille fe précipitèrent volontairement du haut des remparts. Titus, qui ne fe prêtoit qu'à regret à tant de carnage, fit propoſer à la garniſon de Giſcale de ſe, rendre. Jean, homme factieux & turbulent, la commandoit. Il répondit que ſa Loi ne lui permettoit de conclure aucun accommodement le jour du Sabbat, qu'il traiteroit volontiers de la paix, pourvu qu'on différât juſqu'au lendemain. Mais il emmena pendant la nuit tout ce qu'il put attrouper de monde, femmes, enfans, vieillards, ou gens de guerre, & s'enfuit à Jéruſalem. Les Romains, indignés de cette ſupercherie, tombèrent ſur l'arrière - garde, tuèrent deux mille hommes, & prirent environ trois mille femmes ou enfans, qu'ils ramenèrent à Giſcale. Il ne reſtoit plus, de toute la Judée, que Jéruſalem à conquérir; pluſieurs conſeilloient à Veſpaſien d'en former auſſitôt le ſiége. Mais les légions avoient beſoin de repos; les diviſions inteſtines des Juifs les conduiſoient à leur perte, & Veſpaſien recevoit d'Occident des nouvelles qui attiroient ailleurs ſon attention.

La ſuite de ces événemens eſt détaillée dans les deux Volumes de l'Hiſtoire.

NOTES

SUR LE LIVRE QUATORZIÈME

DES ANNALES DE TACITE.

(1) Periculis ejus immixta. *D'aggraver les périls du Prince, en y ajoutant les siens propres.*

Je fous entends *periculis fuis.* Il me paroît trop dur de lui faire dire cruement qu'elle ne veut prendre aucune part aux périls du Prince.

(2) Immanitatis.

Je ne me rappelle pas d'avoir vu ce mot dans le fens qu'exige le refte de la phrafe, & je ferois tenté de lire *inhumanitatis*, id eft, *fenfus abhorrentis à moribus humanis.*

(3) Ducitque Baulos.

Il la mène à Baules, maifon de campagne

S vj

qu'il lui affignoit pour fa réfidence, pendant que la Cour étoit à Baies. On pouvoit aller de l'une à l'autre par terre ou par mer, & la diftance étoit peu confidérable.

(4) Hactenus adito difcrimine, ne auctor dubitaretur. *Que l'événement fe réduit à ne laiffer aucun doute fur l'auteur de l'attentat.*

Littéralement : Qu'elle n'a couru de danger qu'autant qu'il en falloit, pour qu'on ne doutât pas de fon auteur.

(5) Seneca hactenus promptior, refpicere Burrum, ac fcifcitari, &c. *Sénèque, un peu plus prompt que Burrhus, le regardant, lui demande, &c.*

J'avois traduit dans la première édition, *Sénèque, qui dans toute autre rencontre fe hâtoit d'opiner avant Burrhus, &c.* Si j'y change aujourd'hui quelque chofe, c'eft contre ma confcience ; car je fuis toujours dans l'idée que j'avois pris le vrai fens. Mais un Critique célèbre affure que c'eft *un contre-fens formel* (je copie fes propres termes), & que je devois mettre, *Sénèque feulement fe montre plus hardi que fon Collègue, en ce qu'il lui demande en le regardant, &c.* Avant que je me rende pleinement, je le prie d'obferver :

1°. Qu'*hactenus* équivaut fouvent à *huc ufque*. *Seneca hactenus* ou *huc ufque promptior*. Littéralement : Sénèque, *jufqu'à ce moment*, plus prompt, plus fertile en expédiens. Robert Etienne prétend même que c'eft la propre fignification d'*hactenus*, & le prouve par plufieurs exemples.

2°. Que Tacite femble ici faire allufion au trait qu'il a rapporté Liv. 13, ch. 5 : *Nifi cæteris pavore definis, Seneca admonuiffet, &c.*

3°. Que l'interrogation de Sénèque, loin d'être un trait de hardieffe, décèle en lui la plus infigne lâcheté. Il n'ofe donner fon avis, & il impofe à fon Collègue la cruelle néceffité de dire le fien. Conduite bien digne, au refte, du Philofophe, qui, peu de jours après, devint prefque l'apologifte du parricide.

Nota. Le manufcrit de l'inftitution & quelques imprimés, au lieu de *ac fcifcitari*, portent, *ac si sciscitaretur*. Dans ce cas, Sénèque restant muet, se contenta de parler des yeux. C'est la leçon qu'a suivie M. d'Alembert.

(6) Perpetraret Anicetus promissa.
Qu'Anicet tienne sa promesse.

L'Auteur de l'*Essai sur la vie de Sénèque* (Paris, 1779.) paraphrase ainsi cet endroit : *Je commande à de braves soldats. Si vous avez besoin d'assassins, cherchez-les ailleurs : & que votre Anicet n'achève-t-il ce qu'il vous a promis?* Mais même en admettant ce commentaire, il me paroît impossible de justifier pleinement les deux Instituteurs du Prince.

(7) Scenam ultro criminis parat.

Littéralement : *Prépare de lui - même la scène de l'accusation,* au lieu d'attendre qu'on l'accuse. *Crimen* signifie proprement une accusation, une action à l'occasion de laquelle on est cité en Justice. Nous disons en ce sens, *une cause criminelle.*

(8) Convivali lecto.

Tout le monde sait que les anciens man-

geoient fur des lits. Ceux qu'on deftinoit aux
funérailles des Grands , étoit d'une forme différente.

(9) Levem tumulum.

On montre encore aujourd'hui , dans ce
même endroit, un modique tombeau qu'on
prétend être celui d'Agrippine ; au lieu qu'il
n'exifte rien du palais du Dictateur , qui fans
doute étoit magnifique. Ceci rappelle la penfée de Tacite, qui dit, du tombeau d'Othon ,
qu'il étoit *modicum & manfurum*.

(10) Refponderunt Chaldæi.

S'il eft vrai que des Chaldéens aient jamais
fait cette prédiction à Agrippine , il eft du
moins à croire que ce n'eft point lorfque , publiquement convaincue de s'être déshonorée
par un commerce criminel avec Lepidus, avec
Tigellinus & d'autres , & d'avoir confpiré
contre la vie de l'Empereur fon frère , elle
fut dépouillée de tout (Caïus avoit fait vendre
jufqu'à fes meubles), & reléguée dans l'ifle
de Ponce. Le jeune Domitius, dont le père
étoit déjà mort, devoit jouer alors un bien
trifte rôle. L'adverfité , dit-on, forme les Prin-

ces; mais celle de Néron ne dura pas affez long-temps.

(11) Auctore Burro.

Quel Peintre que Tacite! Ce n'eft point Burrhus qui raffure Néron. Ce rôle convenoit mal à l'auftère probité : mais il croit devoir à fon Prince de lui concilier les troupes dont il lui avoit confié le commandement. Je ferois fouvent de femblables obfervations , fi je n'étois convaincu que le Lecteur les faifit encore mieux que moi.

(12) Quæ adeo fine curâ Deûm eveniebant , &c. *Mais ces événemens annonçoient fi peu l'intention des Dieux , que Néron continua de régner & de commettre des crimes.*

Ceux qui voudroient conclure de ce paffage que Tacite ne croyoit pas à la Providence , font forcés de le mettre en contradiction avec lui-même , puifqu'ils lui font dire , Liv. I de l'Hiftoire, chap. 3 : Que les Dieux veillent fur les hommes pour les punir. *Probatum eft effe curæ Diis ultionem noftram.* Tacite n'eft pas de ces Auteurs qui n'ont rien de fixe. Voici

fon raifonnement : « L'intention de la Divinité,
» qui peut tout ce qu'elle veut, n'étoit point
» alors de détrôner Néron, puifqu'il a conti-
» nué de régner. »

(13) Cùm cœnaret.

Ces mots me font fufpects. Il eft vrai que
les Anciens jouoient quelquefois pendant leurs
repas ; mais Néron ne fe bornoit pas là : il
vouloit paroître fur un théâtre, *in fcend*. La
févérité de fes Gouverneurs alloit-elle jufqu'à
l'empêcher de jouer à fa propre table, en préfence d'un petit nombre d'amis ? Il n'y avoit
point alors de *grands couverts* où l'on intro-
duisît une foule de fpectateurs ; & ils toléroient
d'autres excès bien plus répréhenfibles. Nous
voyons d'ailleurs, par le récit même de Tacite, que Néron joua de la guitare, non *cùm
cœnaret*, mais *in fcend*. Un Copifte, au lieu
de *in fcend*, aura mis étourdiment *in cœnd*,
& un faifeur de glofe y aura fubftitué *cùm
cœnaret*. Néanmoins, je n'ai rien ofé
changer, parce qu'aucun manufcrit ne m'y
autorife.

(14) Nifi quòd merces ab eo, qui jubere poteft, vim neceffitatis affert. *La'*

récompense de la part de celui qui peut commander, équivaut à la contrainte.

Peut-être même a-t-elle encore plus d'efficacité; car l'homme se roidit naturellement contre la contrainte ; au lieu qu'il se rend tôt ou tard aux attraits de la récompense. C'est, entre les mains des personnes en place, le plus puissant des mobiles pour le bien, pour le mal, & pour les choses indifférentes.

(15) Non nobilitas cuiquam , &c. *L'âge, la noblesse, les dignités dont on avait été revêtu, n'empêchèrent personne de se former à l'art des Histrions de Rome & de la Grèce.*

On peut inférer de ces mots, que nos *théâtres de sociétés* n'auroient pas été du goût de Tacite, sur-tout s'il est vrai qu'on se permet quelquefois d'y jouer des pièces exclues des théâtres publics comme trop licentieuses.

(16) Navali stagno.

Cet étang est nommé *navali*, parce qu'on y donnoit de temps en temps au Peuple Romain le spectacle d'un combat naval.

(17) Mœrens Burrus , ac laudans.

Ces mots forment une image que je ne puis bien rendre. Je le sens à regret. Que de sujets Tacite fourniroit à nos Peintres, s'ils vouloient le lire avec attention !

(18) Formam principis vocemque Deûm vocabulis appellantes. *Ils donnoient à l'Empereur le nom des Dieux dont ils prétendoient qu'il avoit la voix ou la beauté.*

Je citerai, Liv. 16, chap. 47, une de ces acclamations que Dion nous a conservées.

(19) Ore vultuque tristi.

Littéralement : Austères en paroles & de visage. *Tristis* ne signifie pas toujours *triste.* *Sapor tristis*, un goût amer; *Judex tristis*, un Juge sévère; *supercilium triste*, un air ou rogue ou refrogné. C'est souvent aussi le masque dont se voile l'hypocrisie, l'avarice ou l'ambition.

(20) An justitiam Augurii, & Decurias. Equitum, &c.

Je soupçonne qu'il y a quelque faute dans

le texte ; du moins est-il certain que je ne l'entends pas , même en lisant comme le veulent quelques Commentateurs, *an justitiam Augurii Decurias Equitum & egregium judicandi munus expleturos ?* Les Décuries des Chevaliers étoient alors chargées , il est vrai , des jugemens , mais non des Augures.

(21) Nec quemquam Romæ, &c.

Je ne puis m'empêcher d'observer que cette phrase me paroît déplacée , & qu'elle seroit bien mieux dans le discours précédent, après *ignavia continuaret.* Ce ne seroit pas la première transposition qu'on auroit corrigée dans les manuscrits de Tacite. Comment les défenseurs du théâtre pouvoient-ils dire , *neminem ad theatrales artes degeneravisse ,* en présence de Néron , *qui nobilium familiarum posteros egestate venales in scenam deduxit ; qui notos Equites Romanos operas arenæ promittere subegit !* ch. 14 de ce même Livre. Il n'y a pas un semblable inconvénient à prêter cette phrase aux Censeurs des spectacles. Comme l'abus étoit récent , & qu'ils tendent à le faire supprimer, ils y opposent ce qui s'étoit fait jus-

qu'alors. Voici, fuivant cette correction, ce qu'on liroit dans le premier Difcours : « A re-
» monter plus haut, le peuple s'y tenoit de-
» bout, de peur que fi on l'y faifoit affeoir,
» il ne paffât les jours entiers dans la fainéan-
» tife ; & jamais, pendant les deux cents ans
» écoulés depuis le triomphe de Mummius,
» qui introduifit ce genre de fpectacle à Ro-
» me, aucun Romain de naiffance illuftre ne
» s'eft dégradé jufqu'à monter fur le théâtre.
» Qu'on s'en tienne du moins à ce qui s'eft
» pratiqué dans les fpectacles donnés par les
» Préteurs. » Et dans la réponfe des Apolo-
giftes du Théâtre : « Ils mirent plus d'aprêt dans
» leurs jeux. Néanmoins, ce font des raifons
» d'épargne qui ont fait bâtir le théâtre à de-
» meure, » &c. Ce qui lie mieux à mon gré
le raifonnement des uns & des autres. Cependant je ne donne ceci que comme une conjec-
ture fur laquelle je n'infifte pas.

(22) Ac ne modica quidem ftudia plebis
exarfere. Id eft, *ac ne quidem exarfere
ftudia plebis modica.*

Ainfi la négation ne tombe pas fur *modica.*
Le peuple s'intéreffoit bien plus au jeu des

pantomimes, aux courſes des chars , & même aux danſes ſur la corde, qu'aux déclamations théatrales. Térence, dans un de ſes Prologues, ſe plaint de ſes ſpectateurs qui avoient quitté la repréſentation d'une de ſes Comédies pour courir en foule vers un Bateleur. Le Citoyen, fatigué de ſes occupations , préféroit ces délaſ-femens à des plaiſirs , qui, pour être bien ſentis , exigent de l'étude & de la réflexion. C'eſt peut-être une des cauſes de la médiocrité dans laquelle eſt toujours reſté le théâtre des Romains.

(23) Interpretatio fulguris.

L'interprétation des foudres paſſoit pour une ſcience. Elle étoit fort cultivée en Etrurie, & Pline l'Ancien nous en a conſervé quelques principes.

(24) Corpore toto polluiſſe. *Le peuple jugea qu'il n'avoit pu s'y plonger tout en-tier, ſans profaner cette boiſſon ſacrée , & ſans violer la ſainteté du lieu.*

La plupart des fontaines étoient ſacrées , & il n'étoit permis de s'y laver que les mains & la bouche. Néron voulut ſe baigner dans celle-ci, parce qu'elle étoit renommée comme la plus fraîche & la plus faine de l'Univers, ou peut-être, *quia prævalent illicita*, la défenfe fut-elle une amorce pour lui. J'ignore fi c'eſt pour paroître fe conformer à l'opinion du peuple, ou fincèrement, que Tacite ajoute : *secutaque anceps valetudo iram Deûm affirmavit.* La maladie qui lui furvint, prouva que les Dieux en étoient courroucés.

(25) Cognomentum à Nerone. *Elle fut furnommée Néronienne.*

Je ne fais fi elle fut jalouſe de conſerver ce furnom après la mort du Prince.

(26) Solutumque pœnâ. *Et fans taxe.*

Tacite nomme ici cette taxe, *pœna*, *punition*, parce que l'argent conſigné fe convertiſſoit en amende, ſi l'Appelant perdoit fa cauſe.

(27) Delectique, &c. *Et c'étoit-là que par le foin des Prêtres choiſis pour fon culte, s'englontiſſoit la fourtune des particuliers.*

Ce membre de phrafe avoit été omis par mégarde dans la première édition.

(28) Feminæ, in furore turbatæ, adesse exitium canebant.

Il n'y a nul rapport entre une révélation divine & des mouvemens convulsifs. Néanmoins il s'est trouvé, dans tous les siècles, des fanatiques qui ont eu recours à des contorsions bizarres pour appuyer leurs prétendues prophéties, & des sots qui les ont crues.

(29) Quanta non aliàs multitudo.

L'Abréviateur de Dion dit qu'ils étoient au nombre de deux cent mille.

(30) Ne Suetonius quidem, &c. *La grandeur du péril n'empécha pas Paulin de haranguer aussi.*

Peut-être seroit-il mieux de traduire : *Dans un si grand péril, Paulin ne crut pas non plus devoir garder le silence.*

(31) Subdidit testamentum. *Il lui substitua un testament faux à la place du vrai.*

Tacite ne dit point si Balbus étoit mort lorsque la fraude fut découverte. Peut-être étoit-il

dans

dans un état d'imbécillité, qui ne lui permettoit plus de difcerner l'un de l'autre.

(32) Antonius audaciâ promptus.

C'eſt ce même Antoine qui joua depuis un ſi grand rôle dans le ſoulèvement de Veſpaſien contre Vitellius.

(33) Judicio calumniæ.

Calomnie, en terme de Barreau, ſignifie toutes les fraudes auxquelles on recourt en juſtice pour obtenir de l'argent. J'avois mal rendu cet endroit dans les deux éditions précédentes.

(34) Num excubias tranſiret.

Les Grands de Rome plaçoient des ſentinelles, la nuit, à la porte de leur chambre.

(35) Habet aliquid, &c. *Nulle punition étendue ſans quelque injuſtice particulière que compenſe l'utilité publique.*

Ce raiſonnement de Caſſius feroit bon, ſi les Loix devoient ſe former uniquement ſur l'utilité du plus fort ou du plus grand nombre. Au reſte, l'eſclavage étant une violation du droit naturel ., doit mener à des conféquences fauffes ceux qui le fuppofent jufte.

(36) Per fævitiam intenderetur.

Ainfi la voix de la Nature fe faifoit entendre à Néron lui-même , lorfque les paffions ne la faifoient pas taire.

(37) Poftquam difceffionem Conful permiferat, pedibus in fententiam ejus iere.

La plupart des Sénateurs ne donnoient leurs voix qu'en fe rangeant du côté de celui dont ils approuvoient l'avis : *Pedibus ibant in ejus fententiam.* Les Confuls leur permettoient quelquefois de changer d'opinion , lorfque quelqu'un avoit propofé de nouveaux motifs capables de faire une forte impreffion : *Dif-ceffionem Conful permittebat.*

(38) Aulus Vitellius.

Celui qu'on éleva depuis à l'Empire. Il fe vantoit , étant Empereur , d'avoir fouvent contredit Thrafea.

(39) Conquifi os lectitatofque , &c. *Ils furent recherchés, lus & relus tant qu'il y eut du*

rifque à fe les procurer. Enfuite la liberté de les avoir les fit oublier.

O Fabricius Veiento, que d'Auteurs depuis vous ont eu le même fort !

(40) Quòd intumefcentibus paullatim faucibus, & impedito meatu, fpiritum finiebat.

C'eft-à-dire que Burrhus étoit attaqué d'une efquinancie. Mais, comme l'a déjà fort bien obfervé un de nos Critiques, les Anciens, laiffant les termes des différens Arts à ceux qui les profeffoient, y fubftituoient les définitions, parce qu'elles font plus à la portée de tout le monde; au lieu que, fi l'on ne met quelques bornes à l'ufage qui commence à s'introduire, on croira de chacun de nos Littérateurs, qu'il eft Médecin, Peintre, Géomètre, Muficien, Pilote, Chimifte, &c.

(41) Adfpectum ejus adverfatum, fcifcitanti hactenus, refpondiffe : *Ego me bene habeo.* Il détourna les yeux pour ne le point voir, & répondit : *Fort bien à préfent* ou plus littéralement : *Seulement ainfi.*

D'autres lifent : Hactenus refpondiffe : *Ego*

me bene habeo. Il répondit feulement : *Je me porte bien.* Il me femble que c'eft ôter tout le piquant de cette réponfe. Burrhus ne commence à fe trouver bien que du moment où il ne voit plus Néron & , en fe détournant avec horreur , il femble lui dire : « Tu viens de me faire em-
» poifonner, & tu me demandes d'un air d'a-
» mitié , comment je me porte. Va , je crois
» ne me bien porter que lorfque je ne te
» vois plus. » Au refte , je n'en eftimerai pas moins ceux qui ne ferent pas de mon avis, & peu s'en faut que je n'en change moi-même.

(42) Atque illi pro cognitis moribus fuere.
Ils furent ce qu'avoient annoncé leurs mœurs,

Littéralement : *Ils furent fuivant les mœurs qu'on leur connoiffoit,*

(43) Cilnio Mæcenati.

La retraite d'Agrippa, ainfi que celle de Mécenas , comme le remarque ailleurs Tacite , avoit été une efpéce de difgrace , *fato potentiæ rarò fempiternæ,*

(44) Tam lato fœnore exuberat. *Fait valoir au loin de si gros revenus.*

Ce n'est pas ce que Sénèque faisoit de mieux ; car c'est ruiner doublement un débiteur, que de lui prêter à intérêt pour subvenir à ce qu'il ne peut payer. Or Sénèque, sous prétexte d'aider les provinces tributaires de l'Empire à payer tout ce que son frère exigeoit d'elles pour le fisc dont il étoit le Surintendant, leur avançoit des sommes considérables à très-gros intérêt. Aussi le regarda-t-on comme une des premières causes de leur soulèvement. Il est peut-être un de ceux que Pline le jeune avoit en vue, lorsqu'il disoit dans son panégyrique de Trajan : *Numquam Principibus defuerunt qui fronte gravi & tristi supercilio utilitatibus fisci contumaciter adessent.* Les Princes n'ont jamais manqué de cette espèce de gens, qui, se parant des dehors de la plus rigoureuse probité, travaillent impitoyablement à grossir les revenus du fisc.

(45) Abavus meus Augustus. *Auguste mon trisaïeul* (par les femmes).

On lit dans ma première édition, *bisaïeul*

au lieu de *trifaïeul*. C'eſt une faute. Julie, fiſle d'Auguſte, fut mère de la première Agrippine, aïeule de la ſeconde, & par conſéquent bifaïeule de Néron.. Si l'on veut compter par l'adoption, Tibère, fils adoptif d'Auguſte, fut père de Germanicus par adoption, aïeul de la ſeconde Agrippine, & bifaïeul de Néron.

(46) Niſi fortè aut te Vitellio ter Conſuli, aut me Claudio poſtponis.

Quelques éditions, & le manuſcrit de l'Inſtitution, portent, *præponis* au lieu de *poſtponis*. Croyez-vous être plus que Vitellius, qui fut trois fois Conſul, ou que j'aye fait pour vous plus que Claude n'a fait pour lui?

(47) Non ſe, ut Burrum, diverſas ſpes fovere, *id eſt*, ſpes ex Nerone, ſpes ex Agrippinâ, ſpes ex Cornelio Sullâ, &c.

La modération de Burrhus, fauſſement interprétée par les Courtiſans, n'étoit, ſelon eux, qu'un artifice pour ſe ménager auprès de toutes les perſonnes dont le parti pourroit prévaloir un jour.

(48) Gravioribus tamen ludibriis quàm malis.

Vraie dérision ; mais plus pernicieuse encore que ces attentats, parce qu'elle enhardissoit le Prince à de nouveaux forfaits. Aussi ne tarda - t - il pas à faire mourir Octavie.

(49) Movetur.

J'ai passé ici, tant dans le latin que dans le françois, une petite phrase dont la traduction m'auroit embarassé. Elle n'a pas de liaison nécessaire avec le reste du texte. Xiphilin la rend ainsi : Ὡς ὁ Τιγελλίνος ετεχείλο αὐτῆ προσεπελύσε τε αὐτῶ, κỳ εἶπε : Καθαρώτερον, ὁ Τιγελλῖνε, τὸ αἰδοῖον ἡ δεσποινὴ μᾶ τᾶ σᾶ ςόμαῖ⊙ ἔχει.

(50) Infausta dona.

C'est - à - dire, dons de mauvais augure, parce que tous les deux venoient de périr, l'un, à ce qu'on croit, par le poison, l'autre par un assassinat.

(51) Illi maritum daturos.

Néron avoit été adopté & appelé à l'Empire

T iv

par Claude, en confidération de fon mariage
avec Octavie, fille de ce Prince. Faire paffer
Octavie dans une autre maifon, c'étoit prefque
y tranfporter les droits à l'empire.

(52) Communefque Germanicos.

Octavie étoit nièce de Germanicus & petite-
fille de Drufus le Germanique. Néron étoit
petit - fils de Germanicus & arrière petit - fils
de Drufus le Germanique. De plus, l'un &
l'autre étoient cenfés enfans de l'Empereur
Claude, qui prenoit auffi le furnom de Germanicus.

(53) Adulatione novum, aut patientiâ poftremum.

Littéralement : *Nouveau en flatterie, ou
hors de bornes en patience.*

(54) Unde Pifoni timor, &c. *Ce qui donna
naiffance aux craintes de Pifon & à une
conjuration violente.*

Ces mots femblent faire entendre que Pifon fut accufé auprès de l'Empereur, d'abord

par Romain, enfuite par Sénèque, avant
même que la conjuration eût été formée
Un fait de cette importance exigeoit, ce
me femble, un peu plus de détail. J'en con-
cluerois prefque qu'il fe trouve ici quelque
lacune.

Fin des Notes du Livre quatorzième.

NOTES

SUR LE QUINZIÈME LIVRE

DES ANNALES DE TACITE.

(1) Monobazus, quem penes Adiabenorum regimen. *Monobaze, Gouverneur de l'A-diabène.*

Josephe le nomme Roi. La plupart des Gouverneurs ou Satrapes des Parthes étoient des espèces de Rois, dépendans du Roi des Rois, c'est-à-dire, de l'Empereur des Parthes.

(2) Per silentium haud modicè querendo. *Le silence de Tiridate étoit encore plus énergique.*

Quelques-uns lisent : *Aut modicè querendo ; ou se plaignant avec modération ;*

ce qui me paroît ôter toute la beauté du
sens. D'ailleurs les plaintes que Tacite exprime ensuite, n'auroient pas dû paroître
fort modérées, si Tiridate les eût énoncées
ouvertement.

(3) Id in summâ fortunâ æquius, quod va-
lidius. Littéralement : *Dans le rang su-
prême, ce qui est le plus fort est aussi le
plus juste.*

Maxime détestable, aussi pernicieuse aux
Souverains eux-mêmes qu'à tous les peuples,
qu'elle tiendroit continuellement dans un état
de guerre. Tacite la met dans la bouche d'un
Barbare, ou du moins dans son cœur, & n'a
pas sans doute prétendu l'adopter. Il est vrai
qu'il fait dire à peu près la même chose
Liv. 13, ch, 56, au Proconsul Avitus; mais
il a soin d'observer qu'il étoit alors piqué des
remontrances trop vives que les Barbares venoient de lui faire.

(4) Videbarque, contra vetera fratrum odia
& certamina, &c. *Ainsi, graces à mes
soins, toute notre famille à l'abri de la*

T vj

haine trop ordinaire entre des frères, pa-
roiſſoit ſolidement établie.   !

Ces mots, *vetera fratrum odia*, ſont pris
généralement, comme *antiquas fratrum diſ-*
cordias, Liv. 13, ch. 17; ainſi *contra* ſignifie
ici littéralement *au rebours.* Car la haine n'a-
voit jamais régné entre Vologèſe & ſes frères,
La ſuite de l'Hiſtoire fait voir au contraire
qu'ils s'aimoient tendrement.

(5) Pila militum arſere. *Des flammes ſortirent*
des javelots de nos ſoldats.

On ne balançoit pas à taxèr de menſonge
ces récits fréquens de flammes à l'extrémité
des piques & des javelots des ſoldats Romains,
avant les découvertes ſur l'électricité. Exemple
de la réſerve avec laquelle on doit juger les
Anciens. Il n'eſt que trop commun de raiſon-
ner ainſi : *Je ne vois pas quelle cauſe auroit*
pu produire un tel effet ; donc cette effet
n'a pu exiſter. On ne prend pas garde à l'arrogance de la majeure qu'on ſe diſſimule :
Il n'eſt point d'effet dont je ne connoiſſe la
cauſe.

(6) Ægrè compulfum ferunt, ut inftantem Corbuloni fateretur.

Sous-entendu *hoftem* qui fe trouve à la ligne précédente ; ou peut-être *neceffitatem*, que les Copiftes auront omis.

(7) Parem numerum è cohortibus.

Suivant mon calcul, l'armée de Corbulon fe trouva de fix mille hommes d'infanterie, moitié légionnaires & moitié auxiliaires, & de feize cents cavaliers ; mais je n'oferois l'affurer. Il me femble que Tacite auroit pu s'exprimer plus clairement.

(8) Se nifi victoribus mitem effe. *Que pour lui il n'ufoit de clémence qu'en vers des vainqueurs.*

D'autres lifent *immitem* au lieu de *mitem*, ce qui, chofe fingulière, forme ici le même fens : *Je fuis fans compaffion envers tout autre que des vainqueurs.*

(9) Ubi par eorum numerus adipifceretur, qui attuliffent falutem, & qui accepiffent.

Littéralement : *Qui seroit acquise par au-*
tant de libérateurs qu'il y auroit eu d'hom-
mes sauvés.

Corbulon veut dire qu'en délivrant l'armée
de Petus, chacun de ses soldats va mériter la
couronne civique ; mais il me semble qu'il
s'explique d'une manière un peu entortillée.

(10) Pro Armeniis semper Romanæ ditionis.
Nation soumise de tout, temps à Rome.

De tout temps, depuis le règne des Arsacides. C'est la seule date dont il fût question
entre eux.

(11) Decedere omnem militem finibus Armeniorum. *Que toutes les troupes videroient*
l'Arménie.

J'avois mis dans la première édition : *Que*
toutes les troupes des Romains, &c. C'est une
faute. Les Parthes retirèrent les leurs en même
temps. Il est vrai qu'ils avoient laissé des
garnisons dans quelques places fortes, mais
ils les en rappelèrent sur les plaintes de Corbulon.

(12) Non eam fpeciem infignium & armorum,
praetulit. ·

Lorfque deux armées Romaines fe rencon-
troient, & dans toutes les autres occafions
d'éclat, les foldats fe paroient de tous les ornemens militaires dont ont avoit récompenfé
leur valeur, & de leurs armes les plus brillantes. Ils décoroient aufli les enfeignes d'une
manière particulière, & les parfumoient d'ef-
fences. On peut juger de là combien eft léger
le fujet des invectives amères lancées contre
un célèbre Traducteur de Tacite, fur ce que,
dans une occafion à peu près femblable, il
s'eft contenté de faire mention des enfeignes.
L'Auteur de cette critique, aujourd'hui plus
de fang froid, reconnoît fans doute que le
reffentiment, quoique jufte, puifqu'il n'étoit
pas l'agreffeur, l'a porté trop loin.

Et dolet iratas tam valuisse manus.

(13) Alacrem & facilitate camporum praeve-
nientem equitem. *Une cavalerie en bon*
état qui traverfe des plaines.

Corbulon parle ici de la cavalerie des
Parthes.

(14) Celebre oppidum Pompeii, &c. *Un tremblement de terre détruifit la plus grande partie de Pompeii, ville célèbre de la Campanie.*

. Cette malheureufe ville fut, quelque temps après engloutie fous les cendres brûlantes que vomit le Véfuve. C'eft fan's doute au premier accident qu'il faut. attribuer la médiocrité en tout genre de ce qu'on en découvre aujourd'hui. Les riches productions de ce terrein, redevenu de la plus grande fécondité, valent mieux que ce qu'on trouve deffous. Car pour ce qui eft des Livres fur lefquels on comptoit beaucoup, ils ne font, ainfi que ceux d'Herculanum, que des charbons prefque informes, & il eft étonnant qu'on en ait pu déchiffrer un feul. L'ardeur du feu, quoique fans flammes, a pénétré jufqu'au cœur des plus fortes poutres. Combien a - t - elle dû détériorer du papyrus ou du vélin ? Cependant je fouhaite que l'événement démontre que j'ai tort.

(15) Ultra mortale gaudium. *Avec plus de joie qu'il nè convient à un mortel.*

Peut-être ces mots, *ultra mortale gaudium*

fignifient-ils fimplement *une joie exceſſive* ; mais le ſens que je leur prête, n'eſt malheureuſement que trop vrai.

(16) Neque infamia Pæti augebatur. *Il n'en rejailliſſoit d'ailleurs aucun nouveau déshonneur ſur Petus.*

Quelques-uns liſent : *Neque infamiá Pæti augebatur : Corbulon ſe ſoucioit peu du déshonneur de Petus.* Je crois qu'en effet il s'en ſoucioit peu. Mais comment Tacite en trouveroit-il la preuve dans la commiſſion dont le Général Romain chargea le fils de Petus? Fonction honorable, de laquelle Germanicus, dans une rencontre à peu près ſemblable, s'étoit acquitté en perſonne, & qui, ſuivant la manière de penſer des Anciens, couvroit preſque entièrement le déshonneur d'une défaite.

Quelqu'un pouvoit objecter que Tacite n'a pas dû ſe ſervir de verbe *augere* qui ſe trouve déjà dans la phraſe précédente : gloriam *augeret.* Neque infamia pæti *augebatur.* Mais c'eſt une légère inadvertence dont les écrivains les plus corrects ſont ſuſceptibles. On feroit bien pis, ſi on y ſubſtituoit un faux raiſonnement.

(17) Quæ natura magnis timoribus , deterius credebant, quod evenerat. *Comme dans, toute frayeur exceffive , le préfent leur parut le plus préjudiciable.*

La même penfée fe trouve Livre 3 de l'Hift. , ch. 89 : *Quæ natura pavoris eft, cùm omnia metuenti præfentia maximè difplicent.*

(18) Animalia maris.

Il paroît qu'on avoit gardé vivans un grand nombre de ces animaux , afin de fatisfaire autant la curiofité que le goût.

Oceano abufque , & même de l'Océan. Les différentes mers de la Méditerranée étoient bien mieux connues des Romains, parce qu'ils voguoient peu fur l'Océan.

(19) Alii eò ufque curâ progreffi funt , &c. *D'autres , à force de recherches , parvinrent à fupputer autant d'années , de mois & de jours entre les deux incendies , que du premier à la fondation de Rome.*

Il n'eft vraifemblablement pas ici queftion

de la fondation de Rome par Romulus, puifque tout le monde en favoit la date, mais
de quelque fondation antérieure. Une partie
du terrein fur lequel Rome fut bâtie, étoit
habitée avant que Romulus eût fondé fa nouvelle ville.

(20) Neque aliud gignendis aquis occurrit.
On ne pouvoit trouver d'eau fur toute cette
étendue, que, &c.

Par conféquent, on auroit été obligé de
tenir le fol du canal extrêmement bas, au
lieu qu'il auroit fallu creufer moins, fi on
avoit pu tirer l'eau de quelque fource plus
élevée.

(21)

Les marais Pontins étoient autrefois une
contrée fertile & bien peuplée, qui avoit
donné fon nom à une des tribus de Rome,
Pomptina tribus. Au rapport de Mucien,
cité par Pline, Hift. Liv. 3, on y avoit
compté jufqu'à vingt-trois villes ; & même,
felon d'autres éditions, trente-trois.

(22) Igitur primùm correpti qui fatebantur.

Il faut ſous-entendre *incendium* , & non , *ſe eſſe Chriſtianos.* On engagea des ſcélérats à ſe déclarer coupables de l'incendie, en leur promettant leur grace & des récompenſes , s'ils accuſoient les Chrétiens comme leurs complices. Ce genre de ruſe étoit du goût de Néron. C'eſt ainſi que peu de temps auparavant, il avoit produit Anicet contre l'infortunée Octavie. Il ne lui auroit ſervi de rien pour ſa propre juſtification , de ne faire arrêter que des gens qui, s'avouant Chrétiens , auroientnié conſtamment d'avoir brûlé Rome. Qu'on prenne garde d'ailleurs aux mots qui ſuivent : *Deinde* INDICIO EORUM *multitudo ingens* : tout le monde convient que les Chrétiens ne ſe rendoient pas délateurs de leurs frères.

(23) Adversùs ſontes.

Il n'y a pas un mot , dans tout ce récit de Tacite , dont qui que ce ſoit puiſſe abuſer contre la Religion. On ſait que l'opinion commune étoit alors que les Chrétiens s'abandonnoient entre eux à toutes ſortes d'infamies ,

& qu'ils tuoient des enfans dont ils buvoient le fang. De là ces expreffions : *Per flagitia invifos... execrabilis fuperftitio ... atrocia pudenda ... convicti odio generis humani ... fontes & noviffima exempla meritos.*

Si quelqu'un a le malheur de haïr notre fainte religion, il fouhaiteroit fans doute que Tacite en eût dit moins de mal : on le croiroit plus facilement. Mais comment, dira-t-on, cet Auteur judicieux, ce Critique éclairé fe feroit-il laiffé entraîner fur un point d'une telle importance, à une opinion populaire ? Veut-on qu'il n'ait dit rien que de vrai ? Qu'on foutienne donc que Saint-Paul, dont les Epîtres ne refpirent que le feu de l'amour divin, égorgeoit des enfans; que S. Jacques, révéré, au rapport de Jofephe, des Juifs même dans Jérufalem, s'y livroit aux plus honteufes débauches.; car il ne faut rien de moins pour mériter les invectives prodiguées par Tacite contre le Chriftianifme, qu'il qualifie de *fuperftition exécrable, détéftée pour fes abominations, convaincue de haïr tout l'Univers, toute compofée d'infames & de cruels fcélérats, dignes des derniers fupplices.*

La Providence avoit réglé que la Religion Chrétienne, loin de s'établir par des moyens humains ; les auroit tous à combattre. Il fut donné à une foule d'hérétiques , Marcionites, Ebionites , Gnoftiques, &c. , d'en déshonorer le nom , dès fa naiffance , aux yeux des Païens, par des mœurs corrompues & des dogmes abfurdes. Tacite a pu fe convaincre par lui-même de la dépravation de quelques-uns de ces fcélérats. Il n'en falloit pas davantage pour lui faire juger que tous les Chrétiens leur reffembloient ; mais Pline le jeune , qui fut obligé, par fa place, d'informer juridiquement contre la Religion Chrétienne, la trouva toute différente de l'opinion que Tacite fon ami & lui-même en avoient d'abord conçue.

Du moins réfulte-t-il , peut-on répliquer, des procédures faites par ordre de Néron, que les Chrétiens haïffoient le genre humain : *convicti funt odio generis humani*. Quels Juges les en convainquirent ? Ceux qui , de l'aveu de Tacite , condamnoient la vertu même. On auroit pu prouver auffi facilement que les Chrétiens haïffoient leur propre perfonne, fans qu'ils en fuffent plus coupables ;

car on lifoit dans le Livre où font contenues leurs Loix : *Si quis venit ad me ,* & *non* ODIT *patrem fuum* & *matrem* & *uxorem* & *filios* & *fratres* & *forores ,* ADHUC AUTEM ET ANIMAM SUAM , *non poteft meus effe Difcipulus.* Tout le monde fait aujourd'hui quel eft le fens de ces paroles, & perfonne n'eft affez peu inf-truit pour en abufer. L'Évangile ne recom-mande rien tant , après l'amour de Dieu , que l'amour du prochain , & ce prochain eft qui-conque a befoin de nous , nous fût-il autant oppofé que les Samaritains l'étoient aux Juifs. L'importance de cette digreffion en fera par-donner la longueur.

(24) Van us adfimulatione.

Néron avoit feint d'abord de méprifer les vers de Lucain; mais ne réuffiffant à tromper perfonne, parce qu'au fond du cœur il ne pouvoit s'empêcher d'en admirer les beautés & même le principal défaut (l'enflure , qui étoit fort de fon goût), il prit un parti qui lui fembloit plus facile : ce fut de défendre à Lucain de montrer fes vers. Cependant je ne garantis pas le fens que je donne ici. Voici la note du P. Brottier , qui en indique un au-tre :*Vanus adfimulatione Lucani qui juffus*

carmina reticebat quasi Neroni cederet. Quelques-uns lisent : *Vanus emulatione : Néron
ne pouvant réussir à se faire goûter autant
que Lucain, lui défendit de montrer ses vers.*
M. d'Alembert, dans l'édition qui n'a paru
qu'après sa mort (Paris , chez Moutard ,
1784, 2 vol. in-12), traduit ainsi : *Par ressentiment contre Néron qui le privoit de sa
gloire de Poëte , lui défendant par jalousie
de montrer ses vers.*

(25) Pulcherrimum animum stimula-
verant.

La morale de Tacite, formée sur les mœurs
républicaines, n'avoit pu se plier à celle des
Empires. Subrius devoit-il tourner contre son
Prince l'épée qu'il lui avoit mise en main pour
sa défense? D'ailleurs peut-on se permettre ,
soit dans un Empire , soit dans une République, d'abuser jamais de la confiance de qui
que ce soit? L'idée d'une trahison alarme
toujours une ame bien née.

(26) Ut plerique tradidere de consequentibus.
Comme plusieurs l'ont dit sur des conjectures.

Littéralement : *D'après ce qui s'en suivit.*

Ils

Ils conjecturèrent que Milichus ne savoit rien de plus, parce qu'il ne fonda sa déposition que sur les ordres qu'il avoit reçus , & qu'il apprit de sa femme ce qu'il y joignit ensuite.

(27) Non illud breve mortis arbitrium.

Néron avoit coutume de laisser une heure de temps à ceux qu'il condamnoit, & s'ils en disposoient pour se tuer, leur testament étoit valide.

(28) Paullulum adversùs præsentem fortitudinem mollitus. *S'attendrissant un peu , malgré sa fermeté.*

C'est ainsi que portent les meilleurs Manuscrits , & qu'a lu M. d'Alembert. Il me paroît qu'on défigureroit l'idée que nous avons de Sénèque , si l'on y substituoit: *Paullulum adversùs præsentem formidinem molïtus :* *ayant fait quelques efforts pour surmonter la frayeur dont il étoit saisi.*

(29) Plus claritudinis in tuo fine. *Votre mort est plus glorieuse que la mienne.*

Parce que la mort de Pauline étoit volon-

C. N. *Tome II.* V

taire, & que celle de Sénèque étoit forcée.
C'eſt ainſi qu'on penſoit alors.

(30) Statium Annæum.

Ce Médecin étoit vraiſemblablement un
des affranchis de *Sénèque*, comme l'indique
ſon nom.

(31) Veſtinus Statiliam Meſſalinam matrimo-
nio ſibi junxerat.

Suétone prétend que Néron ne fit mourir
Veſtinus que pour avoir Statilia, & qu'en
effet il l'épouſa auſſi-tôt après l'aſſaſſinat de
ce Conſul.

(32) Præſto eſt Medicus.

Littéralement : *Un Médecin s'y tient tout
prêt* (avec ſa lancette & ſes bandes). Alors
les Médecins étoient auſſi Chirurgiens, Apo-
thicaires, & quelquefois même aſſaſſins,
comme on le voit par cet exemple. Quand
Néron donnoit cette commiſſion à l'un d'entre
eux, il diſoit en riant, qu'il l'envoyoit pan-
ſer un de ſes amis.

(33) Verſus ipſos retulit.

On avoit arraché près de la moitié du corps

à Lycidas, au lieu que Lucain n'avoit que
les veines ouvertes ; ainsi il est vraisemblable
qu'il ne récita que les quatre derniers vers :
ce sont les seuls qui se puissent appliquer au
genre de sa mort.

Tradidit in lethum vacuos vitalibus artus ;
At tumidus quà pulmo jacet, quà viscera fervent,
Hæserunt ibi fata diu, luctataque multum
Hac cùm parte viri, vix omnia membra tulerunt.

M. de Marmontel les traduit ainsi : « La
» moitié du corps, qui n'avoit que des mem-
» bres épuisés de sang & d'esprit, fut a l'inst-
» tant la proie de la mort ; mais celle où le
» poumon respire, où le cœur fomente &
» répand la chaleur, lutta long-temps avant
» que de subir le fort de l'autre moitié de
» lui-même ».

Voici la paraphrase de Brebeuf :

La plus basse partie
Exhale en un moment sa vigueur et sa vie ;
Mais celle où les esprits ont un brasier plus fort,
Se dispute long-temps aux assauts de la mort ?
Après que de son sang elle est presque épuisée,
Son ame tient encore à sa chaîne brisée,
Se refuse à la Parque, et par de vains combats,
Fait vivre sa douleur et languir son trépas.

Pour adapter mieux ces vers à la mort de Lucain, on les pourroit rendre ainfi :

La Mort s'eft déjà faifie des extrémités d'où s'eft écoulé le fuc vital ; mais les poumons, en reftant abreuvés, & la chaleur fe concentrant dans les vifcères, elle eut encore à lutter long-temps contre cette partie, & ne triompha de la totalité qu'avec peine.

Mais ceux qui font à portée de fentir l'harmonie des vers latins, trouveront cette profe bien foible.

(34) Atque ille gaudium id credens. *Lui de fon côté, croyant faire plaifir.*

Ces mots, *gaudium id credens*, peuvent abfolument fignifier que Néron jugea cet extérieur fincère ; mais comment lier ce fens avec ce qui fuit ? Eft-ce une raifon pour faire grace à Natalis, pour récompenfer Milichus ? Il femble donc que Tacite, laiffant fous-entendre que Néron jugea fincère la joie des Sénateurs, dit qu'il y crut mettre le comble en faifant grace à Natalis, &c. ; en quoi ce Prince fe trompoit doublement. On regrettoit ceux qu'il avoit fait exécuter, & l'on auroit vu périr fans chagrin Natalis, Cervarius, & fur-tout Milichus.

(35) Confervatoris nomen Græco ejus rei vocabulo adfumpfit.

Littéralement : *Il prit le nom de Sauveur au moyen du mot grec* (σωτὴϱ) *qui en exprime l'idée. Salvator* eft un mot inconnu dans les fiècles de la bonne latinité. Il fut **nommé** *Milichus Soter.*

(36) Quafi Principem, &c.

Je crois que ces mots font extraits de leur fentence, de même qu'*infamatis magis quàm convictis.* Si le Prince les eût regardés comme convaincus, il les auroit fait mourir avec tous les autres.

(37) Quibus perpetratis ... bina, &c.

C'eft par ces gratifications exceffives & à contre-temps, que Néron achetoit des Militaires le pouvoir de faire périr ceux qu'il vouloit. Il ne voyoit pas qu'en aliénant de lui le peuple & les gens fenfés, il fe livroit à la difcrétion des troupes qui l'abandonnèrent enfin.

(38) Confularia infignia Nymphidio.

· J'ai pafsé, *de quo quia nunc primùm obla-*
tus eſt, *pauca repetam. Comme c'eſt ici la*
première fois qu'il fe préfente, *je vais en*
dire un mot. Cette précaution oratoire eſt
prefque auſſi longue que ce que Tacite en
dit.

(39) Infcripfitque J. VINDICI.

L'intention de Néron étoit que J. fignifiât
Jovi : *A Jupiter Vengeur.* Mais lorfque Julius
Vindex eut pris les armes, le peuple lut *Julio:*
A Julius Vindex ; les mêmes lettres J. pouvant
défigner également l'un ou l'autre.

Fin des Notes du quinzième Livre.

NOTES

SUR LE SEIZIÈME LIVRE.

DES ANNALES DE TACITE.

(1) Quinquennale ludicrum.

IL a été parlé de ces jeux inftitués par Néron, Liv. 14. ch. 20.

(2) Gravida ictu calcis afflicta eft. *Poppée mourut d'un coup de pied dont Néron, dans un emportement, l'avoit frappée.*

Poppée fe fiant trop à l'empire qu'elle avoit fu prendre fur Néron, lui avoit repoché fort aigrement qu'il rentroit trop tard, & que fa paffion pour fes chevaux lui faifoit oublier fa femme.

(3) Aliaque fortunæ munera pro virtudibus.

Néron, qui, fous la dictée de fon Maître, avoit autrefois loué Claude fur fa politique & fur la maturité de fon jugement, auroit bien pu fuppofer auffi des vertus à Poppée,

mais peut-être ne les eftimoit-il plus affez
pour en faire matière d'un éloge. Un Auteur fe décèle quelquefois lui-même plus
qu'il ne penfe , par les traits mêmes qu'il
fupprime.

(4) Servavitque ordinem natura , ac fenior
prius, &c.

Quelques - uns lifent *feniores* au lieu de
fenior. Je me fuis contenté de rendre la penfée qui eft claire , fans m'arrêter aux mots.

(5) Et menfis qui Aprilem , &c.

Néron avoit cinq noms , qu'on lit ainfi fur
fes Médailles. *Nero* , *Claudius* , *Cæfar*, *Au-*
guftus , *Germanicus.* *Nero* fut célébré en
Avril, *Claudius* en Mai , *Germanicus* en
Juin, *Cæfar* ou *Julius* en Juillet, & *Au-*
guftus en Août. Que les Princes s'énorgueil-
liffent enfuite des flatteries qu'on leur prodigue !

(6) Pertulitque violentiam ad vicina urbi.
Littéralement; *Etendit fa violence jufqu'au*
voifinage de la ville.

Et non jufque dans la ville même , comme
le font entendre les mots fuivans : *Nullâ*
cœli intemperie quæ oculis occurreret.

(7) Cladem Lugdunenſem.

Je préſume que cette phraſe eſt déplacée, comme l'ont déjà remarqué pluſieurs Commentateurs, & que nous avons perdu le détail qui la précédoit.

1°. L'incendie de Lyon arriva l'an de Rome 811; temps où Néron, encore généreux, ſe trouvoit ſi opulent, qu'il propoſa d'abolir les impôts. Paroît-il vraiſemblable qu'il n'ait remédié à ce déſaſtre que ſept ans après, dans une conjoncture où il venoit de ſe ruiner, & lorſque toutes les provinces étoient miſes à contribution pour réparer les pertes de Rome ?

2°. Tacite, nommé à juſte titre par Racine *le plus grand Peintre de l'Antiquité*, a-t-il dû s'exprimer d'une manière ſi vague, ſur l'incendie d'une des principales Colonies, accident terrible dont Rome s'étoit beaucoup entretenue, comme on le voit par une lettre de Sénèque ?

(8) Illic attinebatur. *Il eut défenſe de paſſer au-delà.*

Il ne paroît pas, par la ſuite du récit, qu'il ait été mis en priſon, puiſqu'il mourut

dans la plus grande liberté : *Iniit & vias.*
Ainsi, *attinebatur ne sequeretur Principem.*

(9) Perscripsit.

Dans les fragmens mutilés qui nous restent de cet auteur, plusieurs traits désignent assez clairement Claude, sous le nom de Trimalcion ; d'autres peuvent être appliqués à Agrippine, sous celui de Fortunata : Sénèque est peut-être Agamemnon ; mais il est difficile d'y trouver ce qui conviendroit à Néron. Vraisemblablement Tacite parle ici d'un autre Ouvrage dont nous n'avons rien. Cette perte ne doit pas nous affliger, s'il étoit aussi licencieux que le Satyricon.

(10) Etiamne luctibus & doloribus non satiatur ? Littéralement : *N'est-il pas aussi insatiable de son deuil & de ses larmes ?*

Il parle ainsi, parce que Thrasea n'avoit pas paru fort sensible à la mort de la fille du Prince, ni à celle de sa femme.

(11) Ambitionis pravæ compotem facerent.

Il prie le Sénat de ne pas se contenter d'exiler Thrasea. Ce seroit combler ses vœux.

(12) Sic gemmas, & veſtes, & dignitatis inſignia dedi, quomodo (dediſſem *ſous-entendu*), ſi ſanguinem & vitam popoſ-ciſſent.

Littéralement : *J'ai donné mes pierreries, mes habits & les ornemens convenables à mon rang, dans la même intention que j'aurois donné mon ſang & ma vie, s'ils me l'avoient demandés.*

(13) Idem tamen dies.....,... æquitate Deûm erga bona malaque documenta.

M. d'Alembert interprète cet endroit d'une manière abſolument différente. J'ai expoſé du vivant de cet homme eſtimable les raiſons ſur leſquelles j'appuyois mon ſentiment. Je n'y ajouterai rien. Voyez les Notes 14 & 15 du premier Livre de l'Hiſtoire.

Fin du ſecond Volume.